Das Buch

Eine junge Frau, die mit ihrem Vater an der französischen Mittelmeerküste Urlaub macht, verschwindet auf rätselhafte Weise. Ihr Freund macht sich auf die Suche nach der Geliebten. Eine Spur führt in ein gutbürgerliches Wohnviertel von Frankfurt am Main. Im Zuge seiner Nachforschungen macht sich eine schreckliche Ahnung in ihm breit. Er schaltet die Polizei ein. Aber auch die tappt zunächst im Dunkeln, zu unwahrscheinlich erscheint ihr die Theorie des jugendlichen Liebhabers zu sein. Nach und nach bröckelt jedoch die poröse Fassade der bürgerlichen Idylle, und der zuständige Hauptkommissar kann der unfassbaren Realität, die alle Beteiligten schaudern lässt, nicht mehr ausweichen.

Manchmal übersteigt die Realität das Phantasievermögen und zwingt dazu, Untiefen des menschlichen Seins wahrzunehmen, die man lieber verdrängen möchte. Der vorliegende Sozialthriller greift solch eine Realität auf. Eine verstörende, unwirkliche Realität. Ein Wissen von einem Geschehen, das alle Gewissheiten in Frage stellt. Der Roman basiert im Kern auf einem authentischen Geschehen, um das mit literarischer Freiheit die fiktive Handlung entwickelt wurde. Er öffnet den Blick in das Dunkel unserer Phantasie mit ihren Scheinwelten, die Macht- und Allmachtsphantasien, die sich nicht nur in den ›Amokläufen‹ unserer Zeit widerspiegeln, immer mehr Raum bietet. Ein spannender Roman über die Macht der Liebe und die zersetzende Kraft von Hass und zügelloser Sexualität.

Der Autor

Henning Schramm, 1944 in Tübingen geboren, studierte Soziologie in Frankfurt/Main. Nach dem Examen war er zunächst Redakteur, dann wissenschaftlicher Mitarbeiter und Lehrbeauftragter an der Universität Frankfurt/Main und gründete einen Verlag mit Schwerpunkt Dritte-Welt-Literatur. Anschließend war er in der Markt- und Marketingforschung tätig. Neben zahlreichen Aufsätzen publizierte er auch einige Bücher. Er lebt seit 1968 in Frankfurt am Main, ist verheiratet und hat eine Tochter.

Als der Himmel weinte

Henning Schramm

Roman

Henning Schramm »Als der Himmel weinte«
Herstellung und Verlag: Books on Demand GmbH,
Norderstedt
Zweite Auflage Januar 2010
© 2009 by Henning Schramm

ISBN 978 3 839 14030 7

PROLOG

Der Himmel bedeckte sein Antlitz und fing an zu weinen. Das silbrige Wellengekräusel des Meeres wurde von den Schaumkronen der sich überschlagenden Wellen verdrängt. Poseidon ließ seine Muskeln spielen. Sein kräftiger Atem peitschte die Gischt über die eben noch in sanfte Abendsonne getauchten rot glühenden Felsen. Die Sonne erlosch. Der hohe Raum zwischen Himmel und Meer verlor sich unter den dunklen Gewitterwolken. Die dichte Folge von grellen Blitzen, denen ohne Verzögerung krachendes Donnergetöse folgte, tauchte den Küstenstreifen in unwirkliches Lichtgeflimmer, das an die abgehackten Lichtblitze in einer Disco erinnerte. Die felsige, schmale Landzunge bohrte sich mit ihrem spitzen Ende in die aufgewühlte Wasserfläche und zerschnitt die dunkel anrollenden Wellenberge. Schaumfetzen flogen durch die Luft, wirbelten in die Höhe und wurden vom niederprasselnden Regen wieder in ihr Element zurückgespült.
Eine bleigraue dichte Regenwand hüllte den Bungalow, der sich am oberen Rand des Kaps auf einem kleinen mit Pinien bewachsenen Plateau an eine steile Felswand duckte, in diffuses Zwielicht, unterbrochen von dem gleißenden, zuckenden Weiß der unzählbaren Blitzschläge. Der Sturm rüttelte bedrohlich an der Fensterfront, die die ganze Breite des Hauses einnahm. Die Glasscheiben erzitterten unter den starken Windstößen. Durch einige undichte Ritzen des schon in die Jahre gekommenen Hauses drang Feuchtigkeit und salzig scharfe Meeresluft in das große, weiträumige Wohnzimmer.

Ein Fensterladen im oberen Stockwerk hatte sich aus seiner Verriegelung gelöst und schlug klatschend gegen die aus Naturstein gemauerte Hauswand. Ein umgefallener Korbstuhl wurde von einer heftigen Windbö über die Terrasse getrieben. Das Polster einer Sonnenliege schwamm auf dem von fetten, platschenden Regentropfen aufgewühlten Wasser des Swimmingpools.

Sie saß, die Arme um die Knie geschlungen und ihren Oberkörper sachte hin und her wiegend, hinter der bis auf den Boden reichenden Glasscheibe auf dem kalten Steinfußboden und blickte geistesabwesend auf das Naturschauspiel, das sich vor ihren Augen abspielte. Sie zuckte schreckhaft zusammen, wenn Blitz und Donner gar zu nahe an dem einsam gelegenen Haus ihr Unwesen trieben. Sie fühlte sich den Urgewalten der Natur schutzlos ausgeliefert.

Schon seit ihrer frühesten Kindheit reagiert sie furchtsam, ja geradezu verstört und hysterisch auf jede Art von schrillen Geräuschen. Gewitter, Feuerwerke, selbst schon das scharfe Knallen der Peitsche eines Dompteurs in einem Zirkus erschreckten sie zutiefst und lösten starke Angstgefühle aus. Damals versuchte sie diese zu entschärfen, indem sie sich weinend und schutzsuchend an ihre Mutter klammerte. Wenn sie nicht verfügbar war, verkroch sie sich in solchen Momenten gänzlich in sich selbst und wob sich in eine unsichtbare, nur schwer zu durchdringende Schutzhülle ein. In solch einem Zustand befand sie sich jetzt. Ihr Blick reichte nicht weiter als zwei, drei Armlängen, schien dann abzubrechen und sich im grauen Nichts des Regens, der gegen die Scheiben prasselte, zu verlieren. Ihre ausdruckslosen Augen starrten auf die Wassertropfen, die sich auf der Innenseite der Glasfläche aus dem Kondenswasser gebildet hatten und auf den Boden perlten.

Draußen hatte sich die Luft durch das Unwetter abgekühlt. In dem geschlossenen Wohnraum blieb es stickig heiß. Trotzdem fröstelte sie und zog den Poncho, den sie sich um ihre nackten Schultern gelegt hatte, enger um ihren Körper. Sie kaute mit den Zähnen auf ihrer ungeschminkten Unterlippe herum. Sie schmeckte nach Salz. Dann leckte sie sich mit der Zungenspitze über die Lippen, sanft, so als ob sie sich selbst besänftigen, liebkosen wollte. Aber sie konnte die Angst, die innere Unruhe, die sie erfasst hatte, nicht vertreiben.

Sie fröstelte nicht nur wegen des Gewitters, sondern noch mehr aus unbestimmter Besorgnis vor den möglichen Reaktionen ihres Vaters. Sie hatte sich fest vorgenommen, mit ihm zu sprechen. Sie wollte ihm ihre Gedanken mitteilen, die sich schon lange in ihrem Kopf geformt hatten. Aber wie sollte sie es ihm sagen, ohne dass er gleich ausrastet? Sie fühlte sich unsicher und sehr einsam. Würde er verstehen, dass sie zu ihrem Freund ziehen wollte? Ihr waren seine häufigen Wutanfälle allzu sehr gewärtig, die immer dann ausbrachen, wenn er meinte, dass in seiner Familie etwas nicht nach seinem Willen lief und ein Familienmitglied es wagte, eigene Wege gehen zu wollen.

Ihre Gedanken schweiften zu dem Zeitpunkt zurück, als ihr Vater in ihr Zimmer kam und sie zu ihrer großen Überraschung zu einem einwöchigen Urlaub an die Cote D'Azur einlud. Es sei sein Geburtstagsgeschenk für sie, sagte er ihr. Sie würden beide ganz allein in ein schönes Haus seines Kollegen fahren, wo sie baden und sich vergnügen könnten und endlich einmal genug Zeit füreinander hätten. Er fragte sie nicht, ob sie Zeit und Lust dazu hätte. Er unterbreitete ihr das Urlaubsangebot in einem Ton, der keinen Widerspruch duldete. Es war ihr ein Rätsel, warum er seinen Urlaub mit ihr verbringen wollte, mit ihr allein in einem einsamen Haus an der französischen Mittelmeerküste. Er hatte sich bis dahin nie viel um seine Kinder, von denen drei noch zu Hause lebten, gekümmert. Sie, einschließlich seiner Frau, fühlten sich eher als Inventar seines Haushalts, über das er beliebig verfügte. Sie hatte ein unangenehmes, lähmendes Gefühl, wenn sie daran dachte, eine ganze Woche mit ihm allein unter einem Dach leben zu müssen.

Sie bedankte sich für die Einladung und ließ vorsichtig durchblicken, dass sie das großzügige Angebot nicht annehmen könne, weil diese Reise doch viel zu teuer sei und sie ihm nicht auf der Tasche liegen möchte. Außerdem, fügte sie noch mit tonloser, kaum hörbarer Stimme hinzu, habe sie schon vor langer Zeit ihrem Freund versprochen, mit ihm über ihren Geburtstag für ein paar Tage wegzufahren.

Die befürchtete Reaktion folgte prompt.

»Das kannst du dir abschminken. Ich habe dir strikt verboten, mit diesem Menschen zu verkehren. Hast du das schon wieder vergessen? Und zusammen wegfahren kommt schon überhaupt nicht in Frage. Was bist du doch für ein undankbares Geschöpf! Ich lade dich zu einem wunderschönen Urlaub am Meer ein und du schlägst das Geschenk aus und traust dich auch noch, mir ins Gesicht zu sagen, dass du lieber mit diesem nichtsnutzigen Kerl wegfahren willst, um mit ihm zu vögeln. Ich werde zu verhindern wissen, dass du in der Gosse landest. Du fährst mit mir! Ob du willst oder nicht! Jetzt erst recht!«, fuhr er ihr damals mit bebender Stimme, die keinen Widerspruch duldete, über den Mund.

Sie beugte sich seinen Willen, bangen Erwartens.

Das Meer zitterte unter dem heißen aus Afrika kommenden Wind. Funken sprühend spiegelte das Wellengekräusel die Sonne wider. Tiefblaue Wellen rollten auf den feinen Sand der kleinen Badebucht, als sie vor einer Woche mit ihrem Vater durch Saint Jaques, einem malerischen Dorf in der Nähe von Juans-les-Pins, fuhren und dann auf der weit ins Meer hineinreichenden klippenbewehrten Landzunge, einem staubigen, kurvenreichen und unbefestigten privaten Zubringerweg folgend, durch dichten Pinienwald dem versteckt liegenden Haus seines Freundes zusteuerten. Der Vater lächelte zufrieden, als er sein Auto auf dem Parkplatz vor dem Haus abstellte. Es war ganz nach seinem Geschmack, von niemandem einsehbar, still und in schöner Natur eingebettet. Er nahm seine Tochter an die Hand und ging mit ihr durch das weitläufige Anwesen. Ihr Zimmer lag im ersten Stock mit Blick auf den Pool und die dahinter steil abfallenden Felsen. Nach dem Rundgang bat er seine Tochter, sobald sie ihren Koffer ausgepackt habe, sich um das Essen zu kümmern, und gab ihr lachend einen Klaps auf den Po, den sie mit einem giftigen Blick quittierte.

In den folgenden Tagen bemühte er sich um sie, machte ihr Komplimente, bot sich unaufgefordert an, sie einzucremen, wenn sie sich am Pool sonnen wollte. Sie spürte seine Blicke auf ihrem Körper, wenn sie sich nach dem Schwimmen auf dem Liegebett von der Sonne trocknen ließ, und sie errötete und schämte sich für ihren Vater, der sie mit begierigen Augen unverhohlen abtastete. Schwimmen und Sonnenbaden blieben weitgehend ihre einzigen Abwechslungen während des Aufenthaltes in dem Ferienhaus. Der Vater wachte eifersüchtig über sie und ließ sie kaum aus den Augen, auch nicht bei den seltenen Fahrten in das Dorf, die sie unternahmen, um die Lebensmittelvorräte aufzufrischen.

Kurz nach ihrer Ankunft hatte sie ihrem Freund einen Brief geschrieben. Als sie dann mit ihrem Vater nach Saint Jaques gefahren war, um für das geplante Geburtstagsfest Vorräte einzukaufen, war es ihr gelungen, den Brief ohne Wissen des

Vaters im dortigen Postamt aufzugeben. Jedes Wort des Briefes war ihr gegenwärtig und sie klammerte sich an die Hoffnung, die sie in dem Schreiben zum Ausdruck gebracht hatte:

Mein Schatz,

die Tage hier in Frankreich neigen sich, kaum dass sie angefangen haben, Gott sei Dank, schon wieder dem Ende zu. Ich kann Dir gar nicht sagen, wie ich mich nach Liebe und Geborgenheit sehne. Diese Sehnsucht kann ich nur mit Dir stillen, und auch nur dann, wenn ich mein Leben in meine eigenen Hände nehme. Das ist mir hier klar geworden.

Mein Vater ist meist herrisch, launisch und unfähig, einfühlsame Gespräche zu führen. Dann wieder spielt er sich manchmal so auf, als ob ich seine Geliebte wäre. Er macht mir Komplimente über meinen Körper und meine Figur, streichelt mich (was ich extrem unangenehm und eklig finde) und versucht mich zu verwöhnen. Einmal hat er mir sogar Blumen geschenkt und mich in das etwa zehn Kilometer entfernte Dorf zum Tanzen ausgeführt. Aber als ich mit einem Jungen mehrmals hintereinander getanzt hatte, wurde er böse und warf mir vor, dass ich mich nicht um ihn kümmern würde.

Ich fühle mich hier sehr verlassen und von der Welt abgeschnitten, da mir mein Vater verboten hatte, mein Handy mitzunehmen (mit der Begründung, dass Gespräche mit Handys aus dem Ausland zu teuer seien), und das Telefon hier im Haus nicht funktioniert. Das ist auch der Grund, warum ich Dich noch nicht angerufen oder eine SMS geschickt habe.

Bald feiere ich ja, wie du weißt, meinen achtzehnten Geburtstag (leider nicht mit dir!) und ich möchte meine Volljährigkeit, die ich so ersehnt habe, dazu nutzen, meinem Leben eine Wende zu geben. Ich habe mich entschlossen, von zu Hause wegzuziehen, um der einengenden, besitzergreifenden

Herrschsucht meines Vaters zu entkommen und mein eigenes Leben führen zu können. Ich habe ein schlechtes Gewissen, wenn ich so über meinen Vater rede und Gottes Geboten zuwider handele. Aber ich kann nicht anders.

Wenn Du noch willst, möchte ich nach meiner Rückkehr aus Frankreich zu Dir ziehen, so wie Du es mir ja schon ein paar Mal angeboten hast. Und ich würde mich überglücklich schätzen, abends bei Dir kuscheln und morgens mit Dir aufstehen zu können. Auch auf die Gefahr hin, dass das jetzt schwulstig klingt: Du bist meine große Liebe, Sehnsucht und Hoffnung! Ich möchte alles für Dich tun und Dich glücklich machen.

Ich habe schon große Angst vor dem Gespräch mit meinem unberechenbaren Vater. Wie sehr wünschte ich mir jetzt Deinen Rat, aber ich kann Dich ja nicht erreichen. Ich kann nur an Dich denken, aber indem ich das tu, gibt mir auch das schon ein wenig Trost und Stärke. Ich bete zu Gott, dass mein Vater nicht ausrastet, wenn ich ihm von meinen Plänen erzähle. Ich weiß nicht, was ich machen werde, wenn er in Wut gerät und mich anschreit oder gar tätlich wird, was bei ihm ja leider auch schon des Öfteren vorgekommen ist. Ich bin so allein und hilflos ... Es bliebe mir im Falle eines tätlichen Wutanfalls nur die Flucht. Aber wohin sollte ich fliehen an diesem abgelegenen Ort? Der einzige Mensch, mit dem ich gesprochen habe und von dem ich eine Adresse kenne, ist ein junger Franzose, den ich hier beim Tanzen kennengelernt hatte und der in Saint Jaques unmittelbar neben der Kirche wohnt. Vielleicht ist das ein Zeichen ...

Vielleicht wird aber auch alles gar nicht so schlimm. Ich habe ja schließlich Geburtstag und da ist mein Vater möglicherweise milde gestimmt.

Ich muss jetzt Schluss machen, da ich meinen Vater eben zu-
rückkommen höre und ich nicht will, dass er sieht, dass ich
Dir einen Brief schreibe.
Ich umarme und küsse Dich und kann es kaum erwarten, bei
Dir zu sein.
Sie hatte sich eine kleine Haarsträhne abgeschnitten und sie
als persönliche Geste ihrer Liebe auf den Briefbogen geklebt.

Heute war der Tag gekommen, an dem sie sich vorgenommen
hatte, mit ihrem Vater zu reden. Er war am Vormittag mit
dem Auto weggefahren und hatte, wie immer, sein Handy
mitgenommen. Sie musste das heftige Gewitter, ohne eine
Möglichkeit im Falle eine Blitzeinschlags oder sonstiger Not-
fälle mit jemandem Kontakt aufnehmen zu können, mit sich
allein durchleiden. Das Schlimmste schien aber überstanden
zu sein. Der nervige Fensterladen im oberen Stockwerk hörte
auf gegen die Wand zu schlagen. Der Regen wurde weniger,
die Blitze verloren ihre Schärfe und lösten sich in harmloses
Wetterleuchten auf. Der Donner ließ sich nur noch als ent-
ferntes Grummeln vernehmen.
Ihr Körper entkrampfte sich etwas, dafür nahmen heftige
Kopfschmerzen von ihr Besitz. Sie stand auf und ging in das
Badezimmer, um eine Tablette zu suchen. Sie öffnete den
Arzneischrank. Der Inhalt des Schrankes war spärlich: ein
Päckchen mit Zahnseide, Heftpflaster, ein Magenmittel, eine
Sonnencreme, eine Tube Gel gegen Juckreiz bei Mückensti-
chen, ein Röhrchen mit Schlaftabletten, aber keine Kopf-
schmerztabletten. Sie sah sich um, entdeckte aber auch da
nichts gegen die dumpfen, unspezifischen Schmerzen. Sie
ging in das Schlafzimmer ihres Vaters. Ihr Blick fiel auf das
kleine Nachtschränkchen neben dem französischen Bett. Ein
Ort, wo man solche Dinge aufbewahren könnte. Aber dem
Vater wäre es sicher nicht recht, wenn sie darin rumschnüf-

feln würde, dachte sie. Sie sah sich nochmals in dem Zimmer um, aber in dem kahlen, ungemütlichen Raum lag nirgends etwas herum und schon gar keine Kopfschmerztabletten. Vorsichtig, als wäre sie eine Einbrecherin, die einen Safe knackte, öffnete sie die Tür des lackglänzenden Holzschränkchens. Im oberen Fach lag ein Stapel mit Pornoheften. Schon deren brutale Titelseiten stießen sie ab. Sie mochte sich nicht vorstellen, was dann erst im Inneren der Hefte abgebildet sein würde. Im unteren Fach befanden sich eine angebrochene Packung mit Kondomen, ein Päckchen mit Pulver und der Aufschrift ‚Ascorbinsäure' sowie ein unbeschriftetes, durchsichtiges Päckchen, in dem ebenfalls ein weißen Pulver war, ein Set von Einmalspritzen, zwei braune Fläschchen mit einer Flüssigkeit und der Aufschrift *Gamma-Hydroxy-Buttersäure (GHB)*, die ihr nichts sagte, und schließlich entdeckte sie auch eine unbenutzte Packung Aspirin. Sie wagte es jedoch nicht, die Packung zu öffnen und eine Tablette zu nehmen, weil sie befürchtete, ihr Vater könnte bemerken, dass sie sich an seinem Schränkchen mit dem intimen Inhalt zu schaffen gemacht hatte. Es wäre ihr peinlich, sich vorzustellen, ihr Vater wüsste, dass sie entdeckt hätte, was er in seinem Schränkchen verwahrt hat.

Sie verließ das Schlafzimmer und ging zurück in den Wohnraum. Die glutrote Sonne versank gerade hinter vereinzelten Wolkenfetzen im Meer und tauchte das Haus in ein warmes, Ruhe verströmendes Licht. Sie öffnete die Schiebetür zur Terrasse und hoffte, die frische Abendluft würde ihre Kopfschmerzen lindern. Sie machte es sich auf dem breiten Sofa gegenüber dem offenen Kamin, in dem Holz gestapelt war, bequem und gab sich ihren Gedanken hin.

Ob er wohl heute Abend an ihrem achtzehnten Geburtstag zu einer zivilen Zeit nach Hause kommen würde? Die letzten Nächte kam er nie vor drei oder vier Uhr früh zurück. Angetrunken und lärmend war er einmal zu dieser nachtschlafenden Zeit in ihr Schlafzimmer getorkelt, eingehüllt in eine Wolke ordinären Parfums. Er hatte sich zu ihr aufs Bett gesetzt und ihr vorgeschlagen, mit ihm noch eine Flasche zu ›köpfen‹. Er hatte ihr Gesicht getätschelt, sie mit glasigen Augen angegrinst, seinen Blick unverfroren auf ihren Busen gerichtet, der sich unter ihrem dünnen Nachthemd abzeichnete, und versucht seine Hand unter die Bettdecke zu schieben. Noch jetzt spürte sie den Ekel, den sie dabei empfand. Nur mit großer Mühe war es ihr damals gelungen, ihn abzuwehren und ihn aus ihrem Zimmer zu schieben.

Noch zwei Tage, dann würde sie in den Armen ihres Freundes liegen, sich an ihn schmiegen, seine mitfühlende Stärke fühlen. In ihren Körper floss wieder Leben, die Schmerzen in ihre Kopf ließen nach und ein wohliges Gefühl machte sich in ihr breit.

Sie faltete die Hände und betete. Sie bat darum, ihren Vater heute nicht mehr sehen zu müssen und bat gleichzeitig um Verzeihung, dass sie so schlecht von dem dachte, der ihr das Leben geschenkt hatte und den man nach Gottes Willen eigentlich ehren sollte. Aber sie hat sich einen Vater anders erträumt. In vielen Situationen hat sie ihn sogar verachtet. Sie fühlte sich schutz- und energielos in seiner Nähe. Wie anders war das doch bei ihrem Freund! An ihrem Entschluss war nicht mehr zu rütteln. Sie hatte in der Abgeschiedenheit ausreichend Zeit gehabt, ihre Gedanken zu ordnen. Die jüngsten Erfahrungen in diesem Urlaub haben sie in ihrem Vorhaben bestärkt, ihrem Vater deutliche Worte zu sagen. Sie würde ihm klarmachen, was für ein toller Mensch ihr Freund sei. Sie würde ihm erklären, dass sie mit dem Mann ihres Herzens leben wolle, dass sie eine erwachsene Frau sei – nicht nur wegen des heutigen Geburtstages –, die ihr weiteres Leben mit diesem Menschen verbinden wolle. Jeder Vater musste das verstehen. Sie würde es ihm ins Gesicht sagen, wenn nicht heute dann eben morgen.

Mit großem Gepolter fiel die Haustür ins Schloss. Sie erstarrte. Alles Fließende, Weiche floh aus ihrem Körper. Sie setzte sich aufrecht hin, die Hände im Schoß. Im Türrahmen tauchte der großgewachsene Körper ihres Vaters auf, leicht taumelnd. Er grinste, so wie all die vergangenen Nächte, und glotzte sie mit dumpfen, stieren Blicken an.

»Ich habe dir zum Geburtstag etwas mitgebracht, mein Kleines.«

Er legte ein Päckchen auf den Couchtisch, forderte sie auf, es zu öffnen und sah sie erwartungsvoll an. Sie öffnete das in rot glänzendes, kitschiges Papier gewickelte Präsent, während ihr Vater in die Küche verschwand, um Champagner zu holen. Mit gemischten Gefühlen starrte sie auf ein hauchdünnes bordeauxrotes Negligé.

»Gefällt es dir? Es müsste dir gut stehen. Bei deiner tollen Figur musst du ja nichts verbergen. Du kannst es nachher einmal anziehen. Aber zuerst lass' uns mal auf deinen Geburtstag anstoßen!«, sagte er, als er zurückkam.

Er machte die Gläser voll, stieß ihr Glas so ungelenk an, dass ein Teil des Inhalts seines Glases überschwappte, und stürzte den Rest in einem Zug in sich hinein. Sie nippte lediglich an ihrem Glas und beobachtete ihn.

»Was ist? Willst du nicht mit deinem Vater trinken? Nur runter damit. Es ist guter französischer Champagner.«

»Vater, meinst du nicht, dass du genug getrunken hast? Vielleicht sollte ich dir besser etwas zum Essen machen?«

Wiehernd lachte er seine Tochter an: »Willst *du* mir sagen, wie viel ich trinken darf? Was hat sich in deinem hübschen Köpfchen denn da eingenistet? Ich denke doch, dass ein Geburtstag ein ausreichender Grund zu feiern ist. Trink Mädchen und die trübsinnigen Gedanken lösen sich in ein Nichts auf. Sei ein braves Mädchen und mach mal, was dein Vater will und nicht das, was du dir in deinem klugen, aber lebensunerfahrenen Köpfchen zurecht gelegt hast.«

Er nötigte sie, ihr Glas auszutrinken, schenkte ihr nach und setzte sich neben sie. Sie rückte etwas von ihm ab. Der Duft von Moschus und Veilchen, überlagert von einer Fahne aus Bier und Cognac, drang unangenehm in ihre Nase. Er legte den Arm um seine Tochter und forderte sie auf, ihm sein Geschenk, mit dem er sich so viel Mühe gegeben habe, wie er betonte, vorzuführen.

»Vater, es ist hübsch, aber ich möchte das vor dir nicht anziehen. Es ist durchsichtig und man kann alles sehen. Ich würde mich vor dir schämen«, sagte sie und betrachtete ihn vorsichtig von der Seite.

Er versuchte ihr klar zu machen, dass sie sich nicht vor ihm schämen müsse, da er sie doch von Kindesbeinen an kenne, aber er schien verständig zu sein und akzeptierte ihre Einwände. Er lehnte sich zurück, schlürfte geräusch- und genussvoll den Champagner aus seinem Glas und schien mit sich zufrieden zu sein.

Sie glaubte, seine demonstrative Zufriedenheit für sich nutzen zu können und wollte die Gelegenheit für ein klärendes Gespräch nicht vorbei ziehen lassen. Sie nahm ihren ganzen Mut zusammen und hörte sich sagen: »Vater, ich möchte mit dir gerne etwas Wichtiges besprechen. Wäre es dir jetzt recht, oder möchtest du lieber morgen mit mir sprechen?«

Er schaute seine Tochter erstaunt an: »Warum so förmlich? Ist etwas passiert? Natürlich können wir miteinander sprechen, deswegen sind wir doch hier im Urlaub zusammen. Schieß los! Was liegt dir auf dem Herzen?«, sagte er und griff nach ihrer Hand, um sie zu tätscheln.

Sie machte sich los, erhob sich, stand unschlüssig vor ihm und setzte sich schließlich ihrem Vater gegenüber in einen Sessel. Sie begann mit vorsichtigen Worten. Sie redete über ihre Volljährigkeit und davon, dass sie alt genug sei, alleine zu leben. Sie erzählte ihm von ihrem Freund und dass sie erwäge, zu ihm zu ziehen. Er hörte stumm zu. Da sie keine missmutigen Äußerungen vernahm, schwärmte sie, mutig geworden, von ihrer großen Liebe. Sie redete von dem großen Glück, solch einen Menschen kennengelernt zu haben, und davon, wie sie sich gegenseitig Liebe schenken würden.

Sie nahm nicht die Veränderungen im Gesichtsausdruck ihres Vaters wahr, während sie ununterbrochen und mit steigender, blinder Begeisterung auf ihn einredete. Das war ein verhängnisvoller Fehler.

Seine Augen verengten sich. Mit finsteren Blicken fixierte er seine Tochter. Zornesröte überzog sein Gesicht und eine dicke Ader schwoll an seiner rechten Schläfe. Seine Augen lösten sich von ihr und verloren sich im Leeren. Je länger sie redete, desto mehr wirkte er wie hypnotisiert, abwesend. Die Kieferknochen arbeiteten unentwegt, die Zähne gaben knirschende Geräusche von sich. Seine Hände waren schmerzhaft gefaltet, wie zum Gebet, und die Haut verfärbte sich über den Knöcheln weiß. Der steife, angespannte Oberkörper bewegte sich vor und zurück. Plötzlich schnellte er empor, stieß das Sofa mit einem Fußtritt beiseite und schrie seine Tochter wutentbrannt an:

»Ich habe dir zum wiederholten Mal gesagt, dass du von diesem Kerl die Finger lassen sollst. Was fällt dir eigentlich ein, dich einfach über meine Gebote hinwegzusetzen! Ich bin dein Vater, habe dich erschaffen, habe dich aus dem Dunkel ans Licht geholt. Nur mir hast du es zu verdanken, dass du hier leben kannst. Und wie lohnst du es mir? Verflucht seid ihr! Du und dieser Typ, der dir den Kopf verdreht hat. Niemals werde ich zulassen, dass dieser Mensch sich an dir vergreift. Niemals werde ich zulassen, dass irgendein Mann dich besitzt! Du gehörst mir! Verstehst du das!«

Er packte sie grob an beiden Oberarmen, hob sie aus ihrem Sessel empor und schüttelte sie, wie man mit vergeblicher Mühe einen Baum schüttelt, dessen Früchte noch nicht reif genug zum Ernten waren und den rohen Kräften trotzten.

Ihr schossen Tränen in die Augen, aus Schmerz und aus Entsetzen vor diesem plötzlichen und beispiellosen Ausbruch. Sie war gelähmt und starrte stumm und verzweifelt auf ihren Vater, der mit entmenschlichtem Gesichtsausdruck vor ihr stand, weiter an ihr herumzerrte, sie anschrie und nicht von ihr abließ.

»Du tust mir weh, Vater«, sagte sie verstört und kaum hörbar. Er gab ihr einen Stoß und sie flog zurück auf ihren Sessel. Er stand unschlüssig vor ihr, betrachtete sie eine Weile mit toten, hohlen Augen. Er befahl ihr, sitzen zu bleiben, bis er wiederkommt und verließ den Raum.

Seine Tochter, noch immer sprachlos, nickte stumm und verharrte, am ganzen Körper zitternd, regungslos in dem Sessel, in den er sie wutentbrannt gestoßen hatte. Ihre Gedanken verschwammen, versanken in einem schwarzen, strudelnden Loch. Nur schemenhaft nahm sie das Geschehen war, zu sehr war sie von dieser emotionalen Eruption getroffen worden. Als ihr Vater in das Zimmer zurückkehrte, sah sie ihn nur wie durch eine Nebelwand. Tränen verschleierten ihren Blick. Vor Entsetzen erstarrt saß sie da und versuchte zu begreifen, was ihr Vater gesagt hatte. Es war aussichtslos. Nichts, was sie sich vorgestellt und erhofft hatte, wird jemals in Erfüllung gehen. Der Kopf war wie leergefegt und fühlte sich an, als ob ein gewaltiger Faustthieb alles in ihm zertrümmert hätte. Teilnahmslos beobachtete sie ihn, als er sich vor ihr aufbaute. Er hielt ein kleines braunes Fläschchen in der einen und ein volles Glas in der anderen Hand, das er ihr reichte. Sie hörte von Ferne, wie er sie aufforderte, mit ihm anzustoßen. Willenlos hob sie das Glas und trank einen Schluck.

»Alles!«, sagte er herrisch.

Sie trank das Glas leer und kauerte sich wieder in den Sessel zurück. Nach kurzer Zeit ließ plötzlich die Panik, die sie paralysiert hatte, nach und lockerte ihren Würgegriff. Ihr Körper entspannte sich. Sie fühlte sich wie nach einer Beruhigungsspritze vor einer OP. Sie glaubte Stimmen zu hören. Hatte ihr Vater noch Besuch mitgebracht? Sie versuchte sich zu konzentrieren und zu sprechen, aber der ausgetrocknete Mund versagte ihr seinen Dienst. Die Lider wurden schwer. Sie schloss die Augen. Sie fühlte sich leicht und willenlos. Ein Arm schlang sich um ihren Körper, der schwerelos geworden, durch den Raum zu schweben schien. Plötzlich glaubte sie, in die Tiefe stürzen. Sie landete sanft auf einem wolkengleichen weichen Untergrund. Heiße, feuchte Hände nestelten an ihrer Kleidung herum, ein kühler Luftzug ließ ihren Körper frösteln. Aber dieser Körper war ihr fern, er gehörte nicht mehr zu ihr, gehorchte ihr nicht mehr. Sie betrachtete und erlebte diesen nackten Körper als etwas Fremdes, der seine eigenen Wege ging. Bevor ihr die Sinne schwanden, öffnete sie für einen kurzen Augenblick die schweren Augenlider. Über ihr tauchte schemenhaft, wie hinter einer dichten Nebelwand, ein Gesicht auf. Sie konnte es nicht erkennen. Ein Mund, aus dem Speichel auf ihre Haut tropfte, bewegte sich und sprach mit ihr, aber kein Laut drang an ihr Ohr.

Als sie wieder zu sich kam, hörte sie undeutlich eine Stimme, eine weibliche Stimme. Sie schlug die Augen auf und sah in das Gesicht einer fremden Frau, die flüsternd mit ihr sprach.

»Was hat er nur mit dir gemacht? Warum hat er dich wieder zu mir zurückgebracht, meine Tochter?«

»Wo bin ich? Wer bist du? Du bist nicht meine Mutter, ich kenne dich nicht«, sagte sie und blickte sich fragend in dem kleinen Raum um.

Die Frau nahm ihre Hand, streichelte sanft über ihren Arm und betrachtete mit traurigen Augen die deutlich sichtbaren Blutergüsse, die sich um die Einstichstellen gebildet hatten.

KAPITEL I

Hemera versuchte mühsam ihre übermächtigen Gefühle nicht nach außen dringen zu lassen. Es gelang ihr nur unvollständig. Die rötlichen Verfärbungen auf Wangen und Hals waren deutliche Anzeichen ihrer erregten inneren Verfasstheit. Ihre großen, leicht überdimensionierten Rehaugen strahlten und funkelten und spiegelten wider, was sie eigentlich nicht preisgeben sollten. Ein aufmerksamer Beobachter hätte leichtes Spiel gehabt, in ihre Seele zu gucken. Über ihr ebenmäßiges, anmutiges Gesicht mit der charaktervollen schmalen, klassisch griechischen Nase und einem zierlichen Mund mit schwungvollen Lippen, das von halblangen, nachtschwarzen Haaren eingerahmt war, huschte ein Lächeln. Sie schaute sich um und ließ ihren Blick auf den wenigen Fahrgästen ruhen. Sie studierte deren Mienen, um herauszufinden, ob sie erkannt haben, was mit ihr passiert war.

Heute, von einem Augenblick zum anderen, war etwas geschehen, das einem Wunder gleichkam. Wie ein warmer Strom flossen sorgsam gehütete und gezähmte Gefühle durch ihren Körper und drängte nach außen. Und sie ließ einen fremden Menschen daran teilhaben, ließ ihn in sich hineinschauen. Sie konnte sich das erste Mal einem Mitmenschen, einem Mann öffnen, ohne Angst.

Gestern noch hätte sie dieses Verhalten bei sich selbst für sehr unwahrscheinlich, wenn nicht gar unmöglich gehalten. Sie war ein Mensch, der sich nur ungern offenbarte, und schon gar nicht gegenüber Männern. Sie hütete ihr Innenleben, zog sich schnell in sich zurück, insbesondere dann, wenn die Menschen ihr gegenüber selbstbewusst, bestimmt und bestimmend auftraten. Sie hasste es geradezu, wenn jemand in sie einzudringen und ihr Gefühlsleben an die Oberfläche zu zerren versuchte. Sie empfand sich dann bloßgestellt, entblößt, nackt. Sie erlebte sich in solchen Situationen als gläserne Person, ungeschützt, fremden Blicken und öffentlicher Verfügbarkeit ausgeliefert. Die Alleinherrschaft über ihre abgeschirmten Erwartungen, Hoffnungen oder Sorgen war ihr ein wichtiges Lebenselixier. Die schützende Fassade durfte nicht ins Wanken geraten. Sie wollte allein entscheiden, welcher Teil von ihr das behütete Gehege verlassen durfte und was sie lieber im Verborgenen bewahrt hielt. Zu ungewiss und undurchsichtig schien ihr die Außenwelt. Vor dieser Welt musste sie ihr Herz abschirmen.

Als die U 7 an der Endhaltestelle stoppte, erhob sich Hemera beschwingt. Mit erhobenem Kopf und leicht vorgestrecktem Kinn ging die großgewachsene, schlanke junge Frau zur Ausgangstür. Es war ihr in diesem Moment egal, ob die Menschen sahen, was mit ihr los war. Sie könnten, nein, sie sollten alle wissen, dass sie glücklich war. Leichtfüßig schlenderte sie nach Hause, in Gedanken weit weg. Den Weg kannte sie wie im Schlaf. Es war ihr täglicher Arbeitsweg von Frankfurt-Bockenheim, wo sie als Sprechstundenhilfe bei einer niedergelassenen Internistin arbeitete. Automatisch bog sie nach etwa zweihundert Metern von der Praunheimer Landstraße in den Schalkwiesenweg ein.

Die ruhige Anwohnerstraße lag am Rande eines großen Parks, der nach Beendigung der für den Frankfurter Stadtkämmerer desaströsen Bundesgartenschau renaturalisiert und den Frankfurter Bürgern zugänglich gemacht worden war. Die Autos parkten beidseitig am Rande der Straße und ließen in der Mitte nur eine schmale Fahrgasse frei. Kleine einstöckige, freistehende Ein- und Zweifamilienhäuser mit ordentlichen Vorgärten, gefegten Bürgersteigen und mit Fassaden, die jeden Einblick in das Innere der Häuser und ihrer Bewohner verwehrten, säumten die Straße. Hinter der Häuserzeile auf der rechten Straßenseite versteckten sich, von der Straße nicht einsehbar, große langgestreckte, von hohen Hecken eingezäunte Gärten, die bis an das verwildernde Parkgelände heranreichten.

Auch das Haus, in dem Hemera Gassner mit ihren Eltern und den beiden jüngeren Brüdern Aither und Castor wohnte, hatte einen solchen Garten. Er war allerdings zum Teil bebaut. Der Vater hatte für sich dort einen Anbau nach eigenen Plänen errichtet. Dieser Gebäudetrakt war Gotthilf Gassner vorbehalten. Der Hausherr, ein gelernter Elektrotechniker, wollte in der kleinen Werkstatt, die er sich dort im Keller eingerichtet hatte, ungestört seinem Hobby nachgehen können. Ständig tüftelte er, so behauptete er jedenfalls, an irgendwelchen Erfindungen, und es wäre ihm sehr unangenehm, wenn irgendjemand erfahren würde, an was er gerade herumexperimentiert. Wer gegen die Anordnungen von Gotthilf Gassner verstieß, musste mit Strafen rechnen. Und jedes der Kinder hatte schon unter den Schlägen des Vaters zu leiden gehabt und wusste, dass der Vater mit der Androhung keinen Spaß machte. Auch seine Frau, obwohl von sanftmütigem Charakter, war vor Übergriffen ihres Mannes nicht verschont geblieben und war deswegen seit jeher im besonderen Maße darauf bedacht, ihm keine Gründe zu liefern, die Handgreiflichkeiten bei ihm auslösen könnten. Für das Büro, das er sich im Erdgeschoss des Anbaus für seine Immobiliengeschäfte, die er neben seinem eigentlichen Beruf nebenerwerbsmäßig betrieb, eingerichtet hatte, galten ähnliche Gebote. Keinem Familienmitglied war es erlaubt, ohne ausdrückliche Erlaubnis das Büro betreten.

Hemera schloss die Tür auf und wollte auf Zehenspitzen in ihr Zimmer im ersten Stock schleichen, um ihre Mutter zu dieser späten Zeit nicht zu wecken. Die Dielen im oberen Flur knarrten und Magda tauchte schlaftrunken aus ihrem Schlafzimmer aus.

»Wo kommst du denn so spät her? Es ist schon Mitternacht. Du weißt, dass du am Samstag immer spätestens um zehn Uhr zu Hause sein musst.«

»Ich weiß Mama, aber Vater ist doch im Urlaub. Da dachte ich, dass ich mal eine Ausnahme machen könnte.«

»Nütze mich bitte nicht aus, wenn dein Vater nicht da ist. Du weißt, dass es großen Ärger gibt, wenn er erfährt, dass du so spät nach Hause gekommen bist.«

»Mama, das muss er doch nicht erfahren, bitte. Er schlägt mich sonst grün und blau.«

»Nun übertreib mal nicht, mein Kind. Ich möchte nicht, dass du schlecht über ihn redest. Du hast ihm viel zu verdanken. Aber jetzt sag, wo warst du denn so lange?«

Hemera ging auf ihre Mutter zu und umarmte sie: »Ach Mama, ich bin so glücklich. Siehst du nicht, wie glücklich ich bin?«

Die Mutter hielt ihre Tochter eine Armlänge von sich weg und betrachtete sie mit ernster Miene.

»Warst du bei deinem Studenten? Warst du mit ihm allein? O Gott, du hast doch wohl nicht mit diesem Jungen ...?«

Hemera nickte unmerklich.

»Du bist siebzehn Jahre. Ein Kind noch. O Gott, was mache ich nur mit dir? Dein Vater rastet total aus. Hast du dir das schon einmal überlegt?«

»Mama, in solch einer Situation überlegt man doch nicht! Verstehst du nicht, ich liebe Boris, so wie ich, außer dir natürlich, noch nie einen Menschen auf dieser Welt geliebt habe.«

»Aber liebes Kind, wenn er dich nur ausnützt, was ist dann mit dir?«

»Ach was, nie würde er das tun! Er versteht mich. Er weiß, was ich will, er kennt mich und würde nie etwas tun, was mir schaden würde. Er ist so, so …«

Sie unterbrach sich und suchte nach den richtigen Worten. »Er ist einfach süß, verstehst du. Einfühlend, humorvoll und intelligent. Außerdem ist er schon dreiundzwanzig und kein unerfahrener Junge mehr«, sprudelte es aus Hemera heraus.

»Auch das noch, sechs Jahre älter, sagst du. Das kann nicht gut gehen. Die Studenten wollen sich an so unschuldigen, jungen Dingern wie dir doch nur austoben. Er benutzt dich und lässt dich dann fallen.«

»Nein, er ist ganz anders als die anderen. Er so verständnisvoll, so großherzig. Er ist einfach toll und er liebt mich. Mich, Mama! Niemanden anderen! Lass' uns morgen weiter darüber reden. Ich will mit dir jetzt nicht streiten. Vertraue mir. Ich bin so glücklich. Mehr kannst du doch für deine Tochter nicht erhoffen, oder?«

»Mein Gott, du bist noch so jung. Du weißt noch nichts vom Leben und lässt dich von so einem verführen. Habt ihr wenigstens aufgepasst, du weißt schon, wegen Aids und Schwangerschaft und so?«

»Mama, ich bin kein Kind mehr. Ich weiß, wie man sich schützt. Du wirst sehen, alles ist gut und jetzt gute Nacht.«

»Gute Nacht, mein Kind. Ich mache mir Sorgen, nicht zuletzt auch wegen deinem Vater. Es gibt eine Katastrophe, wenn er erfährt, was du gemacht hast.«

Sie stöhnte und faltete die Hände: »Ach, meine liebe Hemera, ich fürchte, Gott meint es nicht gut mit uns. Bete zu ihm und bitte ihn um Verzeihung. Auch würde es nichts schaden, wenn du am Sonntag mal wieder zur Beichte in die Kirche gehen würdest.«

Durch die Jalousien drangen gerippte Lichtschimmer in das Zimmer und tauchten es in unwirkliches Zwielicht. Hemera lag auf dem Bett, die Hände gefaltet und dankte Gott für das Wunder, das er ihr gewährt hatte. Bußfertig war sie nicht. Sie wollte nicht glauben, dass Gott es als Sünde betrachten könnte, zu lieben, sich jemandem nicht nur mit dem Kopf hinzugeben, sondern auch mit jeder Faser des Körpers. Sie bat ihn um Verständnis, für das, was sie getan hatte. Sie sprach mit Gott und spürte dabei Boris' zärtliche Hände auf ihrem Körper, ihrem kleinen Busen. Sie fühlte, wie er sich in ihr breit machte, von ihr Besitz nahm, sich in ihr einnistete. Sie gab sich diesem Gefühl hin und verbannte für diese Nacht die unerfüllbaren kirchlichen Gebote, die die innige Zweisamkeit mit Boris unterminieren könnten.

Magda hatte, wie sie befürchtet hatte, schlecht geschlafen und war früh aufgestanden. Sie hatte starke Kopfschmerzen, die sie mit ebenso starken Tabletten unterdrückte. Fahles Morgenlicht füllte die kleine, aber gut ausgestattete Küche. Sie schaltete die Kaffeemaschine an und backte ein paar Brötchen auf. Hemera liebte frische Brötchen zum Frühstück. Für die beiden Söhne bereitete sie Müsli und Kakao vor. Trotz des sehr knappen Haushaltsgelds, das ihr ihr Mann jeden Monat gab, machte Magda alles, um ihren Kindern ein möglichst schönes und entbehrungsfreies zu Hause zu bieten.
Sie fühlte sich müde und abgeschlagen, nicht nur wegen der kurzen Nacht, sondern weil sie spürte, dass es an der Zeit war, Hemera endlich über ihre Herkunft aufzuklären. Es fiel ihr unendlich schwer, ihrer Tochter die Wahrheit zu sagen, aber jetzt wurde es unumgänglich. Zu diesem Schluss gelangte sie in der langen Nacht, die sie zum Tag gemacht hatte. Sie hatte Angst abermals eine Tochter zu verlieren. Sie liebte sie, mehr als alles andere auf der Welt. Hemera war jetzt siebzehn, fast

so alt wie Leda damals, und hatte ein Anrecht darauf, zu erfahren, was damals geschah. Sie wollte vermeiden, dass Hemera eine Kurzschlusshandlung beging, so wie ihre Tochter damals. Sie würde sie verstehen. Sie musste mit Hemera sprechen, bevor ihr Mann wieder zurückkommen würde. Er würde das Gespräch missbilligen. Nein, er würde sie dafür beschimpfen.

Wie jedes Jahr war er für zwei Wochen nach Thailand gefahren. Allein. Er brauche den Urlaub, um einmal ausspannen zu können, sagte er. Niemand in der Familie widersprach ihm. Sie waren insgeheim froh, wenn er nicht zu Hause war und herumnörgelte. Am kommenden Sonntag würde er zurückkommen, und der normale Alltag, geprägt durch den despotischen Hausherrn, würde wieder in das Haus im Schalkwiesenweg einkehren, und die Chance, mit Hemera in Ruhe reden zu können, wäre vertan. Während sie in der Küche hantierte schweiften Magdas Gedanken ab, zurück an die Anfänge ihrer Beziehung mit Gotthilf.

Leda war Magdas erstes Kind, nachdem sie zwei Mal abgetrieben hatte, weil, wie sich ihr Mann ausdrückte, Kinder bis dahin nicht in seine Lebensplanung passten. Er vertröstete seine Frau auf später, erst wolle er sich etwas aufbauen, sagte er ihr. Sie hatte sich gefügt und geduldig gewartet, den Wunsch nach einem Kind immer im Herzen tragend. Sie, die aus kleinen Verhältnissen stammte, bewunderte ihren ehrgeizigen Mann und hatte nicht den Mut, ihm zu widersprechen. Er schien ihr in allen Belangen überlegen.

Es fiel ihr schwer, sich vorzustellen, was sie, außer sich selbst als Frau, in die Ehegemeinschaft einbringen könnte. Außer einem attraktiven Äußeren konnte sie ihm, so glaubte sie, wenig geben. Darin sah sie ihren Trumpf. Sie fand sich hübsch und war überzeugt, in dieser Hinsicht einem Mann viel bieten zu können. Sie hatte dunkelbraune, etwas schräg stehende Augen, die ihrem Gesicht etwas Geheimnisvolles verliehen. Unterstrichen wurde dieser Eindruck durch die langen schwarzen Wimpern und die pechschwarzen seidigen Haare. Sie hatte eine weiche, anschmiegsame, zierliche Figur mit großen Brüsten und einem verführerischen, festen Po. Diese von der Natur mitgegebene körperliche Ausstattung machte sie zuversichtlich, ihren sechs Jahre älteren, energiegeladenen, unruhig-umtriebigen und, wie es ihr schien, sexuell sehr aktiven und fordernden Ehemann an sich binden zu können. Mit zwei strategischen Optionen, so glaubte sie, konnte sie dies Ziel erreichen: Die Bindung durch Kinder und durch guten Sex. In der Herstellung und Festigung dieser beiden Bindungskräfte sah sie ihre Bestimmung und glaubte fest daran, dass Gott ihr diese Gaben in die Wiege gelegt hatte, und sie sah darin nicht zuletzt auch die naturgegebene Pflicht der Frau in der Ehe.

Kinder wurden ihr in den ersten Jahren der Ehe als Bindemittel, die Beziehung zu ihm zu festigen, verwehrt, so blieb der Sex. Ihr Mann machte, wann immer es ihm beliebte, Gebrauch von ihrem sexuellen Angebot: selbstherrlich, grob und ohne Rücksicht auf ihre Gefühlslagen. Sie dachte bei sich, Männer seien so und betrachtete seine ungewöhnliche sexuelle Gier als das Los von Ehefrauen, die ihrem Mann zu dienen hätten, so wie es in der Bibel stand. Und sie war zufrieden mit dieser Bestimmung und erfüllte ihm seine sexuellen Erwartungen, so gut sie es konnte. Es blieben ihr allerdings still gehegte Zweifel, ob sie alle seine unergründlichen sexuellen Triebe wirklich befriedigen konnte.

Zwei Jahre, bevor sie nach Frankfurt gezogen waren, wurde ihr Mann angezeigt. Ihm wurde vorgeworfen, auf einer Geschäftsreise in Rosenheim eine Kellnerin vergewaltigt zu haben. Er bestritt das und sagte aus, dass die Kellnerin ihn angemacht und verführt habe. Er sei betrunken gewesen und habe nicht mehr gewusst, was mit ihm geschah. Magda hielt das für möglich, glaubte und verzieh ihm. Das Gericht glaubte ihm nicht und verurteilte ihn zu einer Bewährungsstrafe von achtzehn Monaten. In der geschwätzigen Nachbarschaft fing man an, über Gotthilf Gassner hinter vorgehaltener Hand zu reden. Es war für ihn an der Zeit zu flüchten, um die Lästermäuler aus seinem Gesichtskreis zu verbannen.

Ein Jahr, nachdem sie von München nach Frankfurt gezogen waren, gebar sie dann endlich 1966, nach acht Jahren des Wartens auf ein Kind, Leda. Von Anfang an überschwemmte Magda ihre Tochter mit ihrer bis dahin brachliegenden Mutterliebe. Als Mutter eines Kleinkindes, gerade fünfundzwanzig Jahre alt, wagte sie es jetzt hin und wieder, ihrem Mann ihren Körper zu verweigern, und sie versuchte ihm die Vaterrolle schmackhaft zu machen. Er nahm sich zwar weiterhin selbstherrlich bei seiner Frau alles, was ihm sein Unterleib diktierte, aber er kümmerte sich auch um das Kind und nahm es wie selbstverständlich in Besitz, so wie er schon seit je her seine Frau als eine Art Beutebesitz betrachtet hatte.

Magda hörte ihre Tochter oben im Flur zum Badezimmer gehen. Sie hatte offenbar besser geschlafen als sie selbst und trällerte ein Lied vor sich her. Ihre beiden Brüder waren noch nicht zu hören, sie schliefen anscheinend noch. Magda war unruhig. Sie war es nicht gewohnt, selbst zu entscheiden, was zu tun ist. Es fiel ihr schwer, eine so große Verantwortung zu übernehmen. Aber seltsamerweise kam es ihr diesmal nicht in den Sinn, sie abzuwälzen, wie sie es sonst immer tat. Es war wie ein innerer Zwang, der sie dazu trieb, Hemera aufzuklären über das, was damals geschehen war.

Sie war aufgewühlt und fahrig, als Hemera eintrat. Sie gab ihrer Mutter einen Kuss auf die Stirn und setzte sich mit guter

Laune an den Frühstückstisch. Magda füllte ihre Tasse mit Tee und legte ihr die aufgebackenen, knusprigen Brötchen auf den Teller, sich selbst goss sie nur eine Tasse Kaffee ein. Essen konnte sie nichts. Nachdem sie sich eine Weile schweigend gegenüber gesessen hatten, fasste sie sich ein Herz und erzählte Hemera die Wahrheit über deren Leben.

Es ereignete sich vor 24 Jahren und erschien Magda doch, als ob es erst gestern geschehen wäre.

Im April 1984, an einem Sonntag als Gotthilf Gassner gerade auf einer Geschäftsreise war, hatte Leda Magda gesagt, dass sie von zu Hause weggehen werde, sobald sie volljährig geworden sei und die Ausbildung als Frisöse beendet hätte. Sie hatte den Zeitpunkt dieser Ankündigung deswegen noch genau in Erinnerung, weil es bei dieser sogenannten Geschäftsreise eigentlich gar nicht um ein Geschäft im üblichen Sinn ging, sondern um den Verkauf des Hauses von Gotthilfs Mutter Sophia in Gernlinden bei München, die, nach großen Widerständen ihres Sohnes, schon 1980 zu ihnen nach Frankfurt gezogen war. Sein Verhältnis zu ihr war äußerst schlecht und angespannt. Sie zankten sich immerwährend. Um von ihr nicht gestört zu werden und wohl auch, um sich an der lieblosen Mutter, unter der er als Kind gelitten hatte, zu rächen, sperrte er sie oft tagelang in ihr kleines, dunkles Mansardenzimmer ein, das er ihr in seinem Haus in Frankfurt widerwillig unter dem Dach zur Verfügung gestellt hatte.

Noch am Tag seiner Rückkehr aus Gernlinden, berichtete Magda ihm von den Plänen seiner Tochter. Versteinert hörte er ihr zu und zog sich, ohne etwas dazu zu sagen, in seinen Hobbyraum im Keller des Anbaus zurück.

An einem der nächsten Tage versuchte Leda selbst, ihm ihren Entschluss zu erklären. Er gab ihr zu verstehen, er könne nicht verstehen, dass sie von zu Hause weg wolle und bat sie, zu bleiben.

»Ich muss gehen. Du kannst dir denken, warum. Es wird für uns alle am besten so sein«, sagte sie ihm.

Er schüttelte verständnislos den Kopf: »Warum *musst* du gehen?«

»Ich möchte darüber nicht sprechen. Mit dir nicht und überhaupt mit niemandem.«

»Du weißt, dass ich dich liebe, und ich habe mich immer bemüht, gut zu dir zu sein.«

»Ich würde es mal so sagen, Vater: Du hast dir von mir genommen, was du wolltest. Wenn du das Güte nennst, hast du eine komplett andere Vorstellung davon, als ich. Verstehst du nicht oder willst du nicht verstehen? Es war extrem verletzend und widerlich, wenn du mich berührt hast und ... Ich weiß nicht, was Mama oder jemand anderes dazu sagen würde«, sagte sie mit einem leicht drohenden Unterton.

»Ach, deine Mama. Auf die brauchst du nicht bauen. Du kannst deiner Mutter erzählen, was du dir auch immer zusammenphantasierst. Sie wird dir kein Wort glauben. Keiner wird dir glauben!«, sagte Gotthilf mit bissigem Sarkasmus im Ton.

»Sei dir da nicht so sicher. Meine Freundin zum Beispiel würde mir schon glauben und ich denke mal, das Jugendamt auch.«

»Untersteh dich, mich bei irgendeinem Menschen anzuschwärzen und zu denunzieren. Ich bin ein unbescholtener Mann und habe gute Freunde, auch im Jugendamt. Ich werde alles abstreiten und dich als Lügnerin entlarven. Ich warne dich etwas Unbedachtes zu tun, es würde dir nicht gut bekommen, das kann ich dir auf die Hand versprechen!«

Gotthilfs Gesichtsausdruck hatte sich verändert und seine Stimme wurde im Laufe des Gesprächs immer schärfer. Beim letzten Satz packte er sie schmerzhaft an den Schultern, schüttelte sie wütend und zischte drohend: »Du unverschämte, hinterlistige Lügnerin. Ich werde dir deine Flausen, Märchen über mich zu verbreiten, austreiben!«

»Du tust mir weh, Vater. Lass mich bitte los.«

»Ich kann dir noch viel mehr weh tun, nimm dich in Acht!«

Sie nahm sich in Acht. Sie kannte ihn.

In den kommenden Monaten zog sich Gotthilf mehr und mehr von der Familie zurück. Entweder verbrachte er seine Abende im Keller, wo er, so dachte die Familie, arbeitswütig geworden, geräuschvoll an irgendetwas Bedeutungsvollem werkelte, oder in seiner Stammkneipe im benachbarten Stadtteil Frankfurt-Hausen, wo er sich mit seinen Kumpels besoff und freigiebig Runden schmiss.

Drei Monate nach ihrer Vorankündigung, aus dem Haus zu ziehen, und ein Monat vor ihrem achtzehnten Geburtstag verschwand Leda. Ohne sich zu verabschieden, ohne etwas zu hinterlassen. Magda wollte zur Polizei gehen und ihr Verschwinden melden. Ihr Mann hielt sie davon ab. Er bat sie, noch zu warten, sie werde bestimmt bald zurückkommen.

»Jetzt im August wollen die jungen Dinger etwas erleben und raus aus der Stadt. Außerdem muss sie doch zurückkommen, um noch ihre Ausbildung zu beenden. Ein so vernünftiges Mädchen wie Leda lässt doch drei Jahre Ausbildung nicht einfach so sausen. Du kennst sie doch.«

Das Argument wollte Magda einleuchten. Sie rechnete es ihrem Mann hoch an, dass er immer noch so ruhig war, und sie wunderte sich ein wenig über die ungewöhnliche Toleranz, die er seiner Tochter gegenüber walten ließ.

Die Wochen vergingen und Magda wurde zusehend unruhiger. Sie konnte nicht glauben, dass Leda so lange wegblieb, ohne sich zu melden. Es musste ihr etwas passiert sein. Anders konnte sie sich ihr seltsames Gebaren nicht erklären. Dann, am Tag ihres achtzehnten Geburtstages, traf ein Brief von ihr ein, aufgegeben in Spanien. Sie hatte den Inhalt bis heute nicht vergessen, jedes ihrer Worte hatte sich in ihren Gehirnwindungen unauslöschbar eingebrannt.

Liebe Mama, lieber Vater,
mir geht es gut. Ihr braucht Euch keine Sorgen um mich machen. Entschuldigt, dass ich Euch im Ungewissen gelassen und mich so lange nicht gemeldet habe. Aber ich musste mich hier erst eingewöhnen und ein Telefon gibt es dort, wo ich wohne, nicht. Ich lebe hier abgeschieden in wunderschöner Natur mit wunderbaren Menschen, die meinem Leben einen neuen Sinn gegeben haben. Wir beten viel – liebe Mama, darüber wirst Du Dich bestimmt freuen – und verbringen einen großen Teil der Zeit gemeinsam mit Meditation und wichtigen Gesprächen. Ich bin glücklich und mit mir im Reinen.
Ich wünsche mir so sehr, dass ihr mein neues Leben respektiert und Euch mit mir darüber freut, dass Gott es mir ermöglicht hat, ein neues Leben zu beginnen. Bitte versucht nicht, mich zu finden. Es wäre zwecklos. Ich bin volljährig. Auch wenn ihr mich finden würdet, würde ich auf keinen Fall zurückkommen.
So, jetzt wisst ihr erst einmal Bescheid und müsst Euch um mich nicht mehr sorgen. Ich lasse wieder etwas von mir hören.
Ich liebe Euch.
Eure Tochter Leda.

Magda hatte seither ihre Tochter nie wieder gesehen. Bis zum heutigen Tag. Sie war untröstlich, ihre Tochter verloren zu haben, fand sich aber damit ab, da sie sie glücklich wähnte. Gotthilf war, wie er sich ausdrückte, maßlos enttäuscht von

Leda und zweifelte die Echtheit des Briefes an. Obwohl Magda die Schrift ihrer Tochter absolut sicher wiedererkannte, bestand Gotthilf darauf, den Brief von der Polizei überprüfen zu lassen. Das Sachverständigengutachten bestätigte die Echtheit der Handschrift. Die Polizei bot sich an, Nachforschungen über den Verbleib von Leda einzuleiten, wenn die Eltern das wünschten. Gotthilf und seine Frau überlegten lange, wie sie sich verhalten sollten, fanden sich schließlich aber mit der Tatsache ab, dass ihre Tochter ihren eigenen Weg gehen wollte und lehnten es deshalb ab, weiter in deren Leben herumschnüffeln.

Magda betete zu Gott, dass er ihr ihre Tochter zurückbringe. Falls dies nicht in seinem Sinn sei, so bat sie ihn, wenigstens dafür sorgen, dass es ihr an nichts mangele. Es verging kein Tag, an dem sie vergaß, ihre Tochter in ihre Gebete einzubeziehen. Gotthilf schien leichter an dem Verlust zu tragen und begann, sie zu vergessen. Jedenfalls redete er nicht mehr von ihr. In dieser Zeit begann er, sich mehr denn je der Familie zu entziehen und widmete sich zunehmend seinen Hobbies im Keller und seinem außerhäuslichen Leben.

Eines Tages verließ Magda das Haus, um einzukaufen. Es war ein warmer, sonniger Augustmorgen, sechs Jahre nach dem spurlosen Verschwinden von Leda. Die Straße vor dem Haus war menschenleer. Entlang der Parkreihen auf der Straße taten sich große Lücken auf, die die mit dem Auto in den Urlaub gefahrenen Anwohner hinterlassen hatten. Eine Amsel zwitscherte vom Dachfirst in die Morgenstille. Ein leises Wimmern drang an ihr Ohr. Sie schaute sich um und entdeckte, als sie suchend um die Ecke ihres Hauses spähte, vor der geöffneten Garagentür einen Kinderwagen. Sie ging darauf zu und blickte in das winzige Gesicht eines Babys. Sie wischte sich die Augen, sah ein zweites Mal hin, ging zur Straße zurück und suchte sie ab, ob sie jemanden entdeckten könnte. Auf der Straße war immer noch kein Mensch zu sehen. Sie näherte sich wieder zögernd dem Kind, ungläubig den Kopf schüttelnd, und betrachtete es genauer. Es konnte nicht älter als zwei bis drei Monate sein, schätzte sie.

»Wer macht denn so etwas, einfach ein Baby bei uns abstellen. Das gibt es doch nicht! Das arme Kind! Gott sei Dank ist es nicht so kalt und es friert nicht«, murmelte sie vor sich hin und untersuchte das Innere des Kinderwagens näher. Auf der Überdecke lag ein Briefumschlag, adressiert an Magda und Gotthilf Gassner, geschrieben mit einer Handschrift, die ihr bekannt vorkam. Sie riss hastig den Briefumschlag auf, sah sich das Foto mit ihrer Tochter an, die ein Baby auf dem Arm hielt, und las den Brief:

Liebe Mama, lieber Vater,

ich kann mir gut vorstellen, wie überrascht ihr sein werdet. Ich wäre es bestimmt auch an Eurer Stelle. Aber ich bin in einer außerordentlich schwierigen, schier ausweglosen Lage und finde nach wochenlangen Überlegungen keinen anderen Weg als diesen. Ihr müsst mir helfen. Ich habe vor zwei Monaten, am 9. Juli 1990 Hemera geboren. Ein liebes, süßes Mädchen, wie ihr schnell feststellen werdet. Ich habe mich während der Schwangerschaft monatelang gequält. Eigentlich hätte ich abtreiben müssen, da es dort, wo ich lebe, unmöglich ist, ein Kind großzuziehen. Es ist schwer zu erklären, aber es geht einfach nicht. Auch fühle ich mich selbst nicht in der Lage, ein Kind großzuziehen. Aber ich konnte nicht abtreiben. Gott hätte mir nie verziehen, und Du, Mama, wahrscheinlich auch nicht. Also habe ich es ausgetragen und versucht, es zu behalten. Aber es war mir nicht möglich, wie ich schon befürchtet hatte. Ich bin keine Rabenmutter und würde alles für das Kind tun, wenn ich nur könnte, aber ich kann nicht. Anstatt es in eine Kinderklappe zu legen und anonym zur Adoption frei zu geben, habe ich mir überlegt, dass es bei Euch in den besten Händen wäre. Ich weiß, dass ihr lieb zu Hemera seid und sie es bei Euch gut haben wird. Wenn ihr schon nicht mich habt, so habt ihr doch wenigstens das Kind von mir.

Ich weiß gar nicht, wie ich Euch danken kann. Ihr tut unendlich viel für mich, wenn ihr Hemera aufnehmt, als Pflegeeltern oder, noch besser, als Adoptiveltern.

Ich konnte Euch nicht sehen, deswegen habe ich den Kinderwagen auf die Garagenzufahrt gestellt. Es wäre für mich, und ich nehme an auch für Euch, zu schwer gewesen, sich nur kurz guten Tag zu sagen und dann wieder auseinander gehen zu müssen. Ich habe leider nur sehr wenig Zeit, und muss schnell wieder zum Bahnhof zurück. Ich denke, es ist für alle besser so. Ich weine um das Kind, bin sonst aber wohl auf.

Ich liebe Euch. Seit ganz lieb gegrüßt. Gott sei mit Euch und meinem Kind.

Eure Leda

Zusätzlich zu dem Brief lagen in dem Kinderwagen noch eine Bescheinigung über die Mutterschaft und eine Notiz mit folgendem Text:

Mit der nachfolgenden Unterschrift gebe ich Hemera Gassner zur Adoption frei. Beiliegend auch noch eine Bescheinigung, dass ich Hemeras Kindsmutter bin.

Gez. Leda Gassner

Magda starrte abwechselnd auf den Brief und auf das Foto. Es war ihr nicht möglich, einen klaren Gedanken zu fassen. Unschlüssig, verwirrt, hilflos ging sie zur Straße, schaute sich vergebens um, und stakste zögerlich wieder zurück zu dem Kind. Das, was sie auf dem Foto sah, war zweifellos ihre

Tochter und das Baby, das sie auf dem Arm hielt, war ebenso zweifelsfrei das Baby im Kinderwagen, dieselbe Strampelhose, dasselbe pausbäckige Köpfchen, ein Schildchen um den Hals mit der Aufschrift: Hemera. Nach einer Weile schob sie den Wagen, sich immer wieder umguckend, ob nicht doch noch jemand auftauchen würde, in das Haus. Sie nahm das Kind auf den Arm und ging mit ihm im Wohnzimmer auf und ab. Schließlich setzte sie sich wie gelähmt in einen Sessel und wartete auf ihren Mann, unfähig selbst irgendeine weitere Initiative ergreifen zu können.

Gotthilf Gassner kam gegen Mittag nach Hause. Er war eigenartig ruhig und gelassen, als er das Kind sah, gleichsam als ob Derartiges zu erwarten gewesen wäre. Er betrachtete das Kind, wie man einen besonders reizvollen Gegenstand begutachtete, nahm es auf den Arm und fragte seine Frau, ob sie das Kind aufnehmen wolle, wenn das Jugendamt es zulassen würde. Magda war natürlich einverstanden. Endlich hatte sie wieder ein Baby. Noch am gleichen Tag rief Gotthilf Gassner das Jugendamt in Frankfurt-Bockenheim an, wo er den Amtsleiter, dem er vor einiger Zeit eine preiswerte Immobilie vermittelt hatte, gut kannte. Er machte mit ihm einen Termin aus. Schon am darauffolgenden Tag kam Amtsleiter Anton Schmieder zu ihnen nach Hause, um den eigenartigen Vorfall und das weitere Vorgehen mit der Familie Gassner zu besprechen. Nach Prüfung aller vorhandenen Unterlagen und Briefe, nach eingehender Befragung sowie der Erledigung aller Formalitäten wurde der Familie Gassner zunächst das Sorgerecht für Hemera durch das Jugendamt erteilt. Ein Jahr später konnten sie Hemera adoptieren. Es sprach nach Ansicht der Adoptionsstelle nichts gegen die zukünftigen Eltern, die über ein gutes Einkommen verfügten, und über die bei Behörden, den Nachbarn und Bekannten nichts Nachteiliges bekannt war, was einer etwaigen Adoption im Wege stehen könnte.

Zwei Jahre nach Hemera wurde auf ebenso mysteriöse Weise ein weiteres Baby von Leda, Aither, vor dem Haus abgestellt. Vier Jahre nach Aither stand ein Kinderwagen mit Castor vor dem Haus von Magda und Gotthilf Gassner. Die beiden Brüder wurden, ähnlich wie Hemera, mit Briefen und Fotos von Leda sowie des jeweils beigelegten Mutterschaftsnachweises identifiziert. Die Behörden stuften die Fälle zwar als äußerst ungewöhnlich ein, da die anschließenden Untersuchungen und Nachforschungen jedoch nichts Rechtswidriges zutage brachten und die leibliche Mutter unauffindbar blieb, konnten Magda und Gotthilf Gassner die beiden Brüder von Hemera nach einigen bürokratischen Schwierigkeiten ebenfalls adoptieren.

Hemera saß lange schweigend ihrer Mutter gegenüber und dachte über das nach, was sie eben gehört hatte. Als sie ihre Sprache wiedergefunden hatte, bemerkte sie mehr zu sich selbst als zu ihrer Mutter: »Dann bin ich also nicht Vaters leibliches Kind.«

»Nein.«

Nach einer weiteren langen Pause sagte Hemera zu ihrer Mutter gewandt: »Mama, ich glaube, das ist gut so. Wenn ich ganz ehrlich zu dir sein darf, ich liebe meinen Vater, oder vielmehr meinen Adoptivvater, nicht. Es ist mir recht, dass ich nicht seine Gene geerbt habe. Er ist nicht das, was ich mir unter einem liebenden Vater, einem liebenden Menschen vorstelle. Er schnürt mich ein, ist rechthaberisch, selbstherrlich, unberechenbar und lässt neben sich nichts anderes gelten. Er ist ein Narziss und Egomane.«

»Kind, so darfst du nicht reden, nach allem, was ich dir eben erzählt habe. Er hat sich damals sehr um dich gekümmert.«

»Was hat *er* denn getan? *Du* warst es, die mich erzogen hat, die mir gegenüber Verständnis gezeigt hat. Nicht er.«

»Dein Vater hat für uns gearbeitet, uns ernährt und das Geld verdient …«

»… das er dann mit vollen Händen für sich selbst wieder ausgibt«, unterbrach Hemera ihre Mutter scharf. »Dir hat er ein mehr als mageres Haushaltsgeld gegeben, von dem du uns Kindern sogar noch etwas abgezwackt hast, und er selbst fährt protzig mit seinem dicken BMW durch die Gegend und gibt damit vor seinen Freunden an. Er fährt in den Urlaub nach Thailand … und weißt du, was er da treibt? Vielleicht ist es besser, wir wissen es nicht. Er hält sich seine Familie, als ob er Gottvater persönlich wäre und über sie nach eigenem Gutdünken bestimmen könnte.«

»Reg‘ dich bitte nicht so auf und sprich nicht in solch einem Ton zu mir! Dein Vater hat dich in unsere Familie aufgenommen und zwar ohne zu zögern. Er hat sich sehr für die Adoption eingesetzt. Das war alles nicht leicht, da wir ja keine Dokumente, keine Geburtsbescheinigung, nicht einmal deinen Geburtsort oder den Aufenthaltsort von deiner Mutter hatten, sondern lediglich den Brief, die Bescheinigung und das Bild. Die Polizei, das Sozialamt und das Jugendamt hatten auf Ersuchen deines Vaters Erkundungen über deine Mutter eingeholt und sogar Interpol eingeschaltet, aber es war vergebens, sie blieb spurlos verschwunden. Von deinem richtigen Vater ganz zu schweigen. Da wissen wir bis heute überhaupt nichts. Du kannst dir vielleicht vorstellen, dass es unter diesen Umständen für deinen Vater nicht leicht war, die Adoptionsfreigabe zu bekommen. Dass er es geschafft hat, war nur über kleine Aufmerksamkeiten, wie sich dein Vater ausgedrückt hatte, und entsprechend gute Beziehungen möglich.«

Hemera war in der Zwischenzeit aufgestanden und ging unruhig in der Küche auf und ab. Sie dachte an ihre schwierige Kindheit und Jugend, die von ihr viel abverlangt hatte. Sie ist daran nicht zerbrochen, sondern gereift und hat sich frühzeitig mit dem Leben auseinandergesetzt, auseinandersetzen müssen: Mit ihrem Leben, mit dem Leben ihrer Mutter, mit der menschlichen Existenz insgesamt. Sie hatte früh begonnen, sich für entsprechende philosophische und literarische Themen zu interessieren. Sie las viel und vergnügte sich selten mit Freunden in Discos oder anderen Tanzveranstaltungen. Nicht zuletzt auch deshalb, weil ihr Vater ihr nur äußerst selten erlaubte, abends später nach Hause kommen zu dürfen, und er auch keinen Besuch von Freundinnen im Haus duldete. Obwohl sie erst siebzehn Jahre alt war, wirkte sie erwachsener als ihre Altersgenossinnen. Sie drückte sich gewählt, bisweilen vielleicht auch etwas altklug aus. Diese Attitüden und das restriktive Verhalten ihres Vaters führten dazu, dass Jungen in ihrem Alter kaum um sie warben, und sie Gleichaltrige kaum kennenlernte. Sie hungerte nach geistesgleichen, seelenverwandten Freunden, mit denen sie nicht nur Spaß haben, sondern auch tiefe Gespräche führen konnte, und die waren meist deutlich älter als sie selbst.

»Ist ja gut, Mama. Ich bestreite ja gar nicht, dass er sich damals engagiert hat. Aber was hat er in den ganzen Jahren danach gemacht? Er hat uns alle mehr oder weniger drangsaliert. Dich doch auch! Er ist aggressiv und macht dich klein, verbal und manchmal sogar körperlich.«

»Das ist nicht wahr. Ja, manchmal ist er etwas grob und aufbrausend, aber wer ist das nicht. Seine Freunde sprechen alle gut von ihm.«

»Freunde hat er doch gar keine. Höchstens ein paar Kollegen und Saufkumpane. Ich glaube, er weiß gar nicht, was Freundschaft bedeutet. Und Liebe? Glaubst du, er kann lieben? Ist er fähig, einen Menschen zu akzeptieren, so wie er ist, ohne wenn und aber? Kann er Gefühle von tiefer Zuneigung und gegenseitigem Verständnis entwickeln, kann er sich in einen Menschen hinein versetzen? Spürt er die kleinen Geheimnisse und Wünsche auf, die in jedem Menschen verborgen sind, und bemüht er sich, sie zu erfüllen? Ich denke, wenn wir ehrlich sind, müssen wir leider sagen: Nein, das kann er nicht. Nicht die Spur!«

Magda blickte nachdenklich durch das Fenster auf die Straße. Sie ließ die vergangenen Jahre Revue passieren und musste ihrer Tochter leider im Großem und Ganzen recht geben. Sie hatte sich ihm untergeordnet und sie spielte oftmals Hilflosigkeit vor, um seine Beschützerinstinkte zu wecken, ihn gnädig zu stimmen und um ihm zu zeigen, dass sie seine Dominanz nicht anzweifelte. Sie hatte sich nach all den Jahren mit dieser Art von Partnerschaft abgefunden und ihre Liebe auf die Kinder und auf Gott konzentriert und von beiden das für das Überleben notwendige Maß an Liebe zurückbekommen.

Hemera, die ständig in Bewegung war, unterbrach plötzlich ihre Wanderung durch die Küche und pflanzte sich vor ihrer Mutter auf: »Mama, wie kann eine Mutter ihr Kind weggeben und es achtzehn Jahre nicht mehr sehen wollen? Sie weiß, wo ich wohne und lebe, und trotzdem hat sie sich nie hier blicken lassen, nie geschrieben oder wenigstens einmal angerufen. Weder bei mir noch bei meinen Brüdern. Sie hat ihre Kinder einfach vergessen. Ich verstehe das nicht. Ich werde das nie begreifen können. Verstehst *du* das? Du bist doch selbst Mutter. Was muss in einem Menschen vor sich gehen, der so etwas tut?«

Magda erhob sich und nahm ihre Tochter in den Arm. Dicke Tränen kullerten über ihre Wange. Ihr Körper zitterte vor Schmerz.

Mit tränenerstickter Stimme sagte sie kaum hörbar: »Ich kann es auch nicht verstehen, mein Kind. Es ist unvorstellbar und übersteigt alles, was mir denkmöglich ist. Jahrelang habe ich mich gefragt, warum meine Tochter so reagiert hat, was mit ihr passiert sein könnte. Sie war so ein liebes, einfühlendes Kind. Es passt einfach nicht zu ihr, was sie gemacht hat. Ihr Verhalten wird mir auf ewig ein Rätsel bleiben. Ich weiß nicht, was ich tun kann, außer zu beten und zu hoffen, dass Gott sie nicht verlassen hat.«

Magda wurde von Heulkrämpfen geschüttelt. Als Hemera ihre Mutter so sah, füllten sich auch ihre Augen mit Tränen. Beide standen sie weinend und eng umschlungen in der Küche, als die beiden Brüder hereinstürmten.

»Her mit dem Müsli, ich habe einen Bärenhunger«, posaunte Aither in das weinende Schweigen und wollte sich an den Tisch setzen. Sein jüngerer Bruder zupfte ihn am Ärmel und deutete auf seine Mutter und seine Schwester.

Aither hielt in seinem Sturmlauf inne und blickte betroffen auf seine Mutter: »Was ist passiert, Mama? Warum weinst du?«

Magda löste sich aus der Umarmung mit ihrer Tochter und nahm ihren Jungen bei der Hand. »Es ist nichts passiert. Ich habe mit deiner Schwester nur über Vergangenes geredet und da bin ich plötzlich traurig geworden. Es ist nichts, mache dir keine Sorgen, mein Sohn. Ich werde mit dir und Castor später einmal darüber reden. Jetzt esst erst einmal.«

Sie wischte sich die Tränen aus dem Gesicht, bemühte sich zu lächeln und widmete sich ganz ihren beiden Söhnen.

KAPITEL II

Ein Zucken ging durch Heras Körper, als sie den Summer hörte, der nach richtiger Eingabe des Zahlencodes die Verriegelung der schweren Tür aus Stahlbeton löste. Die hörbare Entriegelung der elektrisch gesicherten Tür kündigte Adolf Nyx an. Obwohl sie das Geräusch schon tausende Male gehört hatte, löste es bei ihr immer wieder eine Schreckreaktion aus. Ihr Körper verspannte sich und ihre Gesichtszüge nahmen einen leblosen, starren Ausdruck an. Ihre drei Kinder zogen sich schnell in den angrenzenden kleinen Raum zurück, schlossen die Tür und verhielten sich ruhig.

Adolf Nyx öffnete Tür, die hinter ihm gleich wieder automatisch ins Schloss fiel, und trat durch die nur etwa ein Meter hohe Öffnung in die insgesamt gut vierzig Quadratmeter kleine Kellerwohnung. Sie bestand aus zwei Schlafzimmern, einer kleinen Kochnische, Dusche und Toilette. Ursprünglich sollten die in den sechziger Jahren gebauten Räumlichkeiten als Bunker dienen, der im Falle eines Atomkrieges vor dem radioaktiven Niederschlag schützen sollte. Ein privater Bunker unter vielen, die von ängstlichen Bürgern damals in Deutschland gebaut worden waren. Die dicken Betonmauern schlossen die Wohnung hermetisch nach außen ab. Kein Geräusch, kein natürliches Licht konnte in die Wohnung eindringen, über eine eigens installierte Filteranlage wurde sie mit Frischluft versorgt. Die niedrigen Räume zwangen Adolf wegen seiner Größe eine gebückte Haltung auf, wenn er sich in der Wohnung bewegte.

Hera, die mit einer Körpergröße von etwas unter ein Meter siebzig aufrecht stehen konnte, erhob sich von ihrer Bettcouch, als Adolf den Raum betrat. Ihre Augen waren leer und hatten sich tief in die Augenhöhlen zurückgezogen. Obwohl sie erst wenig über vierzig Jahr alt war, wirkte sie wie eine junggebliebene Greisin. Auf der ungesund aussehenden Gesichtshaut lag ein teigiger, fahler Schimmer, sie war dünnhäutig und durchsichtig. Die grauen, glanzlosen schulterlangen Haare sahen gepflegt aus. Die brüchigen Fingernägel waren rot lackiert. Kleine, frisch gedrehte Löckchen rahmten das schmale Gesicht ein. Auf den Lippen war frisches Rot und auch auf den Wangen hatte sie einen Hauch von Rouge aufgelegt, das allerdings auf der fahlweißen Haut seltsam künstlich und unwirklich wirkte. Ihre Kleidung entsprach dem neuesten Stand der Mode, aber bei genauerer Betrachtung war nicht zu übersehen, dass Rock und Oberteil von nicht allzu geübter Hand selbst geschneidert und genäht worden waren.

Sie machte sich nicht zurecht aus Eitelkeit, sondern um ihre älteste Tochter Eva, die noch in diesem Monat ihren zwanzigsten Geburtstag begehen würde, vor Adolf zu schützen. Sie tat alles, damit er nicht anfing, ein Auge auf ihre Tochter zu werfen, oder gar Gelüste auf die erst fünfzehnjährige Salome, ihre zweitälteste Tochter, zu bekommen. Sie musste ihre Panikattacken, die sie überfielen, wenn er die Wohnung betrat, überwinden, verdrängen. Sie musste versuchen, weiterhin attraktiv für ihn zu sein und ihn sexuell zufrieden zu stellen. Eva und Salome vor Übergriffen des Vaters zu bewahren, dafür lebte sie hier unten, dafür versuchte sie, zu überleben. Ihr jüngster, erst sechsjähriger Sohn Adam schien sicher vor seinen unvorhersehbaren, selbstherrlichen Übergriffen. Immer, wenn sein Vater zu Besuch kam, brachte er ihm etwas mit, eine Schokolade, eine Kinderüberraschung, Schlümpfe oder sonst eine Kleinigkeit zum Spielen.

Adolf Nyx war angetrunken. Er grinste sie an.

»Schick siehst du aus. Hast dir wieder was Neues genäht, prima, Hera. Schön, dass du dich für mich hübsch machst, dass du dich nach all den vielen Jahren nicht hängen lässt. Ich wüsste sonst auch gar nicht, was ich mit dir anstellen sollte. Ich mag nun einmal schöne Frauen, aber das weißt du ja. Schönheit und Sex gehören zur Frau wie ein dicker Pelz zum Bär.«

Er ging zum Kühlschrank, holte sich eine Flasche Bier, setzte sich auf das Bett und forderte sie auf, ebenfalls Platz zu nehmen. Sie gehorchte ihm. Der Fernseher, der auf einem kleinen Schränkchen gegenüber dem Bett stand, sendete die Spätnachrichten.

»Wie geht es den Kindern?«

»Gut.«

»Und dir?«

»Auch gut.«

»Nicht sehr gesprächig heute, was? Aber das macht nichts. Hab' auch keine Lust zu reden.«

Er nahm einen großen Schluck aus seiner Flasche und legte einen Arm um ihre Schultern. Er schob ihren Rock nach oben und griff ihr zwischen die Schenkel. Hera rührte sich nicht und verfolgte weiter beteiligungslos die Fernsehsendung. Sie wusste, was kommt, wenn Adolf Nyx im angetrunkenen Zustand bei ihr erschien. Sie hatte in den Jahren gelernt, wie man solche Situationen möglichst schnell hinter sich bringt. Sie würde ihm seine Wünsche erfüllen, versuchen an etwas anderes zu denken und hoffen, dass er nicht wieder irgendwelche neuen sexuellen, oft schmerzhaften, Praktiken an ihr ausprobierte. Sie konnte nicht verhindern, dass ihre Kinder im Nebenraum nichts von dem Geschehen mitbekamen, aber sie war bemüht, ihn so geräuschlos wie möglich zu befriedigen.

Er zog ihr das Höschen aus, ließ sie niederknien und drang von hinten in sie ein. Das war ihr am liebsten, denn so entkam sie seinen Küssen, sie musste ihn nicht sehen und hatte den geringsten Körperkontakt mit ihm. Der ganze Akt dauerte ein paar Minuten und dann war der Spuk vorüber. Jetzt konnte sie nur hoffen, dass er zufriedengestellt war und sich nicht mehr allzu lange bei ihr in der Wohnung aufhielt. Aus langjähriger böser Erfahrung wusste sie, dass sie mit Problemen rechnen musste, wenn er sich ein zweites Mal sexuell erregte und sich zu befriedigen versuchte. Adolf Nyx hatte die Siebzig überschritten und es dauerte jetzt deutlich länger als früher, bis er seinen Orgasmus hatte, ohne den er nicht von ihr abließ. Wenn er seine Manneskraft nicht beweisen konnte, was oftmals gerade dann geschah, wenn er alkoholisiert war, wurde der Geschlechtsakt für sie zu einer Tortur. Er wurde dann brutal und rücksichtslos. Falls es einmal nicht zu einem Orgasmus reichte, gab er ihr die Schuld und ließ die Wut über sein Versagen an ihr und manchmal auch an den Kindern aus. Es waren gefährliche Situationen, die sie nach menschlichem Ermessen zu vermeiden suchte.

Heute hatte sie keine Schwierigkeiten mit ihm. Offenbar hatte er einen guten Tag gehabt und war guter Laune. Er ließ von ihr ab, als er seinen Samenerguss hatte, setzte sich selbstzufrieden halbnackt in den kleinen Sessel vor den Fernseher neben der Bettcouch und trank seine Bierflasche leer.

»Hol' mir doch noch eine Flasche, Hera. Ich muss mit dir etwas besprechen«, sagte er und reichte ihr die leere Bierflasche. Sie brachte ihre Kleidung in Ordnung und holte ihm sein Bier.

Er informierte sie darüber, dass er in den nächsten Tagen für zwei Wochen verreisen werde. Wie üblich bei solchen Reisen hat er einen Vorrat an Essen und Trinken gekauft. Für Eva, die in einer Woche Geburtstag hat, gab er ihr als Geburtstagsgeschenk ein paar Ohrringe. Für den kleinen Adam hat er Schokolade und ein paar Spielsachen eingepackt, und für Salome, die, wie er bemerkte, sich in Windeseile zu einer richtigen Frau entwickelte, eine Garnitur Unterwäsche. Er wühlte in einer der mitgebrachten Plastiktüten und reichte ihr einen roten BH und einen ebenfalls roten Tangaslip. Er hielt ihr beides vor die Nase und fragte:

»Gefällt es dir?«

»Ja.«

»Sehr enthusiastisch klingt das nicht.«

»Doch, doch, sehr hübsch. Es wird ihr bestimmt gefallen. Fliegst du?«

»Ja.«

Wie jedes Mal, wenn er vereiste, überfiel sie entsetzliche Angst, dass sie in ihrem gottverlassenen Loch verhungern, verdursten oder ersticken würden, falls ihm etwas passiert. Das Flugzeug könnte abstürzen, die Fluglotsen oder Piloten könnten streiken oder er könnte im Ausland krank werden. Die Zahl der Unwägbarkeiten schien ihr unendlich. Er wischte, wie immer, ihre Bedenken beiseite und erinnerte sie daran, dass er für drei Wochen Vorräte besorgt und er das Zahlenschloss so präpariert habe, dass sich die Tür automatisch öffnen würde, falls er sich mehr als eine Woche verspäten würde. Das sagte er jedes Mal, wenn er längere Zeit weg war. In diesem Fall sollte sie sich achtzehn Tage nach seiner Abreise entriegeln. Aber würde sich die Tür nach der angegebenen Zeit wirklich öffnen lassen? Bisher kam er immer rechtzeitig zurück. Sie konnten nicht überprüfen, ob er die Wahrheit sagte. Einem Menschen wie ihm zu vertrauen, kam einem Selbstmord gleich. Zu oft hatte er sie schon angelogen, aber sie war ihm ausgeliefert, *musste* ihm Glauben schenken, um nicht wahnsinnig zu werden.

»Du kannst von mir aus so lang bleiben wie du willst, gern vier oder fünf Wochen. Mach dir ein schönes Leben da draußen und lass uns in Ruhe«, sagte sie mit sarkastischer, gequälter Stimme.

Adolf lachte schallend und schlug ihr auf den Po: »Das hättest du gerne! Ich hänge aber irgendwie an dir. Sei froh drum. Sonst würde es dir, und nicht nur dir, bedeutend schlechter gehen«, sagte er leichthin, jedoch mit deutlich drohendem Unterton.

»Je schneller du weg bist, um so besser. Wir brauchen dich hier nicht«, sagte sie tonlos.

»Warum so garstig? Vielleicht ist es mein letzter Tag mit dir hier? Ich werd' doch wohl noch mein Bier austrinken dürfen, oder? Außerdem wäre zum Abschied ein Schnaps nicht schlecht. Geh' Mädel, hol den Birnenschnaps mit zwei Gläsern aus dem Kühlschrank!«

Hera erhob sich, ging kurz zu den Kindern, legte den Finger auf ihre Lippen und deutete ihnen an, dass es länger dauern könne, bis Adolf gehen würde. Sie sollten schon einmal ins Bett gehen. Dann holte sie aus der winzigen Küche den gewünschten Schnaps und zwei Gläser. Sie hatte ein schlechtes Gefühl. So hat es schon häufig angefangen: Ein, zwei, drei oder mehr Schnäpse. Geendet hatte es dann nicht selten damit, dass Adolf sich vollkommen besoffen hatte, seine dreckigen sexuellen Phantasien an ihr auslebte und danach wie tot in ihrem Bett einschlief und Hera erst am Morgen von sich erlöste.

Ihr fiel ein Stein vom Herzen als Adolf sich nach weiteren fünf Gläsern Schnaps verabschiedete und zum Ausgang wanken wollte.

Konnte sie ihn jetzt überwinden? War er betrunken genug, dass er unvorsichtig wurde? Mehrmals schon hatten sie mit allen möglichen Tricks versucht, ihn zu überlisten, wenn die

Tür gerade offen war. Ihn in diesem kurzen Zeitfenster der offen stehenden Tür zu überrumpeln, war die einzige Chance zur Flucht. Sie waren stets gescheitert und mussten den Fluchtversuch mit harten Strafen, wie Licht- und Essensentzug oder Schlägen und Fesselungen, bezahlen.

Sie erhob sich, um ihm zur Tür zu folgen, und eine sich eventuell bietende Möglichkeit zur Flucht nutzen zu können. Adolf drückte sie auf das Bett zurück und befahl ihr, zu bleiben, wo sie war. Er konnte noch so besoffen sein, den Überblick verlor er offenbar nie, dachte Hera und blieb resignierend sitzen. Er gab den Geheimcode ein, winkte ihr nochmals grinsend zu und mit einem leichten Scheppern fiel die Tür ins Schloss. Hera sagte den Kindern Bescheid, dass sie wieder unter sich seien und ging unter die Dusche, um sich den Schmutz der vergangenen Stunden abzuwaschen.

Sie lag unruhig im Bett und wälzte sich hin und her. Empfindungen der Verzweiflung, die sich lähmend in ihr breit machten, wechselten sich ab mit einem fragilen Gefühl der Hoffnung, das sie nie vollständig in der langen Zeit in ihrem Gefängnis verlassen hatte.

Was, wenn es nicht stimmen und sich die Tür nicht automatisch nach achtzehn Tagen öffnen würde, falls Adolf etwas zustoßen sollte? Sie würden hier unten jämmerlich umkommen! Was aber, wenn Adolf Nyx aus irgendeinem Grund über die achtzehn Tage hinaus aufgehalten werden und die Tür sich tatsächlich automatisch öffnen würde, weil er ausnahmsweise einmal die Wahrheit gesagt hat? Sie wagte kaum daran zu denken, so irrwitzig schön war der Gedanke – sie würden in achtzehn Tagen freie Menschen sein!

KAPITEL III

Von seiner sehr frommen Mutter Sophia häufig zum Kirch-
gang ermahnt, wuchs Gotthilf Gassner, katholisch geprägt,
zwischen Kreuz, Tabernakel, Monstranzen, mahnenden Kan-
zel- und strengen, bigotten Mutterworten auf. Gottes Strafe
wurde ihm körperlich erfahrbar, wenn er sich den Gesetzen
des Gehorsams gegenüber Gott und seinen Geboten nicht in
dem Umfang der Erwartungen seiner Mutter unterwarf. Sein
Vater Adolf Gassner, 1910 im München geboren und frühzeitig mit nationalsozialistisch, gottlosen Ideen gefüttert, steuerte
zu der Erziehung seines Sohnes den Gedanken der Unterord-
nung unter die weltlichen Autoritäten bei.

Der junge Adolf Gassner erlebte den Nationalsozialismus
Münchener Spielart auf der Straße und entflammte bereits als
pubertierender Junge für die Ideen Adolf Hitlers. Er öffnete
sein Herz für die aufkeimende Bewegung und bewunderte die
kompromisslosen Auftritte und Reden Hitlers. Nur allzu gern
ließ er sich von der Suggestivkraft dieses Mannes schon in
den frühen zwanziger Jahren einfangen und genoss, geradezu
körperlich, das erhebende Gefühl ein Teil dieser Organisation
zu sein. Die Vorstellung einer verschworenen Männerge-
meinschaft, in der der Einzelne aufgehen könne, und das Bild
eines durch seine Herkunft und seiner Taten geadelten, tapfe-
ren Herrenmenschentums zogen ihn unwiderstehlich an. Als
Student – er studierte Griechisch und Latein ebenfalls in
München – bemühte er sich frühzeitig um die Aufnahme in
die Partei und trat als einer der Ersten in die damals wie Pilze

aus den Boden schießenden nationalsozialistischen Studentenvereinigungen ein.

Er begegnete seiner späteren Frau Sophia, die als Magd auf einem Bauernhof arbeitete, als er bei Erding für die Partei agitierte. Der 30. Juni 1934, der Tag der Ermordung Ernst Röhms, war ein Datum in Adolf Gassners Leben, das sich ihm tief eingebrannt hatte. Er feierte an diesem Tag mit seinen Nazikameraden nicht nur alkoholreich und ausgelassen dessen überfällige Liquidierung, wie er es nannte, sondern auch seinen Eintritt in die Männergesellschaft. Im angetrunkenen und von den sich überschlagenden Ereignissen dieses Tages in euphorischem Zustand, war er zu seiner damaligen Freundin nach Erding gefahren. Sie lag schon im Bett, als er an die Tür ihres Mansardenzimmers hämmerte und Einlass forderte. Sie öffnete ihm, weil sie befürchtete die Nachbarn könnten durch den Lärm wach werden. Es war für ihn das erste Mal, dass er nackt mit einer Frau im Bett lag und Geschlechtsverkehr hatte. Unbeholfen und für sie schmerzhaft war er in sie eingedrungen, und er durfte endlich in einer Frau ejakulieren und nicht, wie bisher, in sein Taschentuch. Er konnte nun aus eigenem Erleben über etwas prahlen, worüber sich die Kameraden schon lange aufgeplustert hatten. Endlich fühlte er sich als richtiger Mann. An diesem Tag glaubte Adolf Gassner seinen einzigen Sohn, den Sophia später Gotthilf nennen würde, gezeugt zu haben. Er wusste nicht, dass Sophia bereits von einem anderen Mann geschwängert worden war.

Nachdem die Schwangerschaft nicht mehr verheimlicht werden konnte, erinnerten Sophias Eltern Adolf an seine Verantwortung und Mannesehre gegenüber dem damals erst sechzehnjährigen Mädchen und er heiratete die Minderjährige in aller Stille und nahm sie bei sich in seiner kleinen Münchener Wohnung auf. Im Januar, sieben Monate nach diesem denkwürdigen Tag wurde Gotthilf geboren. Sophia erzählte ihrem Ehemann etwas von Frühgeburt und er merkte nicht, dass das Kind durchaus normal entwickelt war. Er sah einen kräftigen, strammen deutschen Jungen, mehr wollte er nicht wissen. Er kümmerte sich nicht weiter um das Kind. Er sei mit anderen, wichtigeren Dingen beschäftigt, sagte er wichtigtuerisch seiner Frau. Gotthilf blieb das einzige Kind, nachdem seine Mutter Sophia noch drei Fehlgeburten und ein weiteres Kind die Geburt nur vier Monate überlebt hatte. Es war behindert und starb in einer Klinik in München. Auf dem Totenschein stand als Todesursache Herzversagen, wie bei so vielen in dieser ›Anstalt für unwertes Leben‹, wie Adolf die Münchener Klinik für behinderte Kinder bezeichnet hatte.

Adolf Gassner, ein linientreuer Oberstudiendirektor, meldete sich, als sich die Niederlage bei Stalingrad abzeichnete, freiwillig zum Militärdienst. Er empfand es als seine Pflicht, dem Vaterland in der Not beizustehen. Er ließ seine Frau mit dem siebenjährigen Sohn zurück. Er kam bald darauf in russische Gefangenschaft, aus der er nicht mehr zurückkehren sollte.

Sophia verdingte sich nach dem Krieg wieder als Magd und zog mit ihrem Sohn nach Gernlinden, nordwestlich von München. Viel Zeit blieb der Alleinerziehenden für die Erziehung von Gotthilf nicht. Er wuchs bei der vom Leben verlassenen, strengen und unbarmherzigen Frau, die ihren Sohn oft misshandelt, gedemütigt und mehr dressiert als erzogen hat, ohne Liebe auf. Seine Mutter ließ dabei nichts unversucht, die gottlosen Erziehungsspuren seines Vaters zu tilgen.

Trotz dieser herzlosen Mutter schien Gotthilf an diesen Widrigkeiten, die sein junges Leben zeitweilig zur Hölle machten, nicht zu zerbrechen. Er war ein fleißiger, guter Schüler und nahm sich vor, etwas zu werden. Er wollte dafür Sorge tragen, dass er nie wieder in seinem Leben in solch demütigende und ohnmächtige Situationen, wie in seiner Kindheit, gerate.

In seinen Jugendjahren hatte er sich neben der Schule und Ausbildung besonders für die griechischen Heldensagen interessiert, ein übriggebliebener Erinnerungsfetzen an seinen humanistisch gebildeten Vater, der gar nicht sein richtiger Vater war. Aber das wusste er nicht. Das wenige, was er von seinem Vater Adolf Gassner noch besessen hatte, waren einige wenige Bücher über die Mythen und das Leben der Helden in der antiken griechischen Welt. Die Schilderungen der Heldentaten kamen seinen jugendlichen Allmachtsphantasien entgegen. Er las diese Werke nicht etwa aus philosophischem Interesse, sondern er ergötzte sich an dem Heldentum und vereinnahmte sie für sich als spannende Abenteuer- oder Actionromane, so wie andere Jugendliche damals Robinson Crusoe, Robin Hood, Lederstrumpf, Tarzan und Sigurd oder die Landser-Hefte mit den Heldentaten deutscher Soldaten aus dem Zweiten Weltkrieg lasen. Er war als Pubertierender, den die keimende Sexualität fest im Griff hatte, überaus fasziniert von Zeus, seiner Macht und vor allem seinen Tricks, sich an die schönsten Frauen der Götter- und Menschenwelt heranzumachen und mit ihnen eine Unzahl von Götterkindern zu zeugen.

Nach der Schule verließ er bald die mütterliche Wohnung und begann eine Lehre als Elektromechaniker in München. Er war strebsam und verdiente sich neben der Ausbildung ein wenig Geld mit Immobilien, um an dem ausschweifenden Münchener Nachtleben schnuppern zu können. Es zog ihn an, wie die Blüte die Biene, obwohl er im Herzen ein berechenbarer Biedermann war, der seine Unsicherheit und Schwächen großtuerisch zu überspielen suchte.

Alina war selbstbewusst, belesen, attraktiv, mit einnehmender erotischer Ausstrahlung und sprühend vor Tatendrang, Ideenreichtum und Kreativität. Das waren alles Eigenschaften, die

Gotthilf nicht prägten. Es war ein merkwürdig ungleiches Paar, und Alina konnte sich selbst ihre Zuneigung zu dem eher schlichten Gotthilf nur schwer erklären. Insbesondere störte sie seine weitgehende Abstinenz literarischen Büchern gegenüber. Nur mit Mühe konnte sie ihn, der, wenn überhaupt, nur unkomplizierte und möglichst spannende Abenteuer- und Liebesromane konsumierte, einmal dazu bewegen, ein etwas anspruchsvolleres Buch zu lesen. Es war eine Erzählung von Gorki, die ihr gut gefallen hatte.

Aber vielleicht war es gerade die kumpelhafte Schlichtheit, Gotthilfs unverbrauchtes Gemüt einer Betriebsnudel, das sie anzog. Er war ihr ein guter, lieber Freund, mit dem sie Spaß haben und feiern konnte. Sie hatte ihn gern. Es war jedoch keine Freundschaft, die in ihr sexuelles Verlangen erweckte. Sie wollte sich ihm nicht körperlich hingeben, ihn nicht in sich eindringen lassen, ihm ihr Inneres nicht preisgeben. Wenn er einmal sexuell sehr erregt war, und er sein Verlangen ihr gegenüber überdeutlich zum Ausdruck brachte, befriedigte sie ihn ab und zu mit der Hand. Sie tat dies mechanisch, ohne große innere Anteilnahme. Sie dachte, ihn in ausreichendem Maße sexuell zufrieden gestellt zu haben, wenn er auf diese Weise zum Höhepunkt kam. Gotthilf sah jedoch die Bestätigung seiner Männlichkeit allein in der Penetration, in der sich für ihn die Dominanz, die Macht des Mannes über die Frau manifestierte, die für ihn ein erstrebenswertes Ziel war. Er, gerade zwanzig Jahre geworden, war, trotz allem, stolz, die vier Jahre ältere, gebildete und erfahrene, auch männerkundige Frau als seine Freundin gewonnen zu haben und äußerte sich ihr gegenüber nicht zu ihrer sexuellen Handarbeit.

Zwei Jahre waren sie zusammen, als erste ernsthafte Risse in ihrer Beziehung offenkundig wurden. Sie gingen im Englischen Garten spazieren. Es nieselte leicht. Gotthilf verlangsamte seinen Schritt und bat sie schließlich, trotz des nassen Wetters, auf einer Bank Platz zu nehmen. Er kniete sich theatralisch vor sie hin und machte ihr einen Heiratsantrag, um, wie er hoffte, sie für immer an sich zu binden, und so auch sein Recht auf ehelichen Beischlaf einfordern zu können. Alina lachte, nicht bösartig oder herabsetzend, sondern belustigt, über seine schwulstige Gestik, wie auch über den Antrag selbst und schüttelte den Kopf.

»Bitte, setz dich wieder neben mich. Mir ist das etwas peinlich, wie du dich vor mir aufführst. Es ist nett von dir, Gotthilf, dass du mir einen Antrag machst. Aber ich habe jetzt noch nicht vor zu heiraten«, sagte sie gerade heraus. »Ich möchte noch etwas erleben in meinen jungen Jahren. Ich möchte meine Ungebundenheit bewahren und ziehe bisher noch eine lose, freundschaftliche Verbindung vor. Auch bin ich mir nicht sicher, ob wir beide wirklich auf Dauer zusammenpassen. Wir haben ja leider kaum gemeinsame intellektuelle Interessen. Das fehlt mir zunehmend. Nur Spaß zu haben, ist zu wenig und reicht mir nicht. Dazu kommt, dass ich den Eindruck habe, dass du mir unsichtbare Fesseln anlegen willst. Ich fühle mich von dir eingeengt, du erhebst Ansprüche an mich, die dir nicht zustehen. In dieses Bild, das ich von dir in letzter Zeit gewonnen habe, passt auch dein Heiratsantrag, mit dem du mich, so ist möglicherweise deine Intention, noch enger an dich zu binden beabsichtigt. Ich weiß nicht, ob dir immer klar genug ist, dass du keinerlei Machtbefugnisse über mich hast. Du bist mir ein guter Freund, nicht weniger, aber auch nicht mehr.«

Gotthilf, der, blind gegenüber Lebenswahrheiten, überzeugt war, dass Alina ihn liebte wie er sie, war entsetzt über diese Worte: »Wie kannst du mir so etwas ins Gesicht sagen. Ich wollte dir die Sicherheit einer Ehe bieten. Aber du scheinst die freie Liebe vorzuziehen. Eine Liebe, die dich nicht einengt, die nicht Rücksicht nimmt. War ich nicht zwei Jahre lang für dich da? Habe ich dich nicht geliebt und war dir treu? Ich habe meine Bedürfnisse zurückgestellt und dich nie bedrängt, mit mir zu schlafen. Dass du mich jetzt so abweist, ist das der Lohn für meine bisherige Zurückhaltung und Rücksichtnahme? Bedeutet dir die Ehe denn gar nichts? Es würde dir nicht schlecht stehen, ein klein wenig Ordnung in dein unstetes, ausschweifendes Leben zu bringen!«

»Du meine Güte, Gotthilf, was soll denn das jetzt? Was für eine Auffassung hast du von der Ehe? Ordnung, Sicherheit? Diese Vorstellungen von einer Ehe sind meilenweit von meinen entfernt. Du sagst, du hast dich für mich geopfert und deine Bedürfnisse zurückgestellt. Wenn dir in der Vergangenheit etwas nicht gepasst hat, hättest du es sagen müssen. Das hast du aber nicht. Du kannst die entstandenen Probleme doch jetzt nicht mit der Institution der Ehe zu lösen versuchen, in der ich mich dazuhin offenbar auch noch dazu verpflichten muss, mit dir zu schlafen, wann du das wünscht, ob ich das will oder nicht. Nochmals, du hast keine Rechte über mich. Entweder es entwickelt sich etwas aus freien Stücken oder eben nicht. Du aber lässt nichts sich entwickeln, sondern willst, dass es so läuft, wie es dir in den Sinn passt. Mütter machen das manchmal zum Leidwesen ihrer Kinder. Ich will das nicht. Ich bin mein eigener Herr, oder vielmehr meine eigene Frau, wenn ich das einmal so sagen darf. Wenn du das nicht verstehst oder nicht verstehen willst, dann wäre es besser, wenn wir uns eine Weile nicht mehr sehen würden.«

»Du willst dich trennen?«, schrie Gotthilf außer Kontrolle. »Wenn das so ist, bitte schön! Das kannst du haben, es gibt noch andere Frauen, die ich ficken kann!«

Alina wandte sich angewidert ab: »Jetzt wirst du ordinär. Das ist unterste Schublade, mein Lieber.«

Sie wollte gehen. Gotthilf sprang auf und packte sie grob am Oberarm: »Hau nur ab, du Schlampe, ich will dich nie wieder sehen! Mit uns ist es vorbei, endgültig vorbei! Mich siehst du nie wieder!«, brüllte er sie wutentbrannt an und stieß sie grob von sich, so dass sie beinahe gestürzt wäre.

»Du tust mir leid. Wie armselig du doch wirkst. Du hast Angst vor dir selbst und offensichtlich auch vor den Frauen. Du hast keinen Respekt und kannst oder willst die Gefühle der anderen nicht verstehen. Du sagst, du liebst mich. Was verstehst du unter Liebe: Erfüllung vertraglicher Verpflichtungen? Befriedigung deiner sexuellen Begierden? Sicherheit? Auf wessen Konto liegt die Herzenswärme, auf deinem oder meinem?«, sagte sie ruhig und kühl und ging.

Sie sahen sich nie wieder.

Gotthilf begriff nicht, was Alina sagte und warum sie ihn verlassen wollte. Er fühlte sich zutiefst gekränkt. Sein inneres Gleichgewicht, das nie besonders stabil war, geriet auf eine schiefe Bahn. Er drohte abgrundtief zu stürzen. Er war verzweifelt. Ja, ihn ängstigte diese Frau und die Kraft, die ihre ruhig gesprochenen Worte auf ihn ausübten. Ihm graute vor solchen Frauen, die er nicht verstand, die ihm überlegen waren und ihn zu einem machtlosen Menschenzwerg schrumpfen ließen.

Als er aufgewühlt nach Hause ging, erinnerte er sich plötzlich wörtlich an eine Passage aus Maxim Gorkis Erzählung *Die Entdeckung*, die er damals auf Drängen von Alina gelesen hatte: *Sie hat ihm mit ihrer Zunge lauter kleine Schlangen ins Herz geschleudert, die glitten darin herum und füllten es mit ihrem bösen Gift. Am liebsten hätte er sie angebrüllt, mit Füßen getreten, ins Gesicht geschlagen, sie auf jede Art erniedrigt. Ihm war, als sei er von Mühlsteinen zermalmt, sein Leben war zerbrochen.*

Treffender als Michail Iwanowitsch konnte er seine Empfindungen gegenüber Alina nicht ausdrücken. Fast war er dankbar, dass Alina ihm das Buch zum Lesen empfohlen hatte. Jedes einzelne Wort, das Iwanowitsch über seine Freundin gesagt hatte, traf auf Alina zu. Genau wie dieser fühlte er selbst jetzt auch. Sein Herz war durch Alina eine giftige Jauchegrube geworden, Jauche die er am liebsten über sie ausgeschüttet hätte. Er wusste in diesem Moment nicht, wie sein Leben weitergehen sollte. Er fühlte sich verraten, klein und ohnmächtig. Die gelassene Souveränität, die Alina ausstrahlte, war ihm unerträglich geworden. Er verspürte eiskalte Wut, ja Hass auf sie aufkommen – und überhaupt auf alle Frauen. Er würde sich von ihnen das holen, wofür sie seiner Meinung nach allein geschaffen wurden: sexuellen Genuss. Nie mehr würde er sich einer Frau öffnen. Frauen waren und blieben für ihn rätselhafte Geschöpfe, unbegreiflich in ihrem Gefühlsleben, unverständlich in ihrer Logik, unfassbar, launisch, abhängig von irgendwelchem trüben Hang zur Romantik, der sie ewig nach Neuem lechzen lässt.

Gotthilf trieb sich nach der Trennung viel in Bordellen herum, vergnügte sich auf Bierfesten und ließ keine Sauferei aus. Er entwickelte eine oberflächliche Geselligkeit, die jedoch nichts Persönliches preisgab. Abseits der geselligen Abende, auf denen er den zotigen Unterhalter zu spielen pflegte, und wo seine abfälligen, oft verletzenden Witze über Frauen nur noch die reichlich alkoholisierten Kumpane begeisterten, galt er als verschlossen und eigenbrötlerisch. In den letzten Jahren hatten die Konturen dieses widersprüchlichen Persönlichkeitsbildes eher schärfere Formen angenommen und rieben sich gegeneinander. Geselligkeit und Verschlossenheit standen sich oftmals zeitgleich unversöhnlich gegenüber.

Er hatte Magda nicht so sehr deswegen geheiratet, weil er in ihr eine Lebenspartnerin sah, mit der er gleiche Interessen teilen konnte, sondern weil er in ihr eine billige Arbeitskraft für die Haushaltsführung hatte und sie ihm eine bequeme und wohlfeile Befriedigung seiner sexuellen Bedürfnisse garantierte. Gegenüber seiner Frau hielt er eine distanzierte und eigennützige Haltung zeitlebens aufrecht. Die damals in sein Herz geschleuderten Schlangen hatten sein Innerstes auf immer vergiftet. Sie töteten, was unbeschädigt an ihm gewesen war und nährten sich von seiner Herzlosigkeit.

KAPITEL IV

»Ich habe meinen Urlaub um zehn Tage verlängert, ich komme also erst Mittwoch nächster Woche nach Hause. Hast du mich verstanden Magda? Mittwoch nächster Woche!«, schrie Gotthilf ins Telefon.

»Ja, ich habe dich verstanden, Gotthilf. Du bist ganz deutlich zu hören. Du brauchst nicht so laut zu sprechen. Ist etwas passiert, weil du später kommst? Bist du krank? Du hast doch diesen Dienstag einen wichtigen Termin.«

»Nein, mir geht es prima. Wegen des Termins rufe ich dich auch an. Sag' Herschl Bekkers Bescheid, dass ich nicht kommen kann. Sag ihm, dass ich erkrankt bin und mit ihm einen neuen Termin machen werde, wenn ich wieder in Frankfurt bin. Hast du die Nummer von ihm?«

»Ja, sie steht in meinem Telefonbuch. Ich werde es ihm ausrichten. Ist es auch nicht zu heiß dort? Bist du wirklich nicht krank?«

»Nein, alles ist gut. Ich amüsiere mich. Die Thailänder sind ausgesprochen nette Leute. Ich habe alles, was ich brauche, wirklich alles! Du brauchst dir also keine Gedanken um mich machen, ich mach' mir auch keine um dich … Haha, war ein Spaß, gute Frau. Grüße Hemera von mir.« Er lachte und legte auf, bevor sie auf Wiedersehen sagen konnte.

Hemera, die im Esszimmer gerade den Tisch deckte, rief durch die Tür. »Wer hat angerufen?«

»Es war Papa. Er hat aus Thailand angerufen.«

Hemera trat in das Wohnzimmer und schaute ihre Mutter fragend an: »Ist etwas mit Vater?«

»Nein, eigentlich nichts. Er hat nur gesagt, dass er zehn Tage später nach Hause kommt.«

»So, so, das fällt ihm ja sehr früh ein. Wir decken hier für den Herrn den Tisch, damit er nach dem langen Flug etwas zu essen hat, und er bequemt sich uns fünf Minuten vorher zu sagen, dass er sich noch etwas länger amüsieren will«, sagte sie mit einem verärgerten Tonfall in der Stimme.

»Lass ihn doch. Wenn es ihm gefällt, soll er ruhig noch etwas bleiben.«

»Aber früher anrufen hätte er schon können, oder!«

»Vielleicht hatte er vorher keine Zeit oder es hat sich kurzfristig etwas ergeben.«

»Ach Mama, du findest immer etwas, um ihn zu entschuldigen und ihn in Schutz zu nehmen. Im Urlaub hat man immer Zeit und eine Urlaubsverlängerung entscheidet man auch nicht am Tag der geplanten Abreise. Nein, er denkt nie an andere, sondern nur an sich. Was machen wir jetzt mit dem schönen Sonntagsessen?«

»Dann essen wir halt ohne ihn und wenn was übrig bleibt, kann ich es ja einfrieren.«

Nach dem Abendessen ging Hemera in ihr Zimmer, schob eine CD in den Player und legte sich auf ihr Bett. Es kam ihr gelegen, dass ihr Vater noch etwas länger weg blieb. Boris wollte am kommenden Samstag in seiner Wohnung feiern. Wenn ihr Vater nicht da war, konnte sie ihre Mutter sicher überreden, ihr zu erlauben etwas länger dort zu bleiben. Vielleicht durfte sie sogar bei einer Freundin übernachten, die ebenfalls in Frankfurt-Sachsenhausen wohnte, und sie müsste dann nicht spät nachts noch durch die ganze Stadt nach Hause fahren.

Sie wählte auf dem Handy die Nummer ihres Freundes und überfiel ihn mit der neuen Nachricht: »Hallo, mein Schatz. Ich kann am Samstag bei dir übernachten. Was sagst du dazu? Ich freu' mich jetzt schon riesig und kann es kaum erwarten.« Sie gab ihm durch das Telefon mehrere Küsse.

»Das ist ja super. Aber was sagt dein Vater dazu? Ist er plötzlich großzügig geworden? Ich kann kaum glauben, dass er es dir erlaubt hat?«

»Das braucht er nicht …«

»… Wirst du jetzt nicht ein ganz klein wenig zu keck, meine Kleine, deinen Vater einfach so zu übergehen? Du hast mir doch gesagt, dass er immer ein eifersüchtiges, strenges Auge auf dich wirft und keinen Widerspruch erträgt«, unterbrach er sie.

»Lass mich doch erst einmal ausreden. Er ist nämlich am Samstag gar nicht zu Hause. Er hat seinen Urlaub verlängert. Ist das nicht großartig.«

»Ja genial. Von mir aus könnte dein Alter ganz in der Urlaubsversenkung verschwinden. Dann hätte ich dich für immer und du müsstest nicht immer nach der Pfeife deines Vaters tanzen.«

»Tu ich ja gar nicht immer.«

»Nicht immer, das stimmt. Aber ziemlich oft. Schade, dass du so ein braves Mädchen bist, ich hätte dich gerne ununterbrochen und vollständig für mich …«

»… und dass ich dann nach *deiner* Pfeife tanzen muss. Das hättest du gerne, was?«, unterbrach sie ihn frotzelnd.

»Nun ja, nach irgendeiner Melodie musst man ja tanzen. Dann ist es doch besser, du tanzt nach meiner«, sagte er lachend.

»Ha, ha, das ich nicht kichere. Bilde dir nur nicht zu viel ein. Du kannst zwar malen, in Musik aber bist du eine glatte Null. Es ist praktisch eine Unmöglichkeit, irgendeine Tonfolge von dir als Melodie zu identifizieren, geschweige denn danach zu tanzen, selbst wenn ich wollte«, konterte sie.

»Nun ja, ein Opernstar bin ich nicht, zugegeben. Aber auf meine Gesangskünste kommt es nicht an, um dich zu bezirzen.«

»Auf was kommt es dann an, bitte schön? Um mich zu gewinnen, braucht es ganze Kerle. Da musst du dich schon besonders anstrengen«, sagte sie schnippisch.

»Das wirst du sehen, wenn du zu mir kommst.«

»So, so, zu dir kommen soll ich. Kannst du mir das, was du mir zeigen willst, nicht auch am Telefon sagen?«

»Sagen wir es mal so, meine Liebe, es gibt Dinge zwischen Himmel und Erde, die muss man sprachlos erleben. Und das kannst du nur, wenn du dich zu mir bequemen würdest«, lockte er sie.

Sie sah Boris vor sich, wie er breit grinsend in seinem Lieblingssessel saß, in der einen Hand den Hörer, in der anderen die Bierflasche, die Beine weit von sich gestreckt auf dem Couchtisch.

»Angeber!«, sagte sie spöttisch

»Was heißt hier Angeber? Du weißt doch gar nicht, was ich dir zeigen wollte.«

»Oh Gott, für wie naiv hältst du mich?«, seufzte sie flachsend in den Hörer.

»Für absolut naiv, sonst wärst du bestimmt nicht auf mich reingefallen.«

»Na warte, wenn ich dich in die Finger kriege, dann kannst du was erleben!«

»Ich warte darauf, mein Häschen.«

Es klopfte an Hemeras Tür. Sie unterbrach ihr Gespräch mit Boris und ging zur Tür, die sie abends, wenn sie zu Bett ging, immer zuschloss, um von niemandem unverhofft gestört zu werden. Sie öffnete ihrem Bruder. Aither wollte dringend mit ihr sprechen und ließ sich nicht abwimmeln. Sie hörte an seiner nervösen und eindringlichen Stimme, dass es offenbar etwas Wichtiges war. Nur ungern trennte sie sich von Boris, aber sie wollte auch wissen, was Aither so Unaufschiebbares zu sagen hatte. Sie bat ihn, einen Moment vor der Tür zu warten.

»Boris, mein Bruder will mich unbedingt jetzt noch sprechen, ich muss leider Schluss machen für heute. Ich hab dich ganz toll lieb. Gute Nacht.«

»Ich dich auch. Tschüss und bis morgen, wenn du nach der langen, dunklen Nacht wieder aus dem Hades heraufsteigst und als Morgenröte die Gemächer des Lichts betrittst.«

»Ist das jetzt nicht etwas sehr geschraubt ausgedrückt, mein Schatz? Du neigst zur Romantik, was ich ja sehr an dir liebe. Aber das ist jetzt doch etwas zu viel des Guten.«

»Ich habe dir den Namen Hemera nicht gegeben. Aber wenn du schon so heißt, musst du wohl auch dessen Bedeutung ohne Murren akzeptieren. Hemera, die griechische Göttin der Morgenröte passt doch zu dir. Das Wort muss man sich auf der Zunge zergehen lassen. Was für eine Poesie steckt doch in diesem Wort Morgenröte! Wie du siehst, kannst du von mir immer noch etwas über dich lernen, mein Kleines.«

»Ach, was bist du doch für ein süßes Großmaul. Es tut mir schrecklich leid, wenn ich dich enttäuschen muss und ich nicht deinem Bild eines naiven, kleinen Mädchens entspreche, aber es ist mir sehr wohl bekannt, wer Hemera war. Ich habe mir selbstredend selbst schon Gedanken über meinen seltsamen Namen gemacht und nachgeschlagen, was er bedeutet. Trotzdem verneige ich mich mit Hochachtung vor deinen altgriechischen Kenntnissen und freue mich, wenn du mich als Göttin empfindest. Ich hoffe, dass du mich auch entsprechend anbetest«, sagte sie schäkernd. »Also, in diesem Sinne wünsche ich dir nochmals eine gute Nacht und lass dich in deinen poetischen Träumen von der Morgenröte verführen.«

Sie ging zur Tür und ließ ihren Bruder in ihr Zimmer.
»Was liegt dir auf dem Herzen, Bruderherz?«
»Ich kann nicht schlafen. Mir geht immer Mama durch den Kopf, wie sie geweint hatte. So habe ich sie noch nie gesehen. Ich muss wissen, was mit ihr los ist.«
Hemera versuchte, sich herauszureden. Sie wusste nicht, ob sie ihrem Bruder die Wahrheit sagen konnte oder sollte.
»Ach, nichts weiter von Bedeutung. Sie war halt ein bisschen traurig. Ich weiß auch nicht, warum.«
»Ich habe aber von oben gehört, dass ihr lange miteinander gesprochen habt. Du musst etwas wissen, was ich nicht weiß. Bitte sag's mir. Mama war noch nie so aufgelöst, richtig verzweifelt war sie!«
Hemera hatte im Großen und Ganzen ein sehr vertrauensvolles Verhältnis zu Aither, auch wenn er manchmal nervte. Aber sie schob das auf die Pubertät und verzieh ihm immer wieder schnell. Aither war ihr nicht nur ein lieber Bruder, sondern auch ein wichtiger Verbündeter, wenn es darum ging, Ausreden gegenüber dem Vater zu finden und zu erfinden, wenn sie einmal etwas länger mit Boris zusammen sein wollte. Aither mochte Boris und betrachtete ihn fast als großen Bruder.
Hemera schwankte. Was konnte sie ihrem Bruder zumuten? Immerhin war er auch schon fünfzehn. Hatte er, wie sie selbst, nicht auch ein Anrecht darauf, mit der Wahrheit zu leben, selbst dann, wenn sie schmerzhaft war? War sie für ihn überhaupt schmerzhaft? Er hat, wie auch Hemera, kein gutes Verhältnis zu seinem Vater. Sie stritten oft, besonders jetzt in seiner schwierigen Lebensphase. Nicht selten artete der Streit aus und sein Vater schlug ihn, zu Unrecht. Wie verletzt und

gedemütigt Aither sich dann fühlen musste, konnte sie aus eigener Erfahrung gut nachempfinden.

Nach dem ersten Schock der Wahrheit über ihren Vater hatte sie sich schnell damit abgefunden. Es schmerzte, dass Magda, die sie liebte, ungeachtet ihrer devoten Haltung gegenüber ihrem Mann, die sie verachtete, nicht ihre leibliche Mutter war. Es schmerzte, nicht zu wissen, wer die richtige Mutter und der richtige Vater war. Am meisten schmerzte, dass sich die Kindsmutter niemals nach ihr erkundigt hatte. Es schmerzte aber nicht, zu wissen, dass Gotthilf nicht ihr leiblicher Vater ist. Dazu war das Vater-Tochter-Verhältnis durch viele Vorkommnisse, über die sie bisher noch mit niemandem gesprochen hatte, zu sehr belastet. Vielleicht würde sie eines Tages Boris einweihen ...

Hemera entschloss sich, ihren Bruder aufzuklären und informierte ihn über die merkwürdigen Vorkommnisse, von denen ihr die Mutter berichtet hatte. Sie bat ihn aber dringend, Castor nichts zu sagen, da er noch zu jung sei und noch nicht verstehen könne, was das alles bedeute.

Aither hörte still zu und brachte auch noch lange keinen Ton heraus, als Hemera aufgehört hatte, zu sprechen. Sie schaute ihn an und munterte ihn auf zu reden: »Na, was sagst du dazu? Wir wissen nicht, wer wir sind und woher wir kommen. Wie fühlst du dich damit?«

Er schaute an ihr vorbei auf das große Poster an der Wand, auf dem sich ein Junge und ein Mädchen, bekleidet nur mit Jeans der Marke Pepe, im Wasser räkelten, und schüttelte fortwährend den Kopf.

»Hast du deine Sprache verloren, Brüderchen, oder warum sagst du nichts?«, bohrte Hemera weiter.

»Ich weiß nicht, was ich dazu sagen soll. Das ist doch ganz und gar unglaubwürdig. Drei Findelkinder vor unserer Haustür und alle drei von der Tochter unserer Mutter – oder sollte ich besser sagen: unserer Großmutter? Ich glaub's einfach nicht. So etwas macht doch keine Mutter! Wenn du Kinder hättest, wärst du in der Lage, deine Kinder bei Magda abzuliefern, und dann nie wieder ein Sterbenswörtchen von dir hören zu lassen und dich nie zu erkundigen, wie es deinen Kindern geht?«

»Natürlich nicht. Ich würde meine Kinder hüten, wie meinen Augapfel!«, sagte Hemera und unterstrich ihre Worte mit einem nachdrücklichen Kopfschütteln.

»Da stimmt etwas nicht. Das ist doch irre! Keine Mutter macht so etwas. Hat unsere Mutter nicht mehr über die Nachforschungen der Behörden gesagt? Ein Mensch verschwindet doch nicht spurlos! Man muss sie doch auf einem Bahnhof oder sonstwo gesehen haben. Wenn nicht beim ersten Abtauchen, dann doch zumindest als sie dich, mich und Castor vor unserer Tür abgestellt hatte. Drei Mal war sie in Frankfurt und nie hat sie jemand beobachtet. Sehr, sehr merkwürdig. Vielleicht ist sie, als sie abgehauen ist, von einem internationalen Menschenhändlerring gekidnappt worden und die Kidnapper haben später Leda geschwängert und deren Kinder bei uns entsorgt. Hat Magda nicht erzählt, dass der Brief von Leda aus Spanien kam? Sie wurde möglicherweise gezwungen, das mit dem Meditieren und den netten Menschen zu schreiben.«

»Jetzt drehst du aber ganz durch. Du liest zu viele Räubergeschichten. So etwas passiert in der Wirklichkeit nicht und schon gar nicht in unserem beschaulichen Hausen.«

»Theoretisch wäre es aber möglich, da musst du mir wohl recht geben.«

»Ja, aber nur sehr, sehr theoretisch. Vergiss es! Dass unsere Eltern gar nicht die leiblichen Eltern sind, das stört dich wohl gar nicht. Dazu hast du noch gar nichts gesagt.«

»Was heißt schon stören? Um Vater tut es mir nicht leid. Er ist ein Kotzbrocken, wenn du mich fragst. Aber Mutter hat sich immer um uns gekümmert. Sie war, solange ich denken kann, liebevoll wie eine leibliche Mutter und wird immer und ewig meine Mutter bleiben, ob ich nun aus ihr herausgekrochen bin oder aus dieser Leda. Aber wer mein richtiger Vater ist, das würde ich schon allzu gerne wissen – es sei denn, er war der Kidnapper, dann könnte er mir gestohlen bleiben.«

»Mit unserer Mutter geht es mir ähnlich wie dir. Sie tut mir sehr leid. Erleben zu müssen, wie die Tochter einen auf Nimmerwiedersehen verlässt, das ist schon krass.«

Die beiden Geschwister umarmten sich, dann ging Aither in sein Zimmer zurück, wo sein kleiner Bruder schon fest schlief. Hemera lag noch lange wach im Bett und dachte über die Andeutungen ihres Bruders nach.

Die Sonne strahlte über den Wolkenkratzern von Frankfurt, als Hemera mit dem Fahrrad zu Boris radelte. Sie fuhr über die Breitenbachbrücke zunächst nach Bockenheim, um in der Leipzigerstraße ein paar Einkäufe für den Abend zu machen. An der Ecke zur Bockenheimer Warte gönnte sie sich ein teures Bio-Eis und überlegte, ob sie Boris nicht das T-Shirt, das sie vor ein paar Tagen in einem der vielen kleinen Läden auf der Leipziger entdeckt hatte, schenken solle. Es würde gut zu ihm passen. Es trug den Aufdruck: *I love creativity and she loves me*. Er hatte gerade ein Bild fertig gestellt, bei dem sie ihm Modell gestanden hatte. Kommende Woche mussten die Städelschüler ihre Arbeiten in der Akademie abgeben. Sie war von dem Aquarell begeistert und auch ein wenig stolz, dass er sie verewigt hatte. Er würde bestimmt ein berühmter Maler werden, davon war sie fest überzeugt, und alle Welt würde sie dann bestaunen. Sie kaufte das T-Shirt, der Anlass war angemessen. Sie packte alles in ihren Fahrradkorb.

Im Schatten der großen Kastanienbäume, die die Bockenheimer Landstraße säumten und schon jetzt im Hochsommer braune Blätter hatten, weil sie, wie sie gelesen hatte, von der Miniermotte befallen waren, fuhr sie zum Opernplatz. Sie mied die verkehrsreichen Straßen und nahm vom Opernplatz den Radweg durch die Taunusanlage zum Theaterplatz, vorbei an dem Heinedenkmal, das eine bedächtig zurückblickende Balletttänzerin und einen voranstürmenden jungen Balletttänzer darstellte. Ein Paar wie Boris und ich, ging es ihr durch den Kopf. Auf dem Holbeinsteg überquerte sie den Main und sah vor sich das Städelsche Kunstinstitut, in dem Boris sie gemalt und für die Nachwelt konserviert hatte. Auf der Rasenfläche am Mainufer, dem Schaumain-Kai, vergnügten sich die Menschen, jeder nach seinen Vorlieben. Männer mit Männern, Frauen mit Frauen und Frauen mit Männern oder Singles. Sie räkelten ihre Körper in der Sonne, knutschten miteinander oder ließen ihre Beine in den Main baumeln, um sie zu kühlen. Als sie die Liebespaare sah, prickelte es in ihrem Körper und sie verspürte Lust auf Boris. Hemera bog in die Schweizer Straße ein und kettete vor Boris' Haus in der Dannecker Straße unweit des quirligen Schweizer Platzes das Fahrrad an den Masten einer Straßenlaterne. Boris winkte ihr aus dem Fenster im ersten Stock zu.

»Machst du mir auf? Ganz schnell bitte«, rief sie zu ihm hoch.

»Ja, ich beeile mich. Ist etwas passiert?«

»Ja, etwas, das keinen Aufschub duldet«, antwortete sie vielsagend und warf ihm eine Kusshand zu.

Er betätigte den Türöffner und sie ging auf der alten, knarrenden, aber frisch gebohnerten Holztreppe in den ersten Stock des schönen, mit viel Stuck verzierten Jugendstilhauses. Boris stand in der Wohnungstür und strahlte sie mit seinem jungenhaften, unbeschwerten Lachen an. Sie stürzte auf ihn zu und während sie ihn umarmte, schubste sie mit der Ferse die Wohnungstür hinter sich zu. Eng umschlungen gingen sie in das Wohnzimmer. Boris hatte verstanden, was keinen Aufschub duldete.

»Ich habe einen Tee gemacht, möchtest du ihn jetzt oder kannst du dich nicht mehr bremsen?«, foppte er sie.

»Aber sicher kann ich das. So unwiderstehlich bist du dann auch wieder nicht.«

Nach kurzer Zeit kam er mit einer braunen Tasse zurück und stellte sie vor ihr ab. Er setzte sich neben sie auf das Sofa und legte seinen Arm um ihre Schultern. Wie beiläufig streichelte er ihren Busen. Hemera setzte ihre Teetasse ab und strahlte ihn mit funkelnden Augen an.

»Lass dich nicht hetzen, ich kann warten«, log Boris und zog sie an sich.

»Ich könnte auch, aber ich will nicht«, hauchte sie ihm ins Ohr und kuschelte sich in seine Arme.

Er trug sie in das Schlafzimmer, wo er sie sanft auf das Bett legte. Ohne Hast befreite er sie von ihren wenigen Kleidungsstücken. Ein warmer Lufthauch, der durch das offene Fenster in das Zimmer drang, streichelte ihren nackten Körper und entfachte die innere Glut, die sich zu einem Flächenbrand entwickelte. Boris hatte sich ebenfalls seiner Kleider entledigt und beugte sich über sie. Ein dichter, dunkelblonder Haarschopf fiel über ihr Gesicht. Ein melancholisch-dunkles Augenpaar strahlte sie an und nahm ihr fast die Luft zum Atmen. Seine Lippen suchten ihre Ohrläppchen, er schob ihre Haare beiseite und bedeckte sie mit Küssen. Sie spürte seine Hände auf ihren Hüften. Ihr Körper, der ihr nicht mehr zu gehören schien, verschmolz mit dem seinen. Sie schlang die Beine um seine Lenden, fühlte, wie sich sein Geschlecht gegen ihres presste. Die Welt um sie herum löste sich auf, sie tauchte in die Ewigkeit ein, als er sich mit ihr vereinigte. Wie von Ferne hörte sie ihn in das Ohr flüstern: »Ich liebe dich.« Sie schlang ihre Arme noch fester um seinen nassgeschwitzten Körper, hielt ihn fest, erdrückte ihn schier, so als ob sie befürchtete, er könne ihr entlaufen.

Als sie langsam wieder in die wirkliche Welt eintauchte, liebkoste sie Boris und flüsterte in sein mit einem silbernen Ohrstecker verziertes Ohr: »Es war wunderschön, du in mir und ich mit dir. So könnte ich immer leben.«

»Ich habe nichts dagegen. Du könntest morgen bei mir einziehen, wie du weißt, habe ich viel Platz, der reicht auch für zwei, wie ich meine, nicht übermäßig anspruchsvolle Menschen wie uns beiden«, erwiderte er ihr.

»Das ist lieb von dir, aber du weißt ja, wie mein Vater darüber denkt.«

»In einem Monat könntest du selbst entscheiden. Rechtlich könnte dich niemand mehr daran hindern.«

»Das sagt sich so einfach. Ich möchte so eine schwerwiegende Entscheidung nicht gegen den Willen meiner Eltern treffen. Ich bin so erzogen und fühle mich meinen Eltern gegenüber irgendwie verpflichtet. Es fällt mir schwer, mich darüber hinwegzusetzen. Ich würde permanent mit einem schlechten Gewissen herumlaufen und das will ich nicht. Außerdem …«

Sie unterbrach sich und fuhr nach kurzem Zögern fort: »Außerdem ist bei uns zu Hause alles nicht so einfach, wie es den Anschein haben mag. Ich weiß manchmal nicht mehr aus noch ein.«

»Wenn du reden möchtest? Manchmal tut es gut, sich auszusprechen.«

Hemera zögerte. Sie wollte Boris nicht mit ihren Geschichten belasten. Andererseits war er der Einzige, zu dem sie volles Vertrauen hatte und es würde sie erleichtern, sich jemanden anvertrauen zu können.

Sie erzählte ihm, dass sie neulich mit ihrer Mutter ein langes Gespräch hatte, welches sie sehr aufgewühlt und sie dazu gezwungen hatte, über vieles nachzudenken. Er hielt ihre Hand und ermunterte sie zum Reden.

Hemera überwand sich schließlich und erzählte ihm alles, was sie von ihrer Mutter über ihre eigene Herkunft und die ihrer Brüder erfahren hatte. Boris hörte zu, ohne sie zu unterbrechen. Es tat ihr gut zu reden. Ihre Seele, belastetet nicht nur von dieser neuen Erkenntnis, sondern mehr noch durch die vielen hartherzigen Demütigungen, die gefühllosen Bosheiten und Entwürdigungen ihres Vaters während ihrer Kindheit und Jugend, hatte ihre Geschmeidigkeit eingebüßt, war brüchig und vernarbt durch die vielen Wunden. Lange Zeit sah sie für sich kaum einen Ausweg aus dem unentwirrbaren Gestrüpp, in das sich ihre Empfindungen verstrickt hatten. Sie schien durch ihre innere Überempfindlichkeit und durch die Anhäufung von Zweifel und Selbstzweifel, den Anschluss an die wirkliche Welt zu verlieren. Unbemerkt entwickelte sich in diesem nach außen abgeschirmten Innenraum aber auch der Wille zu überleben, sich selbst zu erleben. Früher als bei anderen jungen Menschen gewann bei ihr die Frage nach der Substanz des Lebens an Bedeutung, ließ sie sich auf die ernsthafte Suche nach dem Wesentlichen ihres Lebens ein. Im gleichen Maße, in dem sich in Opposition zu ihrem destruktivem Vater ihr Glaube an sich selbst entfaltete, begann sich ihre schwankende, prekäre Verfasstheit zu stabilisieren. Sie gewann an Selbstbewusstsein und strahlte mit der Zeit eine Sicherheit aus, die auf andere oftmals den Eindruck einer starken und mutigen jungen Frau machte, obwohl sie sich nicht so fühlte. Mit hohem Energieaufwand versuchte sie, die immer wieder ausfransenden Empfindungen zusammenzuführen. In dieser Zeit des langsam wachsenden Glaubens an sich selbst begannen auch ihre Sehnsüchte Blüten zu treiben. Sie wollte nur noch von dem berührt werden, von dem sie träumte. Wenn sie träumend auf ihrem Bett lag, sah, fühlte und hörte sie den Mann ihrer Sehnsüchte, als ob er aus Fleisch und Blut vor ihr stände. Sie war überzeugt, dass es ihn gibt. Sie hoffte, dass er sie erlösen würde von der Schwere, in deren Bannstrahl sie gefangen war.

Sie konnte die Tränen, die sich aus den Innenschichten der Seele ihren Weg ins Freie bahnten, nicht mehr zurückhalten und begann plötzlich, überrannt von ihren Gefühlen, heftig zu weinen. Sie fühlte sich Boris sehr nah. Er nahm sie liebevoll in seine Arme und trocknete ihre Tränen. Sie brauchten keine Worte, um sich zu verstehen. Sie streichelte mit ihren Fingerspitzen sachte über seine Lippen.

»Boris, jetzt weißt du fast alles über mich. Geh bitte vorsichtig damit um. Ich möchte jetzt aber nicht länger mit dir über meine traurige und verwirrende Herkunft diskutieren. Ich will mir nicht den Tag mit diesen unerfreulichen Dingen vermiesen. Okay?«

»Du musst selbst wissen, was für dich richtig ist. Aber ich möchte dir einen Vorschlag machen. Wir könnten doch zu deinem Geburtstag ein paar Tage verreisen. Dann hätten wir einmal etwas mehr Zeit, nur für uns. Wir könnten reden, solange du willst. Und wir können uns vergnügen und lieben, solange wir wollen. Meine Eltern haben in Frankreich ein Ferienhaus, sie würden uns bestimmt erlauben, ein paar Tage dort zu verbringen. Wir beide ganz allein, fern von deiner Familie und niemandem verpflichtet. Wäre das nicht etwas?«

Sie fiel ihm um den Hals und sagte, langsam die Gewalt wieder über sich erringend, mit strahlenden Augen: »Das wäre wunderschön. Ganz allein mit dir! Ich werde am Montag gleich bei meiner Chefin nachfragen, ob ich Urlaub bekommen kann. Ich hatte dieses Jahr noch keinen Tag frei. Es wird, es muss klappen.«

Sie streichelte seinen muskulösen Oberkörper, fuhr zärtlich mit den Händen durch seine verstrubbelten Haare und verlor erneut die Kontrolle über ihren Körper, der sich zu ihm hin drängte. Diesmal waren die körperlichen Auflösungserscheinungen jedoch völlig anderer Art. Sie verlor sich in einem ätherischen, zeitlosen Raum, einem Universum, in dem Körper und Verstandeskräfte entzweit schienen. Ihr Verstand, in Auflösung begriffen und seine Schärfe verlierend, nahm lediglich interessiert wahr, was der Körper ohne ihren Willen tat. Traumhaft, nahe am Zustand der Bewusstlosigkeit, schien es ihr, als ob ihr schutzloser Körper gefräßig alles Leben in sich hineinsog, als sie sich abermals liebten.

Als sie in der Küche standen, um Häppchen und einige Salate für den Abend vorzubereiten, hielt das Gefühl des Mit-sich-eins-seins und des schwerelosen Einsseins-mit-der-Welt noch lange an. Immer wieder mussten sie sich ihrer Liebe vergewissern, indem sie sich berührten, anlächelten oder freigiebig liebevolle Küsse austeilten – und sie hatten die ganze Nacht noch vor sich. Hemera hatte ihrer Mutter gesagt, dass sie bei einer Freundin übernachten und am nächsten Tag erst gegen Abend nach Hause kommen würde.

Die Leichtigkeit des Seins hielt nicht lange. Als Hemera am nächsten Tag nach Hause kam, wurde sie unsanft aus ihren Träumen gerissen und fand sich in dem grellen Licht der Realität wieder. Ihr Vater war vorzeitig aus seinem Urlaub zurückgekehrt.

Braungebrannt entstieg er dem Taxi und begrüßte mit einem freundschaftlichen Kuss auf die Stirn seine überraschte Frau, die ihn erst in drei Tagen erwartet hatte. Als er nach seinen Kindern sehen wollte, traf er Hemera nicht an. Er fragte nach ihr und erfuhr, dass sie bei ihrer Freundin übernachtet hatte. Er rief bei der Freundin an und hörte, dass Hemera nicht bei ihr sei. Augenblicklich schlug seine Stimmung um. Er brüllte in der Wohnung herum, so dass man es bis auf die Straße hören musste. Übelgelaunt brütete er den Rest des Tages im Wohnzimmer für sich hin und wartete auf Hemera.

Ohne ein Wort der Begrüßung stellte er seine Tochter, die abends gut gelaunt nach Hause kam, zur Rede: »Wo warst du letzte Nacht?«

»Ich war bei meiner Freundin«, antwortete sie arglos.

»Nein, warst du nicht. Lüge deinen Vater nicht so schamlos an.«

Hemera schaute auf ihre Mutter, die verängstigt dem Gespräch zuhörte. Sie nickte kaum merklich mit dem Kopf, um ihr zu signalisieren, dass er Bescheid wusste und zuckte hilflos mit den Schultern. Von ihr konnte sie keine Unterstützung erwarten. Sie entschloss sich, ihrem Vater die Wahrheit zu sagen. Als er hörte, dass sie bei Boris gewesen war, sprang er auf, hob drohend die Hand und holte mit einer weiten Gebärde aus, um ihr eine Ohrfeige zu geben. Er besann sich dann aber im letzten Moment, baute sich nur wenige Zentimeter vor ihr in seiner ganzen Größe auf und sagte zischend: »Ich als dein Vater verbiete dir hiermit ein für alle Mal, diesen Kerl noch einmal wiederzusehen. Und ich sage das nur einmal, hast du das verstanden!«

Hemera wich erschrocken vor ihrem Vater zurück. Aufkommende Wut- und Trotzgefühle lösten die Lähmung, die sie vor dem Zornesausbruch erstarren ließ. Sie hörte sich laut und deutlich ihrem Vater entgegnen: »Du bist ja gar nicht mein Vater, du kannst mir gar nichts verbieten.«

Im selben Moment, in dem diese Worte in der Welt waren, biss sie sich auf die Lippen und hielt sich erschrocken den Mund zu. Sie sah, wie ihre Mutter zusammenzuckte und besorgt zu ihrem Mann blickte.

Im ersten Augenblick schien ihr Vater sprachlos geworden zu sein. Er japste nach Luft. Gespannte Stille beherrschte den Raum. Gotthilf starrte seine Tochter entgeistert an. Dann fing er sich wieder und packte sie schmerzhaft am Arm.

»Was erlaubst du dir eigentlich, so mit mir zu reden«, schrie er sie an. »Was weißt du denn schon, wer dein Vater ist. Ich *bin* dein Vater, ob dir das passt oder nicht, und ich verbiete dir den Umgang mit diesem Arschficker, basta!«

Hemera grub sich das infame Wort ›Arschficker‹ tief in ihre Seele ein. Sie war von dieser Wortwahl aus dem Munde ihres Vaters angewidert. Sie holte tief Luft und setzte an, um ihm ihre Meinung zu sagen. Aber Gotthilf ließ sie nicht zu Wort kommen, sondern wandte sich abrupt von ihr ab und zog sich in seinen Hobby-Raum zurück. Er erschien erst am nächsten Tag wieder, als Hemera bereits zur Arbeit gegangen war.

KAPITEL V

Die Zeit ohne Adolf Nyx verlief ruhig und ohne die fast täglichen Anspannungen, die durch die Ungewissheit hervorgerufen wurden, ob ihr Peiniger heute auftauchen würde oder nicht. In der Zeit seines Urlaubs wusste man sich sicher vor ihm. Hera saß mit dem sechsjährigen Adam am Esstisch und lernte mit ihm gerade das Alphabet. Er war wissbegierig und machte schnelle Fortschritte, nicht nur in Deutsch, sondern auch in den anderen Fächern, in denen sie ihn, wie auch schon die anderen Kinder, täglich unterrichtete. Nyx hatte ihr die Schulbücher auf ihre Bitte hin besorgt, so dass sie mit den neuesten Materialien arbeiten konnte. Es freute sie, die Fortschritte an ihrem Sohn beobachten zu können. Es tat ihr unendlich weh, ihm nicht zeigen zu können, wie der Himmel aussah, wie der Wald roch, wie es sich anfühlte, die Sonne auf der Haut zu spüren, wie es wäre, Sand durch die Finger rieseln zu lassen und eine Rutsche herunter zu rutschen. Er wollte alles so genau wissen und sie konnte ihm das alles nur abstrakt vermitteln. Einen winzigen Spalt öffnete sich ihm die Welt durch den Fernseher.

Der Blick aus der kleinen unterirdischen Wohnung in die Welt, vermittelt durch die virtuellen Bilder der Mattscheibe, ließ die vom wahren Leben Verlassenen ein wenig teilhaben an dem Geschehen jenseits ihrer Mauern. Sie sahen fern auf Unerreichbares, seien es Natur- und Tierfilme oder Reiseberichte, seien es Berichte über die Welt, Hessen oder Frankfurt, der Heimat der Kinder, die sie nicht als Heimat erfahren und begreifen konnten. Hera versuchte ihnen zu erklären, was die Bilder der Hessenschau bedeuteten, was über ihren Köpfen, nur wenige Meter oder Kilometer von ihnen entfernt, geschah. Sie spürte oft, dass es ihr nicht gelang, dass dieses Geschehen für sie nicht greifbar war, unbegreiflich bleiben musste. Nichtssagende, tote Bildergewitter, mit denen die, deren Dasein sich in der kleinen Welt dieser von der Außenwelt abgeschnittenen Wohnung abspielt, nichts Persönliches, Wesentliches zu verbinden wussten.

Jeden Tag schauten sie in diese ferne, fremde Welt. Die Mutter und ihre Kinder. Kinder, die nie das Licht der Welt erblickt hatten, und nichts anderes kannten, als das karge Mobiliar der beiden Räume, die Betten, den Tisch mit der Wachsblume, die Stühle, den kleinen Schrank mit den Spiegeltüren, zwei Tierbilder an der Wand, die sie sich aus einer alten Zeitschrift ausgeschnitten hatten. Mit Liebe hatten sie sich den Duschvorhang mit Klebebilden geschmückt. Ein Badeentchen schaute ihnen beim Waschen von der Ablage herab zu. In der Küche spielte unentwegt ein kleines Radio Melodien aus einer fremden, ihnen verschlossenen Welt. Die beiden größeren Kinder erweiterten neben dem von der Mutter Erlernten ihr Wissen auch durch die Bücher, die Adolf ab und zu mitbrachte.

Mehr noch als das Fernsehen öffneten den Mädchen jetzt gerade Bücher eine geistige, emotionale Welt, die ihnen verborgen war, die sie nicht erleben und erfühlen durften. Sie redeten mit der Mutter über ihr Gefühlsleben, ihre Herzenswünsche und Ängste und stellten ihr bohrende und schmerzhafte Fragen darüber, wie sie hier hingekommen waren, warum sie in dieser abgeschotteten Welt leben mussten und über das Leben draußen, in Freiheit, das sie nicht kannten. Sie schrieben beide, wie auch die Mutter, Tagebücher, in denen sie ihre

Sehnsüchte ausmalten und sich in Phantasien und Träume verloren, die gerade in ihrem Alter in übergroßem Maß von ihnen Besitz ergriffen. Wie oft musste Hera ihre Töchter, die weinend über dem Geschrieben saßen, die Tränen trocknen und sie trösten, wo es keinen Trost gab. Nie hatte sie jedoch die Hoffnung ganz aufgegeben, doch noch eines Tages in die Welt zurückkehren zu können – wenn nicht sie selbst, so doch wenigstens ihre Kinder. Es war das einzige, was sie am Leben festhalten ließ.

Drei Kindern, von denen sie nichts besaß als ihre Namen, Tina, Robert und Max, war das schon vergönnt gewesen. Was wohl aus ihnen geworden war? Wehmütig erinnerte sie sich an die Augenblicke, als Nyx damals die winzigen Wesen mit in die Freiheit nahm, und sie dankte Gott, an dem sie im Laufe der Jahre einige Male stark zweifelte, aber doch auch immer wieder Trost bei ihm fand, dass es wenigsten diesen Kindern vergönnt war, zu leben. Ein Kind, der Zwillingsbruder von Robert, starb kurz nach der Geburt, weil es keine ärztliche Hilfe bekam. Adolf wickelte es lieblos in ein Handtuch und nahm das tote Baby in die Welt der Lebenden. Er verbrannte es im Heizungsofen.

Heute, es war Sonntag, saß Hera mit ihren Kindern von morgens bis abends vor dem Fernsehgerät. Sie hatten nur ein Interesse: die Nachrichten. Seit den Morgenstunden zappten sie zwischen sämtlichen Nachrichtensendungen hin und her, die sie empfangen konnten. Die Anspannung war in den letzten zwei Wochen kontinuierlich immer weiter gewachsen und erreichte heute ihren absoluten Höhepunkt. Sie verfolgten die Sendungen, ob von irgendwo auf der Welt ein Flugzeugabsturz, eine Revolution oder auch nur ein Fluglotsenstreik gemeldet wurde. Die vierzehn Tage waren vorbei, in denen Nyx Urlaub machen wollte. Alle dachten einzig und allein daran, was geschieht, wenn er aus irgendeinem Grund nicht zurück nach Frankfurt reisen kann? Würde sich in nun vier Tagen tatsächlich die Tür öffnen und sie wären frei? Und wenn sie sich dann nicht öffnen würde, wenn er sie allesamt schamlos angelogen hätte, welches Schicksal wäre ihnen beschieden?

Der Tag verging ohne eine Meldung, die signalisieren würde, dass Nyx nicht zurückfliegen könnte. Der Tag verging aber auch, ohne das Nyx auftauchte. Auch am nächsten Tag kam Nyx nicht und die Nachrichtenlage deutete nicht darauf hin, dass irgendein Unglück passiert wäre. Was war geschehen? War Nyx erkrankt und konnte nicht reisen? Hera begann damit, das Essen zu rationieren. Aus Angst, dass aus irgendeinem Grund für längere Zeit das Wasser im Haus abgestellt werden könnte, füllte sie die vorhandenen Eimer mit Trinkwasser. Ängstlich geworden lauschte sie immer häufiger auf das gleichmäßige leise Rauschen der Anlage, die sie mit Frischluft versorgte.

Hoffentlich haben wir keinen Stromausfall, dachte sie, sonst werden wir alle ersticken.

Sie versuchte ihre Angst vor den Kindern zu verbergen, die bisher noch ruhig blieben. Nur Eva, der bewusst war, was alles geschehen könnte, und mit ihrer Mutter lange über die jetzige Situation gesprochen hatte, wechselte mit ihr immer häufiger fragende Blicke. Sind wir bald frei oder werden wir sterben, schienen sie zu bedeuten. Am Vorabend des achtzehnten Tages der Abwesenheit von Nyx wurde die Anspannung unerträglich, aber sie konnten nichts tun als warten, warten, warten. Es nützte kein Schreien und an die Wand Pochen, das hatten sie schon tausende Male versucht und nichts hatte sich gerührt. Hera versammelte ihre Kinder um sich, um mit ihnen zu beten. Es schien ihr das Einzige zu sein, was vielleicht helfen könnte, eine Panik zu unterbinden und die Gemüter etwas zu beruhigen. Sie betete laut zu Gott, dass er sie und ihre Kinder beschützen möge, was auch immer geschieht. Im Stillen bat sie Gott, Nyx in die Hölle zu verdammen und die Tür für sie morgen zu öffnen – und sie bat ihn gleichzeitig um Vergebung, dass sie es wagte, so etwas von ihm zu erbitten. Sie hoffte aber, dass Gott Verständnis für ihre besondere Situation haben und er ihr diese Bitte nicht zu ihrem Ungunsten auslegen würde.

Außer dem kleinen Adam, der noch nicht verstand, was hier vor sich ging, hatte während der Nacht keiner der Bewohner der Unterwelt, in der die Verdammten ihr Schattendasein führen mussten, ein Auge zu gemacht. In dieser schicksalshaften Nacht krochen sie alle zusammen in Heras Bett, damit sie sich spürten und die Anspannung besser ertragen konnten. Früh am Morgen des Donnerstag versammelten sie sich im Halbkreis vor dem engen Gang, der zu der niedrigen grauen Stahltür führte und warteten auf den Summton, der die Tür öffnen würde. In regelmäßigen Abständen versuchten sie, den Türgriff herunter zu drücken, aber die Tür ließ sich nicht bewegen. Allmählich verflüchtigte sich die hoffnungsvolle Stimmung und machte der Angst Platz, einer unerträglichen, maßlosen, panischen Angst, die sich in die Eingeweide einfraß, das Herz wie rasend zum Pochen brachte. Mit weißen, von kaltem Schweiß glänzenden Gesichtern und leeren Augen starrten sie vor sich hin. Eva ging als erste auf die Toilette und musste sich erbrechen. Sie konnte die Spannung nicht mehr ableiten. Salome hatte sich einen Stuhl geholt, saß vor der Tür und wartete trotzig. Die Tür *musste* sich öffnen. Adam, der spürte, dass etwas Ungeheures geschehen sein musste, klammerte sich wimmernd an seine Mutter.

»Müssen wir jetzt alle sterben, Mutter?«, fragte Salome plötzlich in die Stille hinein. Adam krallte sich instinktiv an seiner Mutter fest und fing laut an zu heulen.

»Nein, Salome«, antwortete Hera tonlos. »Er wird schon noch wiederkommen. Vielleicht hat er auch den Schließmechanismus falsch eingestellt und die Tür öffnet sich erst morgen oder in den nächsten Tagen. Wir dürfen nicht den Mut verlieren.«

»Was heißt hier: Nicht den Mut verlieren!«, schrie Eva hysterisch, die gerade aus der Toilette zurückkam. »Er lässt uns alle verrecken wie Vieh. Er ist ein Ungeheuer, ein Monster, eine Bestie!« Sie sank in sich zusammen und winselte leise: »Ich kann nicht mehr, ich kann so nicht länger leben, Mutter.«

»Eva, wir brauchen uns, wir müssen zusammenhalten. Du darfst jetzt nicht aufgeben, uns zuliebe.«

»Nein Mutter, ich bin am Ende. Das hier ist kein Leben.«

Salome löste sich aus ihrer Erstarrung, ging zu ihrer Schwester, sagte ihr, dass sie ohne sie auch nicht mehr leben wollte, und umarmte sie. Beide lagen sich lange weinend in den Armen.

Hera kürzte in den nächsten Tagen noch mehr die täglichen Essensrationen und versuchte, ihre Kinder zu trösten. Mit jedem Tag, der verging, versank sie jedoch immer tiefer in einer lethargischen Gemütsverfassung, war immer weniger ansprechbar und vertiefte sich oft stundenlang in Gebete, so als ob sie mit sich und der Welt abschließen wollte.

Drei Tage nach dem unheilvollen Donnerstag hielt sie in ihrem Gebet inne. Sie blickte auf und lauschte. Plötzlich stand sie auf und rannte zur Tür. Sie hörte jetzt deutlich ein Summen, der Türcode wurde aktiviert. Es gab keinen Zweifel mehr. Ihr Herz schlug ihr bis zum Hals. Sie rüttelte an der Tür, sie ließ sich öffnen. Sie schrie vor Freude wie eine Irrsinnige, immer wieder:

»Wir sind frei!«

Als die Tür sich ganz geöffnet hatte, wurde sie mit groben Stößen in die Wohnung zurückgedrängt. Vor ihr stand Nyx, braungebrannt und grinsend, wie immer. Hera schlug wie rasend auf ihn ein. Er fasste sie an den Handgelenken und hielt sie fest, bis sie sich wieder einigermaßen in der Gewalt hatte. Die Kinder hatten der Szene sprachlos zugeschaut und liefen jetzt ihrer Mutter zu Hilfe.

»Lass sie los. Du tust ihr weh«, sagte Salome, die als erste ihre Sprache wiederfand.

»Erst, wenn sie sich wieder beruhigt. Die spinnt ja total.«

»Kein Wunder, wir saßen hier drei Tage in Todesangst in diesem Loch. Das zehrt an den Nerven. Ist doch klar. Du bist ein verdammter Lügner und ein widerlicher Unmensch«, sagte Salome ihm ins Gesicht und befreite ihre aufgebrachte Mutter aus den Händen ihres Vaters.

»Ist doch nix passiert. Warum habt ihr euch so?«, sagte Nyx leichthin.

»Ist nix passiert«, äffte ihm Salome nach. »Nix passiert, nennst du das, wenn vier Menschen gleich mehrere Tode gestorben sind vor Angst!«

»Wie ich sehe, seid ihr alle noch am Leben. Oder etwa nicht? So schlimm ist es doch nicht, wenn ich mal etwas später komme.«

»Etwas später kommen, nennst du das, wenn du uns hier ein ganze Woche schmoren lässt und wir nicht wissen, ob du jemals wieder auftauchst«, ließ sich jetzt auch Eva vernehmen und warf Nyx einen vernichtenden Blick zu.

»Ach was, jetzt macht doch aus einem Floh keinen Springbock. Verzieht euch, ich will mit eurer Mutter allein sein.«

Nyx packte aus einer mitgebrachten Tasche zwei Flaschen Reisschnaps und eine Brosche, die einen Elefanten darstellen sollte. Er reichte Hera die Brosche: »Die habe ich dir mitgebracht.«

»Die kannst du dir an den Hut oder sonst wohin stecken. Ich will sie nicht«, sagte Hera mit immer noch bebender Stimme.

»Dann eben nicht, dann schenke ich sie deiner Mutter, sie wird sich darüber freuen.«

Er erhob sich, holte Gläser und schenkte sich und Hera von dem Reisschnaps ein.

»Trink, es wird dir gut tun nach der Aufregung.«

»Mit dir trinke ich nicht mehr«, fauchte sie zurück.

Er ließ sich von ihr nicht beeindrucken, sondern trank genüsslich sein Glas aus und schenkte sich nach.

»Ich habe heute großen Ärger gehabt und brauche etwas Entspannung. Die Welt da draußen ist so undankbar. Manchmal denke ich, wie gut ihr es doch hier habt. Ich würde mich auch gerne manchmal von der Welt zurückziehen. Ihr habt doch alles und müsst euch um nichts kümmern.«

»Jetzt bist du wohl total übergeschnappt. Du sperrst uns hier in dieses jämmerliche Verlies und behauptest, wir hätten alles.«

»Du bist doch hysterisch. Halt jetzt mal die Klappe. Ich will jetzt nicht mehr palavern, sondern mich entspannen.«

»Entspannung ist nicht!«

Sie wusste nur zu gut, was es bedeutete, wenn er sich entspannen wollte.

»Was heißt hier: Entspannung ist nicht. Ich erlaube dir nicht, so mit mir zu reden. Du willst doch nicht, dass ich böse werde. Jetzt trink endlich mal was, dann geht alles einfacher und entspannter. Du wirst schon sehen.«

Er nötigte sie, das Glas Schnaps zu trinken und goss sich selbst unentwegt nach.

»Wie schön ist es doch bei euch zu sein«, lallte er und grabschte nach ihrem Busen. »Zieh dich aus!«, befahl er ihr.

Sie verweigerte sich ihm.

»Ich denke gar nicht daran. Nach dem, was du uns angetan hast!«, schleuderte sie ihm wütend entgegen.

Nyx schaute sie mit glasigen Augen ungläubig an. Noch nie hatte sie es gewagt, ihm ihren Dienst zu verweigern. Seine Blicke wechselten zwischen Hera und Eva hin und her.

»Gut, wenn du nicht willst, dann werde ich Eva bitten. Vielleicht hat sie mehr Lust als du. Die thailändischen jungen Mädchen jedenfalls waren spitz auf mich«, sagte er grinsend und völlig ruhig.

»Untersteh dich eines der Mädchen anzurühren, dann bringe ich dich um.«

»Wenn du das tust, du weißt wohl, was dann geschieht? Ihr werdet alle verhungern und du musst hier mit meiner verwesenden Leiche dein Leben aushauchen«, sagte er zynisch. »In den Tartarus haben die griechischen Götter ihre Frevler gestürzt und der ewigen Verdammnis preisgegeben. Ich kann auch die Zügel ein wenig anziehen, wenn ihr nicht macht, was ich will. Willst du, dass ich zur Strafe wieder einmal für ein paar Tage bei euch hier unten, das Licht abschalte? Dann wird es richtig finster hier und ihr werdet um Gnade winseln, wie die Götterfrevler. Wie schon das letzte Mal. Ich kann aber auch eines meiner freigelassenen Kinder wieder zu euch in den Tartarus herunter holen. Willst du das verantworten?«

Heras Widerstand brach zusammen. Sie fügte sich widerstandslos seinem Begehren, ohnmächtig, kapitulierend, innerlich zerbrochen. Der verzweifelte Versuch, ihre Tochter zu schützen, war wichtiger als ihr eigenes Leben, das in Auflösung begriffen schien.

KAPITEL VI

Es war in diesen ersten Julitagen stickig heiß in Frankfurt. Kein Luftzug blies durch die sonst oftmals zugigen Häuserschluchten. Autoabgase legten sich wabernd auf die flirrende Stadt und setzten den Geruchsnerven arg zu. Die stark ozonhaltige Luft reizte die Atemwege und im trockenen Mund machte sich ein schaler Geschmack breit. Wer konnte, floh in die kühleren, Frischluft verheißenden Wälder vor Frankfurts Toren, in den Spessart, den Odenwald, den Taunus. Oder die hitzegeplagten Frankfurter vergnügten sich an einem der vielen Badeseen rund um Stadt.

Boris Steinbrecher hatte das Glück Eltern zu haben, die es sich leisten konnten, in Kronberg, am Rande des Taunus, eine Villa ihr eigen nennen zu können. Das herrschaftliche Haus stand auf einem parkähnlichen Grundstück mit reichlich schattenspendendem Baumbestand. Ein Swimmingpool sorgte für zusätzliche Möglichkeiten der Abkühlung, wem es in dem ohnehin erträglichen Kleinklima des Vordertaunus noch immer zu heiß war.

Boris' Stiefmutter lag auf einer Liege am Pool und studierte das Feuilleton der Frankfurter Allgemeinen. Sie las die Kritik einer Ballettvorführung, die im Bockenheimer Depot, einer Dependance des Frankfurter Schauspiels, aufgeführt worden war. Seitdem die grazile Dreißigjährige die Frau von Carsten Conrad Steinbrecher ist, dem erfolgreichen Architekten, der mit seine Firma C. C. Steinbrecher + Partner nicht nur in

Frankfurt viele preisgekrönte Objekte gebaut hatte, hat sie versucht, ihr Engagement als Schauspielerin am Frankfurter Theater zu begrenzen. Sie wollte sich auf weniger, aber dafür anspruchsvolle Rollen beschränken. Es gelang ihr nur unzureichend, die Arbeitszeit wesentlich zu reduzieren, um so mehr Zeit für ihren Mann und ihren Stiefsohn zur Verfügung zu haben. Ihr Mann, der rege an dem gesellschaftlichen Leben Frankfurts teilnahm, war stolz auf seine junge Frau und zeigte sich gerne mit ihr in der Öffentlichkeit. Er hatte aber auch vollstes Verständnis für ihre Theaterliebe und freute sich mit ihr über ihre Erfolge, auch wenn er dadurch an so manchen Abenden auf ihre Anwesenheit verzichten musste.

Zu ihrem Stiefsohn Boris hat sie in den jetzt zwei Jahren ihrer Ehe ein vertrauensvolles, nahezu freundschaftliches Verhältnis aufgebaut, nachdem dieser zunächst eine große Reserviertheit gegenüber der nur sieben Jahre ältere Stiefmutter an den Tag gelegt hatte. Boris' leibliche Mutter war vor fünf Jahren bei einem Autounfall gestorben. Auf der Fahrt von ihrem französischen Ferienhaus nach Frankfurt entschied ein winziger Augenblick der Unachtsamkeit über Leben und Tod. Während eines sogenannten Sekundenschlafs fuhr Carsten Conrad Steinbrecher auf ein Auto auf. Die Mutter starb, Boris und seinem Vater war beschieden, weiter zu leben, nachdem sie von den Ärzten nach mehreren Operationen in letzter Minute dem Tod entrissen worden waren. Der Vater kümmerte sich, so gut es seine Geschäfte zuließen, um seinen Sohn. Boris litt stark unter dem Verlust und glitt in eine depressive Phase, die etwa ein Jahr anhielt.

Er fing in dieser Zeit an zu malen, leidenschaftlich und expressiv. Sein Vater unterstützte ihn darin, da er sah, dass die Malerei ihm Halt gab und seine Bilder in seinen Augen sehr ausdrucksstark und phantasievoll waren. Was ihm fehlte, war die handwerkliche Ausbildung. Nach dem Abitur schlug er Boris deshalb vor, eine Kunstakademie zu besuchen, um seinen Stil weiter zu entwickeln und seinem Schaffen eine solide Grundlage zu geben. Ein guter Freund des Hauses, Professor Alfred Schütz, der eine Meisterklasse im Städelschen Kunstinstitut leitete, ließ sich die Mappe mit Zeichnungen, Aquarellen und Ölbildern von Boris vorlegen und war, wie schon der Vater, begeistert von der Spontaneität und Expressivität der Bilder, noch mehr aber von Boris' zeichnerischem Talent, das er für noch wichtiger hielt, als den Umgang mit Farben.

»Er zeichnet wie der junge Feininger, als er noch mit Karikaturen sein Geld verdiente. Er hat ein sicheres Gespür für Proportionen und kann das Wesentliche mit wenigen Strichen dem Rezipienten vermitteln. Da stecken wohl deine Gene dahinter«, sagte er einmal zu seinem Freund C. C. Steinbrecher über dessen Sohn.

Boris selbst gegenüber hielt sich der Kunstprofessor mit dergleichen Vorschusslorbeeren zurück und gemahnte ihn, dass die Arbeit in der Akademie kein Zuckerschlecken sei und er harte Arbeit von ihm erwarte. Nur so hätte er eine kleine Chance, aus dem Dunstkreis der Mittelmäßigkeit aufzusteigen in den Olymp derer, die Aufmerksamkeit in der Kunstwelt erregen können. Als er ihn als Schüler in seine Klasse aufnahm, nahm er ihn beiseite und sagte ihm: »Ich traue dir zu, ein recht ordentlicher Zeichner zu werden, bei der Bildgestaltung, der Komposition von Form und Farben und dem Gefühl für Farben musst du allerdings noch sehr viel lernen, bis du vielleicht, wie einst der große Klee, von dir sagen kannst: *Ich und die Farbe sind eins, ich bin Maler*«. Boris nahm sich die Worte zu Herzen und freute sich auf die Zusammenarbeit mit seinem Lehrer.

Boris kraulte seine Runden in dem Zwanzig-Meter-Becken mit einer Geschwindigkeit, die manchen trainierten Vereinsschwimmer mit Neid erfüllen würde. Nach tausend Meter stieg er aus dem Wasser und ließ sich neben seiner Stiefmutter auf eine Liege fallen. Er atmete schwer und trank in einem Zug ein großes Glas Mineralwasser aus.

»Vielleicht solltest du doch lieber auf Leistungsschwimmer trainieren. Bei diesen sportlichen Leistungen hättest du später einmal sicher hervorragende Verdienstchancen«, sagte seine Stiefmutter bewundernd.

»Nein, nein. Geld ist mir nicht so wichtig. Wenn ich etwas mache, möchte ich es mit Leidenschaft tun und die fehlt mir beim Schwimmen oder gar Leistungsschwimmen. Meine Mutter sagte einmal zu mir: *Tu nichts des schnöden Mammons wegen. Nur wenn du etwas gerne und mit Engagement machst, hast du die Chance, ein Zipfel des Glücks zu erhaschen und das ist mehr wert als alles, was du jemals an Geld verdienen könntest. Außerdem folgt das Geld dem, der mit Leidenschaft bei einer Sache ist. Mache dir also keine Sorgen, solange du das beherzigst.* Ich denke, das war ein weiser Gedanke meiner Mutter und ich will versuchen, mich danach zu richten.«

»Deine Mutter muss eine sehr lebenskluge, willensstarke und unglaublich einfühlende Frau gewesen sein, wie mir dein Vater erzählt hat, der immer nur mit größter Hochachtung über sie spricht …« Sie hielt einen Moment inne, musterte ihn, um zu prüfen, ob es der richtige Augenblick sei, zu sagen, was sie ihm schon lange einmal sagen wollte, und fuhr dann fort: »Wenn ich jetzt schon von deiner Mutter spreche, möchte ich dir auch einmal sagen, dass ich weiß, dass ich sie nie ersetzen kann. Das will ich auch nicht. Ich bemühe mich, dir eine gute Freundin zu sein und bin stolz, dass du mich akzeptiert hast. Du weißt, ich liebe deinen Vater und er mich – auf seine Art.

Ich weiß auch, dass er in Gedanken oft bei Isabella ist, die einen festen Platz in seinem Herzen hat. Ich akzeptiere auch das und freue mich, dass ich mit euch, mit deinem Vater und mit dir, zusammen leben darf. Übrigens stimme ich deiner Mutter unbedingt zu und möchte vielleicht noch hinzufügen: Große Kunst, der du dich verschrieben hast, ist ohne Leidenschaft, ohne Hingabe, ohne Begeisterung für neue Erfahrungen nicht denkbar. Aus eigener Erfahrung weiß ich, dass man im künstlerischen Leben nur etwas gut machen kann, wenn man mit äußerst wachen, interessierten, unvoreingenommenen Augen die Welt beobachtet und, das meine ich, ist ebenso wichtig, sie auf sich einwirken und sie in sich hinein lässt.«

»Du hast diese Leidenschaft zur Kunst, zum Theaterspielen. Ich bewundere dich dafür.«

»Ja, es ist richtig, ich spiele mit großer Leidenschaft Theater. Aber genauso wichtig ist mir die Liebe zu deinem Vater und von deinem Vater. Sie bedeutet mir unendlich viel. Ich habe mich dieser Liebe mit Hingabe geöffnet, so wie ich mich mit Begeisterung dem Theater hingegeben habe, und habe Glück empfangen. Das mag jetzt kitschig klingen, aber ich kann es nicht anders ausdrücken. Ich bin glücklich mit ihm und das ist etwas, das ich durch die Schauspielerei allein nicht erfahren hätte. Ich habe *mein* Glück nie allein auf den Brettern der Welt gesucht, sondern genauso wichtig war mir immer auch die achtungsvolle Liebe zu einem Mann, einem selbstbewussten, charmanten und intelligenten Mann, wie deinem Vater. Das mag für andere nicht gelten, für mich wäre ein Leben ohne dieses tiefste aller menschlichen Gefühle, die ich im Zusammensein mit deinem Vater spüre, nur unvollständig.«

Boris lag versonnen auf seiner Liege und blinzelte in die Sonne. Er dachte an Hemera und den Brief, den er von ihr erhalten hatte. Er sehnte sich danach, sie zu berühren, sie neben sich zu spüren. Sie hätten jetzt so nebeneinander in Frankreich liegen können, wie er und Cilla hier in Kronberg, wenn Hemeras Vater nicht so vehement und keinen Widerspruch duldend darauf bestanden hätte, die Tage bis zu ihrem Geburtstag mit ihr zusammen verbringen zu wollen. Heute war Mittwoch, der 9. Juli, ihr Geburtstag, und er konnte nicht bei ihr sein und sie in seinen Armen halten.

Was ist das für ein Vater, der seine Tochter zu einem Urlaub zwingt, zu dem sie absolut keine Lust hat, dachte er. Was hatte er davon, mit einer missmutigen Person die Urlaubszeit zu verbringen? Er war fest davon überzeugt, dass sie während ihres Aufenthalts am Mittelmeer nörgelig und schlechter Laune sein würde. Zu sehr hat der Vater sie bedrängt und genötigt, mit ihm diese Reise zu unternehmen. Ihr Brief hat bestätigt, dass der gemeinsame Aufenthalt für sie zu einem Horrortrip auszuarten schien.

Wie anders war doch sein Vater! Nie hatte er seinen Sohn zu etwas gedrängt. Stets hatte er versucht, zu überzeugen, wenn sie verschiedener Meinung waren. Er hatte ihn in seiner Person bestärkt, geschützt, wo es notwendig war, und er war ihm Geländer, wo er Unterstützung und er war ihm Wegweiser, wo er Orientierung brauchte. Gerade auch in der sehr schweren Zeit nach dem Tod der Mutter war er immer für seinen Sohn da, trotz seiner vielen beruflichen Verpflichtungen, die er, soweit ihm das möglich war, reduzierte. Boris hatte zwar nicht verstanden, dass sein Vater nur wenige Jahre nach dem Tod von Isabella, die er sehr geliebt hatte, wieder heiratete. Aber er akzeptierte sein Leben und seine Entscheidung, der er sich nicht entgegenstellen wollte. Es kam ihm nicht in den Sinn, ihm deswegen Vorhaltungen zu machen, auch deswegen nicht, weil er sah, wie sehr sein Vater mit dieser Frau an seiner Seite, die er schon vor Isabellas Tod flüchtig gekannt hatte, wieder auflebte.

Würde auch er sich, falls Hemera etwas zustoßen würde, nach so kurzer Zeit neu verlieben können? Es überstieg sein Vorstellungsvermögen bei weitem. Als er in dem Brief las, dass sie zu ihm ziehen wolle, schien sein Herz verrückt zu spielen und schlug solche Kapriolen, dass ihm die Brust zu zerspringen drohte. Es war ihm ein allzu schöner Gedanke, Hemera den ganzen Tag um sich haben zu können. Er liebte Hemera nicht nur, er bewunderte sie geradezu und konnte sich ein Leben ohne sie nicht mehr vorstellen. Wie selbstverständlich verband sich in ihr naturhafte Liebenswürdigkeit und Charme mit Energie und Lebenskraft, die man vordergründig in ihr, die nach außen hin oftmals zurückhaltend auftrat, nicht vermutet hätte.

Er dachte an ein Bild von Franz Marc: die *Rote Frau*. Hemera war für ihn die fleischgewordene Verkörperung dieser Frauengestalt von Marc. Die rote Farbe ihres Körpers, bei Marc die Farbe der Materie, der Erde, des Lebens, der kreatürlichen Sexualität, und die fließenden Linien ihres Körpers paraphrasierten des Wesen und seine eigenen poetischen Vorstellungen von Hemera. Mehr noch, die einzigartige Komposition von Farbe und Linien offenbarte für ihn die innere naturhafte Wahrheit von Hemera als Sinnbild des Weiblichen schlechthin.

Wie hatte sie es, bei allem, was er von ihr über den Vater gehört hatte, geschafft solch eine natürliche, kreatürliche Persönlichkeit zu entwickeln? Konnten mit diesem herrschsüchtigen und selbstbezogenen Menschen Gespräche stattfinden, die es ihr erlaubten, ihr Selbstbewusstsein, ihr Selbst zu entfalten? Wie konnte sich Hemera seiner Selbst gewiss werden, wenn es ihr weitgehend verwehrt war, sich im und durch den anderen zu entwickeln und zu entdecken. Er konnte sich nur sehr schwer vorstellen, wie sie in ihrem Vater jemals bei sich selbst sein konnte, so wie er das bei seinem Vater oftmals vermochte.

Er erinnerte sich an ein Gespräch mit seinem Lehrer an der Kunstakademie am Anfang seines Studiums. Sie sprachen über die Voraussetzungen künstlerischen Schaffens und die wichtige Eigenart des Künstlers, in einen Dialog mit sich selbst treten zu können. Sein Lehrer nannte dies die Fähigkeit der Entzweiung und gemahnte seinen jungen Schüler:

»Ohne die Entwicklung des Selbst im anderen sei auch das innere Gespräch mit dem eigenen bewussten Wissen, mit der Fülle der eigenen Erfahrungen und der Erkenntnisse über die Welt, die sich im Kunstwerk ausdrückte, nicht möglich. Lass die Welt in dich hinein, trete in einen Dialog mit ihr. Entwickle deine Sensibilität gegenüber den Dingen und suche die Wahrheit im anderen, nur so kannst du herausfinden, wer du bist – und kannst bildnerisch gestaltend wahrhaftig argumentieren. Als Künstler *musst* du aus einem starken Selbst heraus in Kommunikation mit anderen Menschen an den Grenzen deiner Welt kratzen und versuchen, diese Grenzen durch deine Bildsprache zu durchbrechen und zu erweitern. Dann, und nur dann hast du eine Chance als Künstler etwas wirklich Wahres und Schönes zu schaffen. Werkschöpfung ist Weltschöpfung, sagte Kandinsky einmal und damit hat er, meine ich, das Wesen der Malerei recht gut umschrieben.«

Das, was sein Lehrer in Bezug auf die Kunst sagte, schien Boris auch auf den Menschen allgemein übertragbar zu sein, und es diente ihm als eine Art Leitlinie in seiner Lebensführung. Hemera waren die Grenzen des Wissens und der Wahrheit wie auch die Begrenzungen durch die Sprache aus einem natürlichen, instinktiven Gefühl heraus bewusst. Sie besaß zweifelsohne ein starkes Selbstbewusstsein – ohne jegliche Überheblichkeit und Anmaßung. Sie musste aus anderer

Quelle als der ihres Vaters dieses Selbstbewusstsein gespeist haben. Auch wenn sie in ihrem Brief behauptete, hilflos zu sein, sie wirkte auf Boris weder ängstlich noch schwach, sondern besaß die Fähigkeit, Situationen richtig einzuschätzen und daraus vernünftige Schlüsse ziehen zu können.

In dem, was sie in dem Brief über ihren Vater sagte, steckte, auch davon war er überzeugt, ein gefährlicher Unterton, der nur schwer in Worte zu fassen war. Es war wahr, dass die Bildsprache und die Sprache allgemein die Grenze des Wissens bildet, das sich aus dem Bewusstsein schöpft, und die unbewussten Ahnungen nicht erfassen kann. Zwischen ihren Zeilen spürte Boris gleichwohl etwas Unheilschwangeres, Beunruhigendes, auch wenn er noch nicht verstand, worin genau das Bedrohliche lag. Oder wollte er es nicht begreifen?

Obwohl es sich um einen sehr persönlichen Brief handelte, entschloss er sich nach langem Zögern und Abwägen, Teile davon seiner Stiefmutter vorzulesen, und sie um ihre Meinung zu bitten, was sie von den in dem Brief gemachten Äußerungen hielt.

Cilla hatte sich in der Zwischenzeit in ein Buch vertieft und beachtete Boris nicht, der sie heimlich von der Seite anschaute. Er glaubte, auf ihr Stillschweigen und ihre Urteilskraft rechnen zu können, und ging in das Haus, um den Brief zu holen. In seinem Zimmer löste er ihre Haarlocke aus dem Briefbogen, betrachtete sie träumerisch und legte sie, nicht ohne sie nochmals über seine Lippen zu streichen, in eine Klarsichthülle in seine Schreibtischschublade. In der Küche holte er sich ein kühles Bier und ging in den Garten zurück.

Cilla nickte ihm kurz zu, als er zurück an den Pool kam, und widmete sich wieder ihrem Buch. Es war in der Zwischenzeit später Nachmittag geworden und die Hitze des Tages wurde allmählich von der kühleren, würzigen Abendluft, die aus den mit Tannen bewachsenen Höhen des Taunus kam, verdrängt.

»Darf ich dich beim Lesen stören, Cilla?«

Cilla legte ihr Buch beiseite und schob ihre Sonnenbrille auf die weißblonden Haare, die ihr die schwedische Mutter vererbt hatte: »Ja, natürlich.«

»Ich möchte dir gern einen Ausschnitt aus einem Brief von Hemera vorlesen und dich fragen, was du davon hältst.«

»Ein Brief von Hemera? Das ist doch deine Freundin und der Inhalt ist doch sicher nur für dich bestimmt. Trotzdem willst du ihn mir vorlesen?«, fragte sie ihn zögerlich. Sie fühlte sich einerseits geehrt, dass er sie ins Vertrauen ziehen wollte. Andererseits kam sie sich wie eine Voyeurin vor, die sich in intime Dinge einmischte, die sie nichts angingen.

»Ja, weil ich damit nicht ganz klar komme und gerne deinen Rat oder besser, deine Einschätzung hätte.«

»Wenn ich dir helfen kann, gerne.«

Boris nahm den Brief aus dem Couvert, faltete ihn vorsichtig auseinander und las ihr Teile daraus vor:

... die Tage hier in Frankreich neigen sich, kaum das sie angefangen haben, Gott sei Dank schon wieder dem Ende zu. Ich kann Dir gar nicht sagen, wie ich mich nach Liebe und Geborgenheit sehne. Diese Sehnsucht kann ich nur mit Dir stillen, und auch nur dann, wenn ich mein Leben in meine eigenen Hände nehme. Das ist mir hier klar geworden.

Mein Vater ist meist herrisch, launisch und unfähig, einfühlsame Gespräche zu führen. Dann wieder spielt er sich manchmal so auf, als ob ich seine Geliebte wäre. Er macht mir Komplimente über meinen Körper und meine Figur, streichelt mich (was ich extrem unangenehm und eklig empfinde) und versucht mich zu verwöhnen. Einmal hat er mir sogar Blumen geschenkt und mich in das etwa zehn Kilometer entfernte Dorf zum Tanzen ausgeführt. Aber als ich mit einem Jungen mehrmals hintereinander getanzt hatte, wurde er böse und warf mir vor, dass ich mich nicht um ihn kümmern würde.

Bald feiere ich ja, wie du weißt, meinen achtzehnten Geburtstag (leider nicht mit dir!) und ich möchte meine Volljährigkeit, die ich so ersehnt habe, dazu nutzen, meinem Leben eine Wende geben. Ich habe mich entschlossen, von zu Hause wegzuziehen, um der einengenden, besitzergreifenden Herrschsucht meines Vaters zu entkommen und mein eigenes Leben führen zu können ... Wenn Du noch willst, möchte ich nach meiner Rückkehr aus Frankreich zu Dir ziehen, so wie Du es mir ja schon ein paar Mal angeboten hast. Und ich würde mich überglücklich schätzen, abends bei Dir kuscheln und morgens mit Dir aufstehen zu können. Auch auf die Gefahr hin, dass das jetzt schwulstig klingt: Du bist meine große Liebe, Sehnsucht und Hoffnung! Ich möchte alles für Dich tun und Dich glücklich machen.

Ich habe große Angst vor dem Gespräch mit meinem unberechenbaren Vater. Wie sehr wünschte ich mir jetzt Deinen Rat, aber ich kann Dich ja nicht erreichen ... Ich weiß nicht, was ich machen werde, wenn er in Wut gerät und mich anschreit oder gar tätlich wird ... Ich bin so allein und hilflos ...

Cilla sagte lange nichts, als Boris aufgehört hatte, vorzulesen. Die Worte klangen in ihr nach. Sie wollte sie sich setzen lassen, bevor sie antworten würde. Er sah sie erwartungsvoll an, drängte sie aber nicht zu einer Äußerung. Schließlich richtete sie sich auf und sah ihm offen in die Augen, wobei ihr Mund ein Lächeln andeutete.

»Du kannst dich glücklich schätzen, solch ein Mädchen zu kennen. Sie liebt dich. Aber nicht nur das, sie vertraut dir voll und ganz, sie gibt sich in deine Hand. Das kannst du nicht hoch genug einschätzen. Ich freue mich für dich. Einen Rat kann ich dir nicht geben, dazu bin ich nicht berufen und auch nicht berechtigt. Was mir aber auffällt, ist die, wenn ich es einmal so ausdrücken darf, Theatralik und Dramatik in der Beziehung zwischen Vater und Tochter. Theatralik, weil sie etwas ausdrückt, das nicht gesagt werden darf. Dramatik, weil sie sich von ihrem Vater schrecklich in die Enge getrieben, wenn nicht sogar bedroht fühlt. Sowohl in ihrer Existenz als Frau als auch als Tochter. Die Situation scheint wie in einem klassischen Drama ausweglos zu sein. Sie kann dieser gespürten Bedrohung ihrer Existenz nur entkommen, indem sie sich dieser Situation physisch entzieht. Ich denke, das ist sehr unerträglich für sie als Tochter und als Mensch.«

Boris antwortete nicht auf die, wie es ihm schien, ein wenig vom Theaterleben durchdrungenen Äußerungen. Er gab ihr aber in der Sache recht. Hemera war zutiefst unglücklich. Sie fand keinen Ausweg gegen die Übermacht des Vaters und dessen physischen Gewaltandrohungen und offenbar auch sexuell motivierten Bedrängungen. Wenn er sich vorstellte, was sie schilderte, überfielen ihn Schauder, vermischt mit Scham und kaum zähmbarem Zorn auf diesen Mann. Er hatte nicht geahnt, dass das Verhältnis zwischen ihr und ihrem Vater dermaßen zerrüttet war und ärgerte sich über sich, dass er so blind war. Cilla hatte recht, es war ein Drama, das sich vor seinen ahnungslosen Augen abspielte.

Morgen schon würde er zurück nach Frankfurt fahren und in seiner Wohnung auf sie warten. Er würde sie in seine Arme nehmen und sie von aller Furcht und Hilflosigkeit befreien.

Das Telefon klingelte. Cilla sprach mit ihrem Mann. Nachdem sie ein paar Worte gewechselt hatten, hielt sie das Telefon von sich weg und mit der freien Hand das Mikrofon zu.

»Boris, dein Vater ist im Kronberger Schlosshotel. Er ist mit seiner Besprechung dort fertig und fragt, ob wir nicht zu ihm rüber kommen wollen. Was hältst du davon? Vielleicht tut uns ein kleiner Spaziergang an diesem Sommerabend ganz gut. Wir könnten dort auch eine Kleinigkeit zu Abend essen, dann muss ich nichts kochen.«

»Einverstanden. Ich kann dort ja in Gedanken Hemera zuprosten und ihr alles Gute zum Geburtstag wünschen.«

Sie hielt das Telefon wieder an das Ohr und sagte Conrad zu.

»In einer guten halben Stunde sind wir bei dir. Wir haben auch etwas zu feiern.«

KAPITEL VII

Als Magda am Freitagmorgen die Mülltüte zur grauen Tonne brachte, die in der Garage stand, sah sie dort das Auto ihres Mannes stehen. Sie hatte ihn nicht kommen hören. Sie nahm an, dass ihr Mann und ihre Tochter in der Nacht aus Frankreich zurück gekommen waren. Um sie nicht zu stören, hatte er sich dann offenbar in das Bett in seinen Hobbyraum gelegt, was er schon häufiger gemacht hatte, wenn es spät wurde. Aber wo war dann Hemera? Magda hätte sie hören müssen. Gotthilf nahm niemals jemanden mit in diesen Raum. Sie ging in den ersten Stock in das Zimmer ihrer Tochter. Es war unberührt. Sie klopfte an die Tür der Jungen und trat ein. Beide lagen noch in ihren Betten und blinzelten ihre Mutter verschlafen an. Auch sie hatten nichts gehört. Es war auch nicht anders zu erwarten, da beide einen guten und tiefen Schlaf hatten. Magda ging wieder in das Wohnzimmer hinunter und überlegte, ob sie, trotz des Verbots, in seinen Hobbyraum gehen sollte, um nachzusehen. Sie entschloss sich aber, noch etwas zu warten. Sie wollte ihn nicht stören. Wenn es wirklich sehr spät geworden war, würde er ausschlafen wollen. Vom Mittelmeer nach Frankfurt war es eine lange und anstrengende Fahrt.
Sie blieb unruhig und hatte ein ungutes Gefühl wegen Hemera. Sie suchte nach einem Grund, weshalb die Tochter nicht mit nach Hause gekommen war. Vielleicht hatten sie sich im Urlaub verkracht oder sonst etwas war geschehen zwischen den beiden. Das Verhältnis zwischen Tochter und Vater war

schon immer etwas angespannt und hatte sich in den zwei Wochen vor der gemeinsamen Urlaubsreise sichtbar verschlechtert. Vielleicht lag es daran, dass sie das gut gehütete Geheimnis von Hemeras Herkunft preisgegeben hatte? Sie hatte in letzter Zeit oft gezweifelt, ob es richtig war, ihr die Wahrheit zu sagen und hatte zunehmend Schuldgefühle entwickelt. Sie hätte sich nicht einmischen dürfen. Es war doch bis jetzt alles gut gewesen. War es möglich, dass sie jetzt die Rechnung für ihr Verhalten serviert bekäme?

Sie versuchte sich abzulenken und beschäftigte sich mit den Vorbereitungen für das Frühstück der beiden Jungen, die wegen der Schulferien länger schlafen konnten. Sie deckte den Tisch und räumte die Küche auf, obwohl nichts in Unordnung war. Sie fegte den Flur und wischte unsinnigerweise nochmals mit dem Staublappen über die Bilderrahmen und den überall herumstehenden Nippes, obgleich sie erst gestern in Erwartung der Ankunft ihres Mannes das ganze Haus gründlich gereinigt hatte. Dann hörte sie im Keller eine Tür schlagen und blieb starr stehen. Ihr Mann erschien. Er hielt einen Briefbogen in der Hand und legte ihn auf den Esszimmertisch.

»Hier, lies das!«, herrschte er Magda ohne ein Wort der Begrüßung an. Mit einer angstvollen Handbewegung griff sie vorsichtig nach dem Blatt Papier, das das Datum von gestern, den 10. Juli, trug und las:

Lieber Vater,
es war eine schöne und liebevolle Woche mit Dir hier und ich freue mich, dass ich mit Dir so viele einfühlsame auf gegenseitigem Respekt basierende Gespräche habe führen können. Sie waren mir sehr nützlich und haben mir Klarheit verschafft.

Verzeih mir bitte, lieber Vater, aber ich musste so handeln, wie ich gehandelt habe. Es gibt Augenblicke, die einem die Welt erschließen. Ich habe solch einen Augenblick erlebt. Wenn Dir an mir etwas liegt, wenn Du mein Glück willst, wirst Du für mein Verhalten Verständnis aufbringen. Ich habe einen Mann kennengelernt, der mir alles das geben kann, was ich mir jemals erträumt habe. Es ist wie im Märchen. Ich liebe ihn und habe mich entschlossen, meinem Herzen folgend, mein Leben mit dem seinen zu verbinden. Wir werden zusammen ein neues Leben beginnen. Ich werde zu ihm ziehen und in Frankreich bleiben. Meine Zuneigung zu Boris war unecht und unaufrichtig, ich liebe ihn nicht. Diese Einsicht habe ich hier gewonnen, nicht zuletzt auch dank Deiner klugen Worte.

Ich danke Dir und Mama für alles, was ihr für mich gemacht habt. Ich werde mich bei Gelegenheit bei Euch melden.

Eure Hemera

PS: Sagt bitte Frau Dr. Holzapfel Bescheid, dass ich kündige und nicht mehr in die Praxis kommen werde.

Magda starrte abwechselnd auf das Blatt und ihren Mann, sprachlos, nach Luft röchelnd. Ihr wurde schwarz vor Augen, und sie musste sich am Tisch festhalten. Sie wollte nicht glauben, was sie da gelesen hatte. Schließlich ließ sie sich mit einem herzzerreißenden Stöhnen auf einen Stuhl sinken und faltete die Hände zum Gebet.

»Gott kann dir jetzt auch nicht helfen. Wir müssen es so nehmen, wie es ist. Schließlich ist sie volljährig und kann machen, was sie will. Aber verstehen kann ich es auch nicht. Wir hatten so schöne und harmonische Tage zusammen in Frankreich und auch einen wunderbaren Geburtstag gefeiert …« Er unterbrach sich und fuhr dann nach kurzer Überlegung fort: »Eines hat mich in diesem Abschiedsschreiben völlig überrascht: Noch vor ein paar Tagen hatte sie mit mir über ihren

Frankfurter Freund gesprochen und es klang damals so, als ob sie sich gut verstehen würden. Obwohl ich sie in diesem Gespräch vor diesem Boris gewarnt hatte, dass er sie ausnützen würde, schien sie doch noch für ihn zu schwärmen. Na ja, mehr als eine Schwärmerei schien es allerdings nicht gewesen zu sein. Als ich gestern früh bemerkte, dass sie mit Sack und Pack verschwunden war, wollte ich meinen Augen nicht trauen. Niemals hat sie etwas von einem anderen Mann hier in Frankreich angedeutet.«

Magda bewegte die Lippen und nuschelte Unverständliches leise vor sich hin. Es schien, als ob es gar nicht in sie eingedrungen war, was Gotthilf ihr erzählt hat. Sie hob ihren Kopf und blickte ihn vorwurfsvoll an.

»Hast du Nachforschungen angestellt, mit wem sie weggefahren, wo sie hingefahren sein könnte? Hast du sie gesucht?«

»Mein Gott, Magda, wo sollte ich sie denn suchen? Sie war weg und ich musste mich damit abfinden. Der Brief sagt doch alles.«

»Und wenn sie es sich anders überlegt hat und jetzt Mutterseelen allein in Frankreich vor dem Haus steht und du bist nicht da? Was ist dann?«

»Es gibt überall Telefone. Sie könnte jederzeit anrufen, wenn sie unsere Hilfe bräuchte.«

»Hat sie denn überhaupt Geld?«

Gotthilf zögerte mit der Antwort: »Sie hat aus meiner Brieftasche Geld gestohlen, das undankbare Ding – und zwar eine ganze Menge! Ich war stinke sauer auf sie: abhauen und dann auch noch klauen, das ist dann doch der Gipfel!«

Magda hielt sich die Hände vor den Kopf und fing an zu schluchzen.

Aither kam die Treppe herunter und nahm seine Mutter in den Arm: »Was ist denn, Mutter?«

Sie deutete mit dem Kopf in Richtung Brief. Aither las die Zeilen und starrte auf den Vater und murmelte: »Das glaube ich nicht. Das kann nicht sein.«

»Was kann nicht sein?«, fragte sein Vater.

»Na, dass sie Boris nicht mehr lieben soll und mit einem anderen durchgebrannt ist.«

»Was weißt du Knirps denn schon von der Liebe und gar von dem Innenleben einer Frau? Hier steht es schwarz auf weiß. Es gibt keinen Zweifel an dieser Tatsache.«

»Ich glaub' es einfach nicht!«

»Gut, dann glaubst du es eben nicht, aber wir müssen uns damit abfinden und damit basta! Ich muss nochmal wegfahren. Ich muss mir eine neue Liege kaufen. Die alte ist durchgelegen und taugt nichts mehr. Ich konnte heute Nacht kaum schlafen«, brach Gotthilf das Gespräch ab und ließ Mutter und Sohn allein.

»Mama, sie liebt Boris, sie hat es mir selbst einmal gesagt. Ich glaube nicht, was da steht.«

»Aber Junge, es ist ihre Handschrift. Offenbar hat sie es sich während des Urlaubs anders überlegt. Mein Gott, die Liebe, sie ist ein flüchtig Ding!«

»Nein, Hemera ist nicht so sprung- und launenhaft, dass sie von einem Tag auf den anderen ihren Freund, ihre Arbeit, ihre Familie und mich verlässt. Ich kenne sie gut. Sie überlegt genau, was Sache ist. In dieser Hinsicht ist sie ziemlich cool und weiß, was sie will und macht, was sie für sie richtig ist ... Vielleicht ist sie heimlich zu Boris gefahren? Ich werde bei ihm anrufen. Sag aber Papa nichts.«

Magda blieb mit gefalteten Händen steif auf ihrem Stuhl sitzen und blickte mit feucht schimmernden Augen auf den Brief.

»Wenn sie nicht bei ihm ist, vielleicht hat sie sich bei ihm gemeldet und er weiß, wo sie zu finden ist«, sagte sie kaum hörbar. »Versuche alles, um herauszufinden, was passiert ist. Ich bin am Ende, ich kann einfach nicht mehr. Das ist doch kein Leben. Erst Leda und nun Hemera. Ein Fluch liegt über unserer Familie.«

Aither ließ Magda mit sich allein und ging in das Wohnzimmer, um Boris anzurufen. Es hat nur einmal geklingelt, er war sofort am Apparat. Offenbar hatte er auf einen Anruf gewartet. Als Aither ihm berichtet hatte, was geschehen war, blieb die Leitung stumm. Aither dachte, dass die Leitung unterbrochen worden war und fragte in das Telefon: »Bist du noch da, Boris?« Außer einem deutlichen Atemstoß, der ihm signalisierte, dass Boris noch in der Leitung war, hörte er nichts. Er behielt den Hörer am Ohr und wartete auf eine Antwort oder ein sonstiges Lebenszeichen von ihm. Es schien eine Ewigkeit zu dauern, bis sich Boris mit belegter Stimme vernehmen ließ.

»Aither, können wir uns treffen? Es wäre sehr wichtig für mich. Ich muss alles erfahren, was dein Vater erzählt hat.«

»Ja, können wir. Wo und wann?«

»Hast du gleich Zeit?«

»Ja.«

»Gut, dann treffen wir uns in einer halben Stunde vor dem *Extrablatt* an der Bockenheimer Warte. Kennst du das Café?«

»Ja.«

»Bring unbedingt den Brief von Hemera mit. An der Bockenheimer Warte gibt es mehrere Copy-Shops.«

»Okay Boris, ich komme mit dem Fahrrad. Mein Vater ist gerade nicht da, so dass er nicht merken wird, dass ich dir den Brief gegeben habe. Ich glaube, er ist nicht sehr gut auf dich zu sprechen, oder?«

Die Tische vor dem Café auf dem weiträumigen Platz gegenüber des Turmes der Bockenheimer Warte waren zu dieser

Zeit nur spärlich besetzt. Vor einer Woche war Semesterende und die Studierenden des Campus Bockenheim der Frankfurter Universität erfreuten sich der vorlesungsfreien Zeit irgendwo in der Welt, nur nicht gerade in dem aufgeheizten Frankfurt. Boris und Aither kamen fast zur gleichen Zeit vor dem vereinbarten Treffpunkt an, Boris mit der U-Bahn, Aither mit seinem Fahrrad. Als sie sich gesetzt hatten, bestellte Boris für sich ein Radler und für Aither ein großes Cola.

Aither begann sofort alles zu erzählen, was er wusste. Die Worte sprudelten förmlich aus seinem Mund. Man konnte mit den Händen greifen, dass er froh war, einen Menschen zu haben, dem er vertraute und mit dem er über die Situation unbefangen sprechen konnte. Als er ausgeredet hatte, reichte er Boris den Brief. Dieser las die Zeilen mindestens vier Mal und schüttelte nach jedem Lesen noch heftiger den Kopf als vorher. Er war fassungslos und konsterniert. Das war nicht Hemera, wie er sie kannte. Das war überhaupt nicht ihr Stil. Die Worte ihres Briefes an ihn waren ihm noch im Ohr …

Wenn Du noch willst, möchte ich nach meiner Rückkehr aus Frankreich zu Dir ziehen, so wie Du es mir ja schon ein paar Mal angeboten hast. Und ich würde mich überglücklich schätzen, abends bei Dir kuscheln und morgens mit Dir aufstehen zu können. Auch auf die Gefahr hin, dass das jetzt schwulstig klingt: Du bist meine große Liebe, Sehnsucht und Hoffnung! Ich möchte alles für Dich tun und Dich glücklich machen …

Und jetzt das … *Ich habe einen Mann kennengelernt, der mir alles das geben kann, was ich mir jemals erträumt habe … Ich liebe ihn und habe mich entschlossen, meinem Herzen folgend, mein Leben mit dem seinen zu verbinden … Meine Zuneigung zu Boris war unecht und unaufrichtig, ich liebe ihn nicht …*

Eine totale Kehrtwendung innerhalb einer Woche. Er konnte und wollte es nicht glauben.

Er überlegte, ob er Aither vertrauen und wie weit er ihn in seine private Angelegenheit hineinziehen konnte. Obwohl der Bruder von Hemera erst fünfzehn Jahre alt war, wirkte er auf ihn verständnisvoll, überlegt und couragiert. Einer, auf den Verlass war, der etwas für sich behalten konnte. Er entschloss sich, ihm seine Gedanken offen zu legen.

»Ich bin überzeugt, dass irgendetwas passiert ist, das wir nicht begreifen. Etwas Ungeheures, Zwanghaftes, das bei ihr diesen Sinneswandel ausgelöst hat. Eines ist sicher, dass Hemera nie und nimmer solch eine Einhundertachtziggradwendung vollzogen hätte, ohne mit mir vorher darüber zu reden oder mich zumindest persönlich zu informieren.«

»Was willst du machen?«, fragte Aither.

»Ich weiß es noch nicht, aber ich werde die Sache nicht auf sich beruhen lassen.«

»Ich werde dir helfen, so gut ich kann, Boris«, sicherte Aither ihm seine Unterstützung zu. Auch er war überzeugt, dass irgendetwas nicht mit rechten Dingen zugegangen war.

»Kennst du die Adresse des Ferienhauses, das Hemera und dein Vater in Frankreich angemietet hatten?«

»Nein, aber ich weiß, dass mein Vater es von einem Kollegen gemietet hat. Wenn ich mich recht erinnere, hieß er Herschl Bäcker oder Beker oder so ähnlich.«

Bei Boris reifte ein Gedanke heran, den er aber erst noch mit Cilla diskutieren wollte. Von ihr, die seine Gefühle zu Hemera kannte, erhoffte er sich weitere Unterstützung und er legte Wert auf ihre Beurteilung des merkwürdigen Schreibens. Noch am selben Tag fuhr er nach Kronberg. Cilla war in der Küche, als er sie mit seinem Anliegen überfiel. Sie bereitete gerade ein einfaches Abendessen für sich vor, da ihr Mann erst spät nach Hause kommen würde. Er zeigte ihr ohne Kommentar die Kopie des Schreibens von Hemera.

»Hm, ein seltsames Verhalten«, sagte sie zögernd, nachdem sie das Schriftstück gelesen hatte. »Ich hätte es nach dem, was du mir aus ihrem Brief an dich vorgelesen hast, nicht von ihr erwartet ... Hattest du mir den ganzen Brief vorgelesen, oder stand dort noch etwas anderes, das dieses neue Schreiben eventuell erklären könnte?«

Er holte den Brief von Hemera, las ihn nochmals durch und gab ihn Cilla. Sie studierte ihn aufmerksam.

»Dies, wo sie andeutet, eventuell die Flucht ergreifen zu müssen, hattest du mir nicht vorgelesen. Sie schreibt dort: *Es bliebe mir im Falle eines tätlichen Wutanfalls nur die Flucht. Aber wohin sollte ich fliehen in diesem abgelegenen Ort? Der einzige Mensch, mit dem ich gesprochen habe und von dem ich eine Adresse kenne, ist der junge Franzose, den ich hier beim Tanzen kennengelernt hatte und der in Saint Jaques unmittelbar neben der Kirche wohnt. Vielleicht ist das ein Zeichen* ... Wir können demnach, so leid mir das für dich täte, nicht mit absoluter Sicherheit ausschließen, dass sie sich auf einen Jungen aus dem Dorf eingelassen hat.«

»Sie schließt den Brief aber mit: *Ich umarme und küsse Dich und kann es kaum erwarten, bei Dir zu sein* ... Du glaubst doch wohl selbst nicht, was du da andeutest!«, hielt Boris ihr erregt entgegen.

»Nein, ich glaube es nicht. Aber ich kann es auch nicht hundertprozentig ausschließen. Deswegen würde ich dir vorschlagen, in diese Angelegenheit mehr Licht zu bringen und, wenn dir Hemera am Herzen liegt, wovon ich ausgehe, nach Südfrankreich zu fahren, um an Ort und Stelle Erkundigungen einzuholen.«

»Genau das hatte ich mir auch schon überlegt. Ich muss in dieses Ferienhaus fahren und herausfinden, was dort geschehen ist. Es gehört einem Frankfurter Immobilienmakler. Vielleicht kennt Papa ihn und er kann die Adresse ausfindig machen.«

»Er kennt die Szene gut. Es wäre möglich.«

»Wo ist Papa? Ich muss ihn unbedingt sprechen.«

»Er ist wie üblich auf einer Besprechung und kommt erst spät. Bleibe doch hier und wir beide essen zusammen. Dann kannst du hier auf ihn warten und mit ihm heute noch sprechen.«

Boris blieb. Als sein Vater spät in der Nacht nach Hause kam, und Boris ihm sein Anliegen vorgetragen hatte, bat dieser seinen Sohn, mit ihm am nächsten Morgen in sein Büro im Messeturm zu fahren. Dort müsste er eigentlich in seiner Kartei die gewünschte Adresse haben.

Carsten Steinbrecher kannte flüchtig einen Herschl Bekkers, der wahrscheinlich derjenige war, dessen Namen Aither aufgeschnappt haben könnte. Er war, wie sich sein Vater ausdrückte, ein halbseidener, gewitzter, äußerst geschäftstüchtiger Immobilienmakler. Er besaß im Rotlichtmilieu um den Frankfurter Hauptbahnhof mehrere einträgliche Immobilien. Er war geschickt im Verhandeln und hatte immer hervorragende Anwälte an seiner Seite. Frankfurt konnte ein Lied davon singen. Wegen schlampig ausgehandelter Mietverträge seitens der Stadt zahlte der Stadtkämmerer bei einigen Immobilien in der Kaiserstraße weit überhöhten Mietzins an Bekkers und musste Millionenverluste abschreiben. Steinbrecher sagte seinem Sohn, dass er Kontakte zu ihm eigentlich ablehne, aber für Boris würde er in diesem Fall einmal über seinen Schatten springen. Carsten Steinbrecher wollte bei Bekkers anrufen und für seinen Sohn das Ferienhaus mieten, falls es sich tatsächlich um das Haus handelte, in dem sich Gotthilf Gassner mit seiner Tochter aufgehalten hatte.

Es war das gesuchte Haus. Herschl Bekkers fühlte sich geehrt, dass der berühmte Architekt Steinbrecher für seinen Sohn sein Haus mieten würde. Er bot es ihm an, allerdings zu einem weit überhöhten Preis. Er fügte entschuldigend hinzu, dass er leider nicht garantieren könne, dass es lupenrein sauber sei, da der Vormieter gerade erst abgereist und das Haus seitdem noch nicht von seinem Hausmeister inspiziert und gereinigt worden sei.

Dem Vorhaben von Boris kam das entgegen. Sein Vater spendierte ihm das Flugticket und Cilla einen Mietwagen, so dass er schon am folgenden Montag nach Nizza fliegen konnte. Am Flughafen mietete er sich einen Wagen und fuhr über Juans-les-Pins und Saint Jaques auf dem mit ›privat‹ ausgeschildertem Zubringerweg durch würzige Pinienwälder zu dem Haus auf den Klippen von Herschl Bekkers.

Er hatte ein seltsames Gefühl, als er die Tür aufschloss. Er wusste nicht, was ihn erwartete und was er erhoffen konnte. Im Inneren des Hauses war es stickig und heiß. Er blieb einen Augenblick stehen und ließ den ersten Eindruck, den das Haus auf ihn machte, auf sich wirken. Es hinterließ trotz der eingeschlossenen Hitze eine kühle und förmliche Empfindung in ihm. Nirgends gab es persönliche Gegenstände oder Anzeichen einer individuellen Handschrift bei der Einrichtung des Hauses.

Im Wohnzimmer öffnete er die Schiebetür der großen Glasfront und ließ frische Luft in die Räume. Er trat auf die große Terrasse mit dem Swimmingpool und saugte die Meeresluft ein. Das Azurblau des Meeres vermischte sich mit dem kräftigen Grün der Pinienbäume und dem zartrosa der Oleanderbüsche zu einer Farbkomposition, die alles versinnbildlicht, was südliches Licht hervorzaubern konnte. Der Ausspruch seines Lehrers kam ihm in den Sinn, dass die Farbe die Frucht des Lichts sei. Hier bewahrheitete er sich. Wie glücklich wäre er, wenn er dieses Farbenerleben zusammen mit Hemera hier erfahren könnte! Aber er war allein und bedrückt.

Er ging wieder in das Haus und überprüfte Zimmer für Zimmer. Nirgends stand etwas herum, was nicht dorthin gehörte. Deutsche funktionale Ordentlichkeit. Keine Bücher, nirgends Bilder, kein Nippes. Im Schlafzimmer setzte er sich erschöpft auf einen Stuhl, der vor dem Fenster stand. Sein Blick streifte durch den kahlen Raum und blieb auf dem Bett haften, das von einer Tagesdecke bedeckt war, die ohne Rücksicht auf die überall herrschende geleckte Ordnung nachlässig auf dem französischen Bett lag. Durch die Ritzen der geschlossenen Fensterläden drang das Sonnenlicht, in dessen letzten Strahlen aufgewirbelte Staubkörnchen tanzten.

Nach was sollte er suchen? Er befürchtete umsonst hierher gefahren zu sein. Nach seinem ersten Eindruck gab es in diesem Haus nichts zu finden, keine Spuren, nichts Auffälliges. Er stand auf, nahm seine Reisetasche und ging in das kleine Gästezimmer nebenan. Er warf seine Reisetasche achtlos auf das schmale Bett. Er verspürte Hunger und wollte unter Menschen, um der bedrückenden Isolierung, die ihn belastete, zu entfliehen. Er fuhr nach Saint Jaques. Die weitere Durchsuchung des Hauses und des Grundstückes verschob er auf den nächsten Tag.

In der Nähe des Hafens, in dem nur wenige kleine, meist blau gestrichene Fischerboote und einige einfache Segelboote schaukelten, fand er ein Restaurant, das ausschließlich von Einheimischen besucht wurde, wie er schnell an dem Dialekt der Gäste feststellte. Fremde, oder gar Ausländer, waren hier, wie überhaupt in dem gesamten malerischen Fischerörtchen, eine Rarität. Nur selten kamen Besucher aus Juans-les-Pins, die dem dortigen Trubel entfliehen wollten. Man blieb überwiegend unter Seinesgleichen.

Die einheimischen Gäste beobachteten ihn unverhohlen. Sie waren neugierig und lächelten ihm freundlich grüßend zu. Boris, der an einem der kleinen Tischchen vor dem Restaurant Platz genommen hatte, revanchierte sich und grüßte lächelnd zurück. Er erfreute sich an der höflichen Aufmerksamkeit, die ihm zuteil wurde, auch wenn er wusste, dass sie größtenteils nicht ihm persönlich galt, sondern der fremden, unbekannten Person, die hier auftauchte. Er sprach leidlich französisch, und es entwickelte sich schnell ein Gespräch über alle Nebensächlichkeiten und was die Welt sonst noch in Bewegung hält. Der Wein war gut und der *Loup de mer* noch besser. Es war spät geworden in der lauen Sommernacht, als Boris wieder zurückfuhr.

Am nächsten Tag durchstöberte er systematisch zunächst das gesamte Haus und dann das Grundstück. Er kämmte jedes Zimmer nochmals durch und kontrollierte jeden Winkel des Gartens. Er fand nichts, was in irgendeiner Weise sein Interesse erregte, wobei er sich eingestehen musste, dass er nicht wusste, was überhaupt beachtenswert sein könnte. Enttäuscht über seine Erfolglosigkeit gab er auf. Er kraulte ein paar Runden in dem kleinen Becken und fuhr nachmittags mutlos nach Saint Jaques. Er hoffte, hier etwas über Hemera zu erfahren und konzentrierte sich auf die Gegend um die Kirche. Er sprach wildfremde Menschen an und zeigte ihnen ein Foto von Hemera. Niemand konnte sich an sie erinnern. Er ging zur Post und hatte ein erstes winzig kleines Erfolgserlebnis. Ein Postbeamter erkannte sie wieder. Sie war also kein Phantom, sondern hier gewesen und hatte den Brief an ihn offenbar hier aufgegeben.

Am Abend ging er, ermattet von den wenig erfolgreichen Aktivitäten, wieder in das Restaurant vom Vortage. Es war der einzige Ort, der in ihm das Verlassenheitsgefühl etwas mildern konnte. Das Essen und der Wein taten ihm gut und lockerten seine angespannte Stimmung. Er bestellte noch eine zweite Flasche und ergab sich der abendlich-melancholischen Heiterkeit des Fischerdorfes. Um diese Stimmung für sich zu konservieren, und zu versuchen, die Selbstquälerei zumindest noch eine Zeitlang von sich fern zu halten, setzte er sich nach dem Essen etwas abseits auf die Hafenmole. Er nahm seinen Malblock, die Kohlestifte und den Satz mit der farbigen Pastellkreide, den er immer mit sich führte, aus seiner Umhängetasche und bannte mit flinken, sicheren Strichen die friedliche Abendstimmung auf das Blatt Papier.

»Du bist Maler?«, hörte er eine Stimme hinter sich.

Er drehte sich um und blickte in ein sehr altes, von Falten durchfurchtes Gesicht mit listigen, blitzenden Augen, die ihn anblinzelten.

»Ja«, hörte Boris sich sagen und war gleich fasziniert von diesem charaktervollen Gesicht.

»Warum malst du jetzt? Das Licht ist nicht mehr gut zum Malen.«

»Es ist ausreichend und unterstreicht die angenehme Stimmung, die ich festhalten und skizzieren möchte.«

»Zum Malen brauchst du mehr Licht«, beharrte er auf seiner Meinung

Sie kamen in ein wundervolles Gespräch über Licht und Farbe in der Malerei, das bis in die Nacht dauerte. Boris war erfüllt von der Wärme und Weisheit dieses Menschen, und er fühlte sich sehr geehrt, über die Einladung dieses wissenden Mannes, ihn am nächsten Tag besuchen zu dürfen. Er wirkte wie Balsam auf seine verkrampfte, eisgekühlte Seele.

Am nächsten Tag fuhr er zu ihm, auch mit dem Hintergedanken etwas mehr über das Dorfleben und etwaige besondere Vorkommnisse zu erfahren. Albert Blois wohnte in einem kleinen, an die Felsen geschmiegten Häuschen am Rande des

Dorfes auf einer Felsklippe. Er lebte allein dort mit einem einmaligen Blick auf das tiefblaue Mittelmeer. Er hatte ein Essen vorbereitet. Während sie aßen, wechselten sie nur wenige nichtssagende Worte und ließen sich von der umgebenden Natur gefangen nehmen.

»Wir haben selten solche Deutsche hier, so wie dich«, sagte sein Gastgeber plötzlich, nachdem sie das Essen beendet hatten. »Die meisten sind eher uneinfühlend und etwas klotzig oder eben einfach auf oberflächliche Abenteuer aus.«

»Nun ja, nicht alle sind Maler, die vielleicht für manche Dinge eine besondere Sensibilität entwickelt haben. Hast du schlechte Erfahrungen speziell mit Deutschen gemacht?«

»Ja, ab und zu schon. Erst vorletzte Woche habe ich einen hier am Hafen, unweit des Lokals, in dem wir gestern saßen, erlebt. Das war ein echter deutscher Kotzbrocken. Entschuldige bitte, wenn ich das so sage, der du ja auch Deutscher bist.«

»Nein, das berührt mich nicht als Deutscher. Ich schäme mich oft für meine Landsleute. Was hat er denn gemacht, das dich so erregt hat?«

»Ach, nichts besonderes. Er war einfach ordinär, wenn man böse sein will, pervers. Er gab mit dröhnender Stimme vor einigen Leuten damit an, jede französische Frau umlegen zu können, die ihm über den Weg laufen würde. So hat man mir das wenigstens übersetzt. Er empfand sich einfach als der Größte auf der Welt. Ein sehr unangenehmen Typ.«

»Das war letzte Woche? Ich nehme an, ein Jugendlicher, einer von der Machosorte, von denen es leider in meiner Generation immer noch zu viele gibt. Ein unangenehmer Menschenschlag, da stimme ich dir zu.«

»Ja, es war letzte Woche. Aber es war kein Jugendlicher. Es war ein älterer Mann. Das war es ja, das mich so abgestoßen hatte. Ein Mann aus meiner Generation und eben nicht aus deiner. Wenn es ein unausgereifter Jüngling gewesen wäre, hätte ich den prahlerischen Äußerungen zur Not noch mit Nachsicht begegnen können.«

»Könnte er so um die siebzig Jahre alt gewesen sein, groß, stattlich?«

»Ja, er machte zwar auf jünger: weiße Jeans, buntes Hawaii-Hemd, Pilotenbrille, Kettchen um den Hals. Verstehst du, was ich meine? Aber er war unverkennbar schon in einem fortgeschrittenen Alter.«

»Ich denke, ich weiß, was du mir nahebringen willst. Weißt du, wo er gewohnt hat? War es hier im Ort?«

»Nein, er hat, wie man mir gesagt hatte, außerhalb des Ortes gewohnt. In irgendeinem der Ferienhäuser auf der Landzunge.«

Boris zeigte ihm eine Fotografie von Gotthilf Gassner.

»Mon Dieu! Woher hast du diese Aufnahme? Bist du etwa verwandt mit ihm, dann täte es mir leid, was ich gesagt habe.«

»Nein, nein, ich bin nicht verwandt mit dem Mann.«

»Gott sei Dank. Das ist tatsächlich dieser unangenehme Kerl, ja. Wie ich gehört habe, ist er sogar in unserem Bordell mit dem für solche Etablissements nicht sehr originellen Namen *Moulin Rouge*, das an der Hauptstraße Richtung Juans-les-Pins liegt und nicht gerade als prüde verschrien ist, unangenehm aufgefallen. Das will etwas heißen, meine ich.«

»Kennst du dieses Mädchen? War sie mit diesem Mann zusammen?«, bohrte Boris weiter und zeigte ihm eine Fotografie von Hemera.

»Nein, die habe ich noch nie gesehen. Der Mann war allein.«

»Sie soll mit jemandem aus diesem Dorf hier abgehauen sein. Ich verstehe nicht, warum sie das getan haben soll, und ich weiß nicht, mit wem sie sich eingelassen haben könnte. Um das herauszufinden, deswegen bin ich hier.«

»Du suchst dieses Mädchen? Da kann ich dir leider nicht weiter helfen. Es tut mir leid. Ich kann verstehen, dass du sie suchst, sie sieht ausnehmend hübsch aus.«

»Ist dir irgendetwas zu Ohren bekommen über einen jungen Mann, der den Ort plötzlich und unerwartet verlassen hat? So etwas spricht sich hier doch sicher schnell herum.«

»Nein, ich habe nichts gehört. Das ist eben nicht meine Altersklasse. Da kommt mir weniger zu Ohren. Wenn Du mich fragen würdest, wer von den Alten gestorben ist, da könnte ich dir sicher Auskunft geben. Wenn du mehr über die Umtriebe der Jugendlichen erfahren möchtest, würde ich dir raten, dich in dem Bistro *Chez Yvonne* einmal umzuhören. Es liegt neben der Kirche und ist ein beliebter Treffpunkt der hiesigen Jugend. Vielleicht erfährst du dort etwas. Das Lokal ist aber heute geschlossen. Du müsstest bis morgen Mittag warten.«

Sie ließen diese Thematik bald fallen und wandten sich anderen Dingen zu. Da Boris an diesem Tag nichts mehr in Sachen Hemera unternehmen konnte, verbrachte er den Tag bei Albert Blois, der selbst Maler war. Es war ein anregender Tag und ließ für kurze Zeit den Grund seiner Reise in den Hintergrund treten. Er war begeistert von Blois' zarten, empfindungsstarken Aquarellen der Landschaft um Saint Jaques, die ihm überwiegend als Motivvorlage diente. Und er war ebenso tief beeindruckt von dem Charakter und der Güte, die dieser Mensch ausstrahlte. Er empfand das Gespräch mit ihm als Geschenk. Das Bedeutsame des Gesprächs mit diesem alten, weisen Mann lag weniger an dessen geistreichen Diskussionsbeiträgen und Erzählungen und an der Tatsache, dass Boris ihm gegenüber so frei ausdrücken konnte, was er fühlte und dachte, was schon ein beglückend genug war, sondern darin, dass Blois in ihm auf unerklärliche Weise bewirkt hatte, so tiefgehende Einsichten in seine eigene Gedankenwelt entwickeln zu können, die es ihm ermöglichte ganz neue, bisher verborgene Facetten in sich zu entdecken.

Am nächsten Tag fuhr Boris zunächst zu dem genannten Bordell *Moulin Rouge*. Tatsächlich hatte Gassner mit seinem silbergrauen BMW mehrmals das Etablissement angefahren, das eher an ein mittelalterliches Herrenhaus erinnerte, als an ein Freudenhaus. Das Personal dort hatte Gassner in schlechter Erinnerung und war froh, als es erfuhr, dass der Urlauber aus Deutschland wieder abgereist war. Er war zwar großzügig und gab viel Geld aus für seine Extrawünsche, war aber bei den Prostituierten trotzdem nicht gern gesehen und berüchtigt wegen seiner sehr rabiaten sexuellen Praktiken, die sich bei den Damen des Hauses schnell herumgesprochen hatten.

Als Boris sich erkundigte, woher sie wissen würden, dass er abgereist sei, legte eine kleine rundliche Brünette, die bisher unbeteiligt dem Gespräch im Foyer des Hauses zugehört hatte, vertraulich ihren Arm um seine Schulter und lächelte ihn verschmitzt mit einem unschuldigen Engelsgesicht an. Sie sagte zu ihm auf Deutsch, dass dieser Adolf am Donnerstagmorgen hier kurz gehalten habe, um seine Jacke zu holen, die er am Abend zuvor in ziemlich angetrunkenem Zustand hatte liegen lassen. Sie hatte sie ihm persönlich überreicht und er hatte ihr zwanzig Euro zugesteckt mit der Bemerkung, dass er leider abreisen müsse, aber er sie immer in guter Erinnerung behalten würde. Dies beruhe allerdings nicht auf Gegenseitigkeit, fühlte sie sich gemüßigt, noch hinzuzufügen. Als sie ihn dann zu seinem BMW begleitete, sah sie auf dem Rücksitz ein Mädchen liegen, das schlief.

»Ich dacht' noch: was für'n Schluri, hat zu Hause ein tolles Weibsbild und kommt hierher zu mir, um sich die Zeit zu vertreiben. Aber wahrscheinlich machte das Mädchen, das mir sehr jung erschien, die Abartigkeiten nicht mit, die er mir zugemutet hatte.«

»Sie sprechen hervorragend deutsch, mein Kompliment. Es gibt wenig Franzosen, die die deutsche Sprache gelernt haben.«

»Na, mal halb lang mit den Komplimenten, ich werd' ja wohl noch meine Muttersprache sprechen können, auch wenn ich schon eine halbe Ewigkeit hier bin.«

Boris nickte verstehend mit dem Kopf.

»Da habe ich ja Glück gehabt, dass ich sie getroffen habe. Meine Französischkenntnisse sind nämlich eher bescheiden.«

»Es gibt Schlimmeres auf der Welt, mein Lieber, als schlechtes Französisch zu sprechen, wenn du verstehst, was ich meine.«

»Ich befürchte, ich verstehe nicht.«

Sie kicherte: »Na, wenn du keinen hoch kriegst und umsonst bezahlt hast, zum Beispiel. Das ist doch richtig scheiße, oder?«

Sie tastete mit ihrer Hand über Boris' Oberschenkel in Richtung seines Geschlechts. Er wurde rot, was man Gott sei Dank bei dieser Beleuchtung nicht bemerken konnte.

»Sie sagten, er hieß Adolf«, versuchte er auf sein eigentliches Anliegen zurückzukommen.

»Ja, so hat er sich mir vorgestellt. Ich dacht' noch, der Namen passt zu ihm wie die Faust auf's Auge. Genauso'n Brutalo wie unser ehemaliger Führer.«

»Sie sind sich aber sicher, dass das dieser Mann hier ist«, hakte Boris nochmals nach und zeigte ihr nochmals das Foto von Gotthilf Gassner.

»Ja, da kannst du einen drauf blasen. Den würd' ich unter Tausenden wieder erkennen. So einen vergisst du nicht so schnell. Aber jetzt is' er ja, Gott sei's gedankt, weg und ich werd' versuchen, nicht mehr an den Adolf zu denken. Ich werd' ihn einfach aus meinem Kopf radieren ... Wie wär's denn mit uns? Du hast doch sicher auch Bedürfnisse und so wie du aussiehst, dürften die eher im Normalbereich liegen, hab' ich recht?«

»Ja, aber im Moment habe ich andere Sorgen. Ich suche ein Mädchen, das mit diesem Mann in den Urlaub gefahren ist.«

»So so, ein Mädel suchst du. Ist dir wohl weggelaufen, wa. Falls du sie nicht mehr findest, kannst du ja mal wieder vorbei kommen. Ich wart' auf dich, Cherie«, grinste sie ihn an und gab ihm einen Kuss auf die Wange.

Er holte ein Foto von Hemera aus seiner Tasche und zeigte es ihr.

»Ist dies das Mädchen auf dem Rücksitz?«

Sie betrachtete es eingehend und reichte es ihm zurück.

»Hübsch, sehr hübsch. Mit Sicherheit kann ich es nicht sagen, sie lag ja und war bis zum Hals mit einer Decke zugedeckt. Aber wenn du mich so fragst, ich würd' sagen, sie war's: dieselbe Haarfarbe, nachtschwarz, dieselbe etwas spitze, gerade Nase, die etwas schmalen, aber schön geformten Lippen, die etwas rundliche, engelhafte Kopfform, wie meine. Ja, wenn mich nicht alles täuscht, das müsste sie sein. Normalerweise hab' ich eigentlich ein ganz gutes Gesichtsgedächtnis, was in unserem Beruf sehr nützlich ist, gell«, sagte sie zu den anderen Frauen gewandt und lachte, wiehernd wie ein Pferd.

Boris bedankte sich für die hilfreiche und detaillierte Auskunft und fuhr zurück in den Ort zu *Chez Yvonne*. Er brauchte unbedingt ein kühles Bier, das er in dem Bordell, das sicher stark überhöhte Preise hatte, nicht zu sich nehmen wollte.

Auch im *Chez Yvonne* ließ er das Foto mit Hemera herum gehen und fragte nach, ob ein Jugendlicher vermisst werde. Niemand konnte sich an Hemera erinnern, auch war niemandem bekannt, dass ein Jugendlicher aus Saint Jaques mit einem Mädchen durchgebrannt war. So etwas hätte sich in diesem Nest bestimmt rasend schnell verbreitet, wurde ihm versichert. Boris trank nachdenklich sein Bière pression, als ihn eine junge Frau auf die Schulter tippte: »Sprich einmal mit Max. Wenn ich mich recht entsinne, hat er letzte Woche von einer Deutschen gesprochen, mit der er ein paar Mal getanzt hatte. Vielleicht ist das diejenige, die du suchst.«

»Wo kann ich diesen Max finden?«

»Er ist zurzeit nicht hier und kommt erst morgen wieder zurück. Er wohnt in der Rue Betancourt 2, hier um die Ecke, neben der Kirche. Sein Nachname ist Noir.«

»Vielen Dank für den Hinweis. Ich werde morgen zu ihm gehen. Vielleicht kann er mir weiterhelfen.«

»Ist das da deine Freundin, die du suchst«, fragte sie auf das Foto zeigend, das vor ihm auf dem Tresen lag.

»Ja.«

»Ich wünsche dir viel Glück bei der Suche. Es ist scheint ein nettes Mädchen zu sein, halte sie gut fest«, sagte sie und ging wieder zurück zu ihren Freunden.

Boris kaufte im nächsten Supermarkt noch Getränke und eine Fertigmahlzeit für den Abend und fuhr zurück in das Ferienhaus. Er musste Ordnung in seine Gedanken bringen. Zu viel Ungereimtes hat sich in seinem Kopf angesammelt. Er setzte sich mit einem Glas Rotwein auf die Terrasse und beobachtete, wie die riesige Sonnenscheibe glutrot langsam im Meer versank.

Er faltete die beiden Briefe von Hemera auseinander und legte sie nebeneinander auf den Tisch. Er las laut vor sich hin:

... Mein Vater ist meist herrisch, launisch und unfähig, einfühlsame Gespräche zu führen. Dann wieder spielt er sich manchmal so auf, als ob ich seine Geliebte wäre. Ich habe

schon große Angst vor dem Gespräch mit meinem unbere-
chenbaren Vater ...

Dann las er sich das andere Schreiben laut vor:

... es war eine schöne und liebevolle Woche mit Dir hier und
ich freue mich, dass ich mit Dir so viele einfühlsame auf ge-
genseitigem Respekt basierende Gespräche habe führen kön-
nen ...

Das gibt doch keinen Sinn, dachte er laut zu sich selbst spre-
chend. Sie widerspricht sich hier total. Entweder hat sie mich
belogen oder ihren Vater. Aber warum sollte sie ihren Vater
belügen, wenn sie vor hatte, ihn zu verlassen, warum lobt sie
ihn in den Himmel, wenn sie nichts mehr von ihm befürchten
musste, da sie doch zu dem Franzosen ziehen wollte?

Boris ließ seinen Gedanken freien Lauf und versuchte, sich an
die zurückliegenden Gespräche mit ihr zu erinnern. Oft hatte
sie ihm von dem angespannten Verhältnis zu ihrem Vater erzählt. Warum sollte das wegen ein paar Urlaubsgesprächen
mit ihm jetzt plötzlich alles nicht mehr gelten? Welchen
Grund sollte sie gehabt haben, *mir* die Unwahrheit zu schreiben? Er fand keinen Grund. Er kam nicht weiter.

Er rekonstruierte die Aussagen der Prostituierten. Wenn es
stimmt, was sie sagte, und daran hatte er keinen Zweifel, dann
war Hemera am Donnerstag früh noch bei ihrem Vater im
Auto. In der Nacht von Donnerstag auf den Freitag kam er irgendwann in Frankfurt an. Er musste also, nachdem er seine
Jacke abgeholt hatte, von dem Bordell aus unmittelbar seine
Rückreise angetreten haben, sonst hätte er die Strecke nicht in
dieser Zeit geschafft. Aber was war dann mit Hemera geschehen, die bei ihm im Wagen lag und schlief? Konnte sie aus
dem Wagen irgendwo auf einem Parkplatz entflohen sein? Er
verwarf den Gedanken sofort wieder, da er ihm zu konstruiert
schien. Wenn aber nicht, dann musste sie mit ihm nach Frankfurt gefahren sein. Bei dieser Ausgangslage wären dann aber

die Aussagen über die romantische Flucht mit dem imaginären Freund ein pures Märchen … Und wenn das nicht stimmen würde, wäre die einzig richtige Schlussfolgerung, dass auch das, was sie in dem Abschiedsschreiben über ihn geschrieben hatte, in das Reich der Phantasie gehören würde.

Diese letzte logische Folgerung beruhigte ihn etwas. Sie liebte ihn. In ihrem Brief an ihn sprach sie aus, was sie wirklich fühlte, davon war er fester überzeugt denn je. Ihr Vater wusste nicht, dass sie ihm diesen Brief geschrieben hat. Aber was bedeutete dann der lügnerische Brief an ihren Vater. Warum schrieb sie so etwas? Hat sie diese Zeilen unter Druck geschrieben?

Seine Gedanken kreisten immer enger um den Vater. Es schien ihm zu ungeheuerlich und er wagte es kaum zu denken, aber als Einziger, der sie dazu zwingen könnte, blieb ihr eigener Vater übrig. Aber warum sollte er sie dazu gezwungen haben? Irgendetwas Tragisches, eben das Undenkbare musste geschehen sein. Hatte der Vater seine eigene Adoptivtochter entführt? Aber warum sollte er so etwas tun? Warum nannte er sich Adolf? Hatte er etwas zu vertuschen? Sie hatte geschrieben … *Dann wieder spielt er sich manchmal so auf, als ob ich seine Geliebte wäre. Er macht mir Komplimente über meinen Körper und meine Figur, streichelt mich ...*

Ein monströser Gedanke nistete sich bei ihm ein. Hatte er sie missbraucht und um dies zu vertuschen, anschließend entführt? Aber wohin? Wo war sie jetzt?

Wenn er daran dachte, was ihr möglicherweise angetan worden sein könnte, wurde ihm schwindelig, sein Magen rebellierte und er musste sich auf der Toilette übergeben. Er versuchte den Gedanken zu verdrängen. Vielleicht war doch alles ganz anders und ihre leibliche Mutter hat sich ihr Kind wieder zurückgeholt. Oder ihr leiblicher Vater? Dann müssten die hier allerdings irgendwann aufgetaucht sein. Er verwarf diese Theorie wieder, da es ihm unmöglich erschien, dass die leiblichen Eltern, die jahrelang keinen Kontakt zu ihrer Tochter hatten, wissen konnten, dass sich ihre Tochter in Saint Jaques aufhielt. Boris nahm sich vor, den nächsten Tag abzuwarten, vielleicht brachte er etwas Licht in das völlige Dunkel seiner Gedankenwelt.

Er hatte eine unruhige Nacht verbracht und so gut wie nicht geschlafen. In seinem Kopf hatten sich riesige Gedankenungetüme aufgebaut, vernunftfressende Gedankenungeheuer, denen er nicht entfliehen konnte. Könnte es nicht auch sein, dass Gassner Hemera vergewaltigt und nach der Tat ermordet hat?

Diesem Motiv wollte er als erstes nachgehen und fuhr noch einmal in das *Moulin Rouge*. Seine gestrige Gesprächspartnerin hatte gerade einen Kunden und man bat ihn, im Foyer zu warten.

Die Beleuchtung hier erinnerte ihn an die Dunkelkammer seiner verstorbenen Mutter, die eine hervorragende Fotografin war, und deren Bilder er immer sehr bewundert hatte.

Nach etwa einer halben Stunde, als er sich gerade etwas an das schummrige Licht gewöhnt hatte, kam fröhlich lachend die Brünette auf ihn zu.

»Haste dich an deine Gabrielle erinnert, Cherie? Haste also doch noch Lust bekommen!«, empfing sie ihn, bleckte die Zähne und zeigte ihm ihre zwei mächtigen Zahnreihen, die gut zu ihrem wiehernden Lachen passten.

»Nein, ich habe noch eine wichtige Frage an Sie.«

»Eine Touristeninformation bin ich aber nicht, das weißte wohl. Kannst aber trotzdem ›du‹ sagen zu mir.«

»Ja Gabrielle, ich weiß, das hier ist keine Auskunftei. Ich möchte deinen, hoffentlich vollen, Terminkalender auch nicht durcheinander bringen. Wirklich nur noch eine Frage und ich will die Auskunft auch nicht umsonst. Ich gebe dir fünfzig Euro, einverstanden?«

Das war viel Geld für Boris, aber er hoffte im Stillen, Gabrielle so für etwaige spätere Rückfragen bei Laune halten zu können.

»Das is' in Ordnung, dafür haste bei mir sogar noch was gut. Schieß los mit deiner Frage!«

»Als du das Mädchen hinten im Auto gesehen hattest, warst du dir da sicher, dass sie schläft?«

»Ja, was soll sie denn sonst getan haben?«

»Könnte es auch sein, dass sie tot war?«

»Was is' denn das für 'ne Frage! Tot? Ich hab noch nie 'ne tote Frau gesehen und weiß nicht, wie die aussehen soll. Aber tot sah sie nicht aus.« Sie überlegte, hob den Kopf in Richtung Decke, griff sich an die kleine Stubsnase und sagte: »Du lieber Himmel, was stellst du für Fragen? So genau hab' ich natürlich nicht hingesehen. Theoretisch hätt' sie auch tot sein können. Aber wie gesagt, ich hatte eigentlich nicht den Eindruck.«

»Hatte sie sich bewegt? Oder hast du gesehen, dass sie geatmet hatte. Überlege bitte genau. Es ist sehr wichtig.«

»Ne, bewegt hat sie sich nicht. Fest geschlafen hat sie, das hab' ich wenigstens gedacht. Sie sah aus wie jemand, der schläft. Aber wie gesagt, so genau hab' ich natürlich nicht hingesehen, ging mich ja auch nichts an.«

Als Boris gehen wollte, kramte Gabrielle in ihrem Täschchen und reichte ihm ihre Visitenkarte.

»Hier haste meine Telefonnummer. Ich mach' auch Hausbesuche«, sagte sie und wandte sich ihren Kolleginnen zu.

Boris pochte mit dem an der Tür angebrachten Türklopfer, der einen Pferdekopf darstellte, an die Tür der Rue Betancourt 2. Nach einer Weile hörte er Schritte und eine massige, fast zwei Meter große Gestalt tauchte vor ihm auf. Das Gesicht des Mannes zierte ein blaues Veilchen um sein rechtes Auge und eine ziemlich zerdetschte flache Nase.

»Was kann ich für sie tun«, fragte er höflich.

»Mein Name ist Boris Steinbrecher. Ich habe ihre Adresse von einer Frau aus dem *Chez Yvonne* bekommen, die mir sagte, dass sie eine Frau, eine Deutsche, kennen würden, die ich suche. Sind sie Max Noir?«

»Ja, der bin ich.«

»Vielleicht können sie mir weiter helfen. Ich hoffe, ich störe nicht allzu sehr. Haben sie letzte oder vorletzte Woche auf einer Tanzveranstaltung hier im Ort mit dieser Frau getanzt«, fragte Boris und reichte ihm das Foto von Hemera.

Er nahm es in die Hand und drehte es in seinen großen Pranken ungelenk hin und her.

»Aber kommen sie doch herein. Entschuldigen sie die Unordnung, ich bin gerade erst von einem Boxkampf nach Hause gekommen. Ich bin Boxer, müssen sie wissen, und habe gestern ziemliche Prügel bekommen, deswegen mein etwas angeschlagenes Gesicht«, sagte er und lächelte verlegen.

Sie gingen in die kleine Einzimmerwohnung und der Riese bot ihm einen Stuhl an dem einzigen Tisch des etwa zwanzig Quadratmeter großen Zimmers an.

»Ich kenne das Mädchen. Sie hieß Hemera, wie sie mir sagte, und ich habe tatsächlich mit ihr ein paar Mal getanzt.«

»Können sie mir dazu Näheres sagen? Was für einen Eindruck hat sie auf sie gemacht, wie haben sie sie kennengelernt? Über was haben sie gesprochen?«

»Warum wollen sie das wissen? Das geht sie eigentlich nichts an und ist sehr privat.«

»Ich bin der Freund von Hemera. Sie ist seit letzten Donnerstag verschwunden und ich versuche, sie zu finden oder zumindest herauszubekommen, was passiert ist.«

Max musterte ihn mit lauernden, wachen Augen, so wie er wahrscheinlich gestern seinen Gegner abgetastet hatte. Er kam offenbar zu dem Schluss, Boris glauben zu können und begann mit leiser, weicher Stimme, die so gar nicht zu seinem kräftigen Körper passte, zu erzählen.

»Es war ein merkwürdiger Abend. Ich war eigentlich nur auf dem Fest, um ein paar Bierchen zu trinken und wollte dann wieder nach Hause. Ich bin kein guter Tänzer, wissen Sie. Ich sah diese sehr junge Frau, fast noch ein Mädchen, mit einem sehr viel älteren Herrn an einem der Tische sitzen. Ich dachte noch: nett, da führt ein doch schon ziemlich betagter Mann seine Tochter zum Tanzen aus. Dann sah ich aber, wie dieser Mann seinen Arm um das Mädchen legte und sie ziemlich bedrängte, mit Küssen auf die Wange und so. Ihr war das sichtbar unangenehm und sie versuchte von ihm wegzurücken. Er ließ sie aber nicht los. Ich dachte noch, dass scheint doch eher ein Liebespaar zu sein, und nicht Vater und Tochter, als sich unsere Augen trafen. Mir schien, als ob sie mich hilfesuchend ansah. Dann fingen sie an, sich heftig zu streiten und das Mädchen schaute immer wieder zu mir herüber. Ich gab mir einen Ruck, ging hin und forderte sie zum Tanzen auf, obwohl ich das sonst fast nie tu. Wie gesagt, ich bin nicht gerade ein begnadeter Tänzer. Wir tanzten zwei, drei, vier Tänze. Sie sagte mir, wie sie hieß, dass sie aus Frankfurt komme und hier mit ihrem Vater einen Kurzurlaub verbringen würde. Ich erzählte ein wenig von mir. Sie fand es interessant, dass ich Boxer war und fragte mich nach dem Gefühl, das man während eines Kampfes habe, und wie ich mit den Schmerzen beim Boxen umgehen würde. So etwas hatte bisher noch niemanden interessiert. Während wir so plauderten, tauchte plötzlich ihr Vater auf, nahm sie bei der Hand und schleifte sie, anders kann man das nicht ausdrücken, an den Tisch zurück. Mir schien, dass der Vater heftig eifersüchtig auf mich war. Er warf mir giftige Blicke zu und sagte zu mir, als er seine Tochter von mir losriss: Lassen Sie ihre Pfoten von meiner Tochter, Sie Schmutzfink. Hemera blickte mich dabei hilflos, fast flehentlich an. Aber was konnte ich tun? Er war ihr Vater. Kurz danach verließen beide zusammen die Veranstaltung und ich sah Hemera nie wieder.«

»Hatte Hemera etwas über ihren Aufenthalt hier in Frankreich gesagt?«

»Nicht viel, mir schien es aber, dass sie ziemlich unglücklich war und sie beklagte sich, in leicht versteckter Form, über ihren Vater, der offenbar des Öfteren angetrunken erst spät nachts nach Hause kam, und sie sich wie eine Gefangene fühlte, da sie keinerlei Verbindung zu anderen Leute hatte. Ich war der Erste, mit dem sie seit ihrer Ankunft in dem Haus gesprochen hatte.«

Als Boris nach Hause fuhr, fielen ihm die Zeilen ein: ... *Einmal hat er mir sogar Blumen geschenkt und mich in das etwa zehn Kilometer entfernte Dorf zum Tanzen ausgeführt. Aber als ich mit einem Jungen mehrmals hintereinander getanzt hatte, wurde er böse und warf mir vor, dass ich mich nicht um ihn kümmern würde* ...

Was war dieser Vater nur für ein Mensch, dachte Boris. Liebhaber der eigenen Tochter? Vergewaltiger? Mörder?

Er musste weg von hier und mit jemandem Vertrauten sprechen. Es war unerträglich mit sich und diesen abstrusen, absurden Gedanken allein zu sein. Mehr konnte er an diesem gottverlassenen Ort vorerst ohnehin nicht in Erfahrung bringen.

In dem Ferienhaus angekommen, packte er seine Sachen zusammen und brachte den Müll zur der Tonne, die, vor den Blicken der Hausbewohner verborgen, hinter einem großen Oleanderbusch stand. Als er sie öffnete, sah er in der knapp halbvollen Tonne ein braunes Fläschchen, in dem sich noch ein kleiner Rest einer Flüssigkeit befand. Er nahm es heraus und las auf dem Etikett *Gamma-Hydroxy-Buttersäure.* Er konnte damit nichts anfangen und steckte es ein, um in Frankfurt Erkundigungen über dessen Inhalt einzuholen. Neugierig geworden, leerte er den Inhalt auf die Wiese und durchsuchte den Müll, der ganz offensichtlich noch von Hemera und ihrem Vater stammte. Versteckt unter leeren Dosen, Pappkartons, in denen Fertigmahlzeiten eingepackt waren, Eierkartons, mehreren Flaschen Rotwein, Bier und Mineralwasser, ein paar alten Zeitungen und Zeitschriften fand er einen zerrissenen Tanga, ein leeres Päckchen mit Kondomen, mehrere leere Ampullen und drei Einmalspritzen. Er verstaute die Ampullen, Spritzen und den Tanga zusammen mit dem braunen Fläschchen in einer Plastiktüte und warf den Rest wieder zurück in die Tonne.

Ihm wurde dumpf im Kopf und sein Herz raste. Diese Fundstücke und ihre denkbaren Einsatzmöglichkeiten sprachen für ihn eine deutliche Sprache. Er schwankte zwischen tiefer Niedergeschlagenheit und ohnmächtigem Zorn. Er flüchtete. Ohne noch einen Blick für die liebreizende, in der Nachmittagssonne flimmernde Landschaft übrig zu haben, fuhr er, als ob der Teufel persönlich ihm auf den Fersen war, in einem höllischen Tempo nach Nizza und setzte sich in den nächsten freien Flieger nach Frankfurt.

In aller Ausführlichkeit erzählte er seinen Eltern, was er erfahren und gefunden hatte und lieferte seine Theorie der Geschehnisse gleich mit. Ihm war der Ablauf klar. Gotthilf Gassner hatte sein Tochter unter Drogen gesetzt – vielleicht war er selbst bereits high –, sie vergewaltigt und dann entweder ermordet oder entführt. Möglicherweise hatte er sie vorsätzlich nach Frankreich gelockt, schon mit der Absicht, sie dort zu missbrauchen.

Sein Vater riet ihm zur Vorsicht. Dies seien Vermutungen und noch sei nichts bewiesen, auch wenn er seine Theorie für nicht völlig abwegig hielt, nach alledem, was er von seinem Sohn über Gassner erfahren habe. Er schlug ihm vor, die Fundstücke der Polizei zu übergeben, damit sie genau untersucht werden könnten, und offiziell eine allgemein gehaltene ›Anzeige gegen Unbekannt‹ einzureichen. Parallel dazu könne er eine Vermisstenanzeige aufgeben, über die die hiesige Polizei eventuell eine Suche über Interpol in die Wege leiten könnte. Boris schüttelte energisch den Kopf. Dieser Ratschlag erschien ihm zu vage, zu defensiv. Eine Strafanzeige wegen Entführung oder Mordes von Hemera gegen Gassner sei das Mindeste, hielt er seinem Vater aufgebracht entgegen.

»Boris, überlege dir das nochmals«, schaltete sich Cilla ein. »Auch wenn ich deiner Meinung bin, dass da mit großer Wahrscheinlichkeit eine unglaubliche Schweinerei passiert ist, hast du im Moment nur Indizien, keine wirklichen Beweise für deine Meinung. Eine Strafanzeige wegen Vergewaltigung, Inzest, Entführung oder Mord ist wahrlich eine schwerwiegende Anschuldigung, die gut begründet sein muss.«

»Ich bin überzeugt, dass Gassner ein Schwein ist, das hinter Gitter gehört. Wenn ich an Hemera denke, wird mir schlecht und ich befürchte, irgendwann setzt mein Herz aus. Ich muss etwas tun und zwar etwas Wirksames und jetzt. Wenn es die Polizei nicht tut, muss ich es selbst in die Hand nehmen!«

»Ich verstehe deinen Schmerz und auch deine Wut, aber Selbstjustiz bringt dich nicht weiter. Gehe zur Polizei und trage vor, was du weißt und denkst und lass dich beraten«, sagte Carsten Steinbrecher beschwichtigend, da er sah, dass sein Sohn nahe daran war, zu explodieren, was leicht dazu führen konnte, etwas zu tun, was er später bereuen könnte. Genauso nahe schien er aber auch einem Zusammenbruch, der ihn psy-

chisch und physisch in anderer Weise ebenso gefährden könnte.

Boris besorgte sich über Aither eine Flasche Bier, auf dem die
Fingerabdrücke seines Vaters waren. Am gleichen Tag, an
dem Aither ihm die Bierflasche brachte, fuhr Boris Steinbrecher mit seinen Beweismitteln in das Polizeipräsidium Frankfurt in der Adickesallee und stellte Strafanzeige gegen Gotthilf Gassner wegen Vergewaltigung und Entführung, began-
gen an seiner Tochter Hemera.

KAPITEL VIII

Gotthilf Gassner plauderte vor dem Haus mit einer Nachbarin, einer Koreanerin, die mit ihrer Familie in dem Haus schräg gegenüber wohnte. Er erzählte ihr von seinem Thailand-Urlaub und schwärmte von der Wärme und Gastfreundschaft der Asiaten. Sie hörte ihm geduldig zu, immerwährend höflich lächelnd. Ihre Kinder zupften an ihrer Jacke, sie wollten ins Haus. Gassner streichelte über deren Köpfe und machte der Mutter Komplimente über ihre Kinder. Als er sich von ihr verabschiedete, verneigte er sich tief, die Handflächen vor die Brust haltend, auf asiatische Art. Die Nachbarin grinste ihn etwas verlegen an, verneigte sich ebenfalls, wünschte Gottfried Gassner einen schönen Tag und verschwand mit ihren Kindern in ihrem Haus.

»Reizende Leute, die Asiaten«, sagte er zu seiner Frau, die gerade aus dem Haus kam. »Immer freundlich und höflich. Da könnte sich manch ein Deutscher eine Scheibe davon abschneiden, besonders die Jugend, nicht wahr Magda?«

Magda antwortete nicht, sondern blickte mit versteinerter Miene neugierig auf die zusammenbaubaren Bettteile, die er aus seinem Wagen auspackte.

»Glotz nicht so, kannst du nicht auch einmal nett lächeln, so wie diese Leute?«, fuhr er sie unwirsch an und verschwand mit seinem Bett im Keller, ohne sie noch eines Blickes zu würdigen.

Sein Hobbyraum war aufgeräumt wie immer. Vor der Wand rechts vom Eingang stand eine kleine Werkbank, die linke

Wandfläche war von einem über die gesamte Wandfläche reichenden Regal zugestellt. Gegenüber dem Eingang befand sich ein großer, verschließbarer Wandschrank. Gassner öffnete diesen Schrank mit einem Sicherheitsschlüssel, der in der Schublade seiner Werkbank lag. Er schob die an Kleiderbügel ordentlich aufgehängten Mäntel, Jacken und Hemden beiseite und löste einen an der Rückwand des Schrankes angebrachten etwa ein Meter fünfzig mal zwei Meter großen Wandteppich von den Haken, auf dem Michelangelos Fresko von der *Erschaffung des Menschen* aus der Sixtinischen Kapelle abgebildet war. Hinter dem Wandbehang wurde eine Tür sichtbar. Er gab in das Zahlenschloss einen zehnstelligen Code ein und öffnete eine kleine, aber sehr massive, etwa zehn bis fünfzehn Zentimeter dicke Stahlbetontür. Gassner nahm das Bett unter den Arm und ging durch einen kurzen schmalen Gang in gebückter Haltung auf ein kleines Zimmer zu, während hinter ihm die Tür ins Schloss fiel.

Gassner blieb, als er das Zimmer erreichte, mit vor Schreck geöffnetem Mund stehen und starrte seine Tochter an, die mit einem Brotmesser vor ihm stand und ihn bedrohte.

»Ich bring dich um, du Bestie!«, schrie sie ihn mit sich überschlagender Stimme an. »Öffne sofort die Tür und lass deine geschundene Familie in die Freiheit, du widerlicher Lump!«

Gassner stierte, immer noch regungslos, auf das Messer, ungläubig, dass es jemand hier unten wagen könnte, ihn zu bedrohen. Langsam löste er sich aus seiner Erstarrung und durchbohrte seine Tochter mit wirren, stechenden Blicken: »Du dumme Gans, leg sofort das Messer weg. Damit erreichst du gar nichts. Wenn du mich ermordest, bringst du nicht nur dich selbst um, sondern deine ganze Familie gleich mit. Ihr kommt hier nicht raus ohne meinen Willen. Geht das nicht in deinen Schädel rein?«

Gassner merkte, dass Hemera unsicher wurde und setzte nach: »Kannst du es mit deinem Gewissen vereinbaren, vier Menschen in den sicheren Tod zu schicken, kannst die Verantwortung für das dann eintretende unabdingbare langsame Siechtum deiner Mutter und deiner drei Geschwister übernehmen? Kannst du das, Tina?«

»Ich heiße nicht Tina, sondern Hemera. Du bist ja total irrsinnig.«

»Hier, wo allein mein Wille gilt, bist du wieder Tina.«

Er sagte ihr, dass er allen in diesem, in seinem Reich neue Namen gegeben habe. Dies sollte den Eingeschlossenen helfen, die frühere Welt zu vergessen. Auch er selbst habe sich umbenannt und heiße für alle Adolf Nyx, jetzt auch für sie. Sie alle in diesem Bunker seien seine Geschöpfe und er nenne sie so, wie es ihm gefällt.

Gassner fixierte seine Tochter: »Ihr alle seid Marionetten in meiner Hand, über die ich nach Belieben verfügen kann – und ich warne dich, ich kann euch auch zerstören, wenn es mir beliebt. Hast du das verstanden, *Tina*? Apropos irrsinnig. Der Bunker hier ist absolut sicher nach außen abgeschirmt, ein ausgeklügeltes System, macht es für einen Außenstehenden aussichtslos, die Tür zu öffnen – und der Eingang ist nur äußerst schwer, ich würde sogar sagen, er ist unmöglich zu entdecken. So viel nur zu meinem Irrsinn. Ich bin vollkommen klar im Kopf und weiß genau, was ich tu. Oder habe ich auf dich etwa in den letzten Jahren den Eindruck eines Irrsinnigen gemacht, *Tina*?«

Hemera hielt immer noch krampfhaft das Messer in der Hand, obwohl ihr längst klar geworden war, dass sie keine Chance gegen ihn hatte. Die anderen Familienmitglieder beobachteten völlig verängstigt aus dem angrenzenden Zimmer das Drama, das sich vor ihren Augen abspielte. Hera hielt mit aufgerissenen Augen beide Hände vor den Mund, die zwei Mädchen standen zur Salzsäure erstarrt hinter ihrer Mutter und hielten schützend ihre Arme um den leise wimmernden kleinen Bruder. Die Zeit blieb stehen. Bewegungs- und atemlos auch die vier ohnmächtigen Menschen, die im Sumpf ihrer undurchdringlichen Einsamkeiten versunken waren. Verlorene Geschöpfe ohne Intimität, fast gänzlich in Anspruch genommen von der Frage des persönlichen Überlebens.

Eine beklemmende Spannung lag im Raum, als Adolf Nyx mit scharfer Stimme sagte: »Lass das Messer fallen oder ich breche dir alle Knochen!«

Hemera schüttelte den Kopf und, während sie immer heftiger den Kopf hin und her warf, öffnete sie ihre Hand und das Messer plumpste zu Boden. Nyx hob es auf und hielt es ihr an die Kehle.

»Vor einem viertel Jahrhundert habe ich mir diese Welt aufgebaut und ausgebaut und du wirst sie mir nicht zerstören. Hier in dieser Welt schuldest du deinem Vater Gehorsam, und zwar absoluten Gehorsam, du kannst es auch Unterwerfung nennen, wenn du willst. Hier gilt noch, was anderswo mit Füßen getreten wird. Ich werde hier keine Aufsässigkeit und keinen Widerspruch dulden. Ich habe genug Mittel, sie zu brechen. Ist das klar, Tina?«

Hemera stand immer noch kopfschüttelnd da, Tränen liefen ihr über das Gesicht. Adolf Nyx schlug ihr ins Gesicht und schrie sie an: »Ich frage dich, ob du das verstanden hast?«

Ihr Kopfschütteln ging langsam in ein Kopfnicken über. Die Beine versagten ihr ihren Dienst und sie fiel auf die Knie und bedeckte schluchzend ihren Kopf mit den Händen.

»Zieh dich aus!«, befahl Nyx ungerührt von diesem Zusammenbruch.

Hemeras Kopfbewegung ging wieder in ein stummes Schütteln über.

Er brüllte sie an: »Zieh dich aus, oder soll ich dir die Kleider vom Leib reißen? Es ist nicht das erste Mal, dass ich dich nackt sehe!«

Hemera fügte sich und begann sich zögernd, flehentliche Blicke zu Hera werfend, zu entkleiden. Nyx holte aus einer Tasche in der Ecke des Zimmers ein Kleidungsstück und reichte es ihr.

»Zieh das an!«

Hemera erkannte es als das Negligé wieder, das sie in Frankreich von ihrem Vater zum Geburtstag geschenkt bekommen hatte. Schemenhafte Erinnerungsschleier tauchten vor ihrem inneren Auge auf: Sie fühlte Hände, die sich wie Krallen in ihren nackten, wehrlosen Körper eingruben. Sie spürte, wie das, was sie nur einem einzigen Menschen öffnen wollte, gewaltsam aufgebrochen wurde. Sie sah über sich gebeugt das schweißnasse Gesicht ihres Vaters, das plötzlich in einem Nichts verschwand. Dann lag sie in einem Auto, nur halb bei Sinnen, halluzinierend. Ihr erschienen abwechselnd der Wuschelkopf von Boris und dann wieder die Fratze ihres Vaters, der mit Krallenhänden ihr Herz aus der Brust riss. Das Erinnerte klebte alptraumhaft an ihr, wie giftiger Schleim, der sich überallhin ausbreitete und den Körper hermetisch versiegelte. Ihre Mutter hatte ihr gesagt, als sie wieder zu sich gekommen war, dass Nyx ihr während der Fahrt ein Betäubungsmittel gegeben und ihr Heroin gespritzt hatte.

Als sie das Negligé übergestreift hatte, betrachtete er sie wohlwollend und befahl ihr, sich auf das Bett zu legen.

Ein schriller Schrei löste sich aus Heras Mund. »Nein! Nein!«

»Leg dich hin Tina, und du, Hera, halt die Schnauze.«

Nyx zog aus der Gesäßtasche eine Handschelle und fesselte Hemera mit einer Hand an das Bettgestell.

»Ich werde euch allen zur Strafe ein paar Tage das Licht abschalten. Hoffentlich kommt ihr dann wieder zur Besinnung.

Das Bett, das ich mitgebracht habe, könnt ihr zusammenbauen, wenn ich euch wieder das Licht einschalte. Ich muss mir noch überlegen, wie lange ich euch im Dunkeln lasse. Tina hat sich ziemlich ungebührlich verhalten. Ein paar Tage wird es schon dauern.«

Nyx drehte sich um, betätigte den Zahlencode und verließ den Raum. Sorgfältig befestigte er wieder den Wandbehang vor der Bunkertür und drückte in dem ebenfalls mit einem Tuch abgedeckten Sicherungskasten einen der Schalter nach unten und löschte, wie angekündigt, das Licht in der Bunkerwohnung.

Hera setzte sich zu ihrer apathisch daliegenden Tochter und versuchte, sie zu trösten und aus ihrer Erstarrung zu lösen. Eva kam hinzu und nahm die nicht gefesselte Hand in ihre Hände. Hera streichelte sachte über ihr tränenloses Gesicht und redete leise mit ihr, ohne sie in der undurchdringlichen Schwärze in diesem Raum sehen zu können. Sie spürte, dass Tina zuhörte und ihr der Klang der sanftmütigen Stimme gut tat.

Sie erzählte ihr, von der schweren Geburt ihrer älteren Schwester. Ohne ärztliche Hilfe war Hera bei der Geburt ganz auf sich und die ungelenke Hilfe von Adolf angewiesen gewesen. Zwar hatte Adolf Nyx sich unter einem Vorwand bei einer Hebamme etwas kundig gemacht und ihr entsprechende Literatur zum Lesen gegeben, aber sie war in großer Sorge. Wie würde sich Adolf verhalten, wenn Komplikationen eintraten? Würde er sie freilassen und zum Arzt schicken? Sie wusste es damals nicht. Heute war sie sich sicher, dass er nichts unternommen hätte und sie und das Neugeborene im Zweifelsfall gestorben wären. Aber mit Gottes Hilfe lief alles gut und sie war einerseits ein klein wenig erleichtert, nicht mehr allein sein zu müssen und andererseits verzweifelt, wenn sie an das zukünftige Leben ihrer Tochter, die Adolf Eva nannte, dachte. Sie hatte zu Eva im Laufe der Jahre ein inniges Verhältnis aufgebaut, das heute weit über ein Mutter-Kind-Verhältnis hinausreichte. Sie war ihr heute eine enge Vertraute, ohne die sie manche unerträglichen Demütigungen und unendlichen diabolischen Erniedrigungen, die sie mit ihr in vielen langen Gesprächen diskutiert habe, nicht ausgehalten hätte. Zwei Jahre nach Eva war sie wieder schwanger geworden.

Hera hielt in der Erzählung inne, hörte in die Finsternis hinein und versuchte herauszufinden, wie sich ihre Tochter fühlte.

»Soll ich weiter erzählen oder soll ich lieber aufhören, Tina? Brauchst du ein wenig Ruhe?«, fragte Hera ihre Tochter.

Tina regte sich nicht. Hera konnte aber hören, wie sie gleichmäßig ein- und ausatmete und es schien ihr, dass sie überlegte. Tina drückte die Hand Evas und sagte mit flüsternder, brüchiger Stimme in Richtung ihrer Mutter: »Nein Mutter, erzähle weiter. Es tut mir gut, deine Stimme zu hören. Ich habe mich immer danach gesehnt, dich kennenzulernen, wenn auch unter anderen Umständen. Immer dachte ich, du bist eine Rabenmutter, weil du dich nicht um deine Kinder gekümmert hast. Ich bin froh, dass du schuldlos bist. Das Geschehen hier ist absurd, jedes Maß an menschlicher Vorstellungskraft übersteigend. Ich kann es einfach nicht begreifen, dass du, nein, dass ihr alle Opfer eines solchen schrecklichen Verbrechens seid.«

Hera fuhr mit ihrer Erzählung fort: »Verzeih mir Tina, aber ich wollte kein Kind mehr. Der Gedanke, noch ein Leben in dieser Hölle zur Welt zu bringen, war mir unerträglich ...« Sie unterbrach sich: »Wie willst du eigentlich lieber genannt werden? Tina oder soll ich dich lieber Hemera nennen?«

»Hemera wäre mir lieber.«

»Hemera, ich wollte dich also nicht, aber Adolf zwang mich zur Austragung mit dem Versprechen, dich später frei zu lassen. Ich glaubte ihm und gebar dich ohne große Komplikationen.«

Hera gab ihrer Tochter einen Kuss auf die Stirn.

»Adolf erfüllte sein Versprechen und entließ dich in die Freiheit, nachdem er mich gezwungen hatte, einen Brief zu schreiben, in dem ich dich zur Adoption freigeben musste. Eva verstand damals noch nicht, was vor sich ging und warum ihr Schwesterchen plötzlich nicht mehr da war. Für mich war es ein Trost, dich in Freiheit zu wissen, und ein winziger Hoffnungsschimmer, dass auch wir, oder zumindest Eva, vielleicht eines Tages in Freiheit leben könnten. Er hielt mich am Leben und ließ mich die langen Jahre nicht vollständig verzweifeln.«

Hera erzählte ihrer Tochter von den weiteren Geburten, die Adolf Nyx alle damit erkauft hatte, dass er ihr versprach, die Kinder in Freiheit zu entlassen. Bei zwei weiteren Kindern hielt er Wort, bei zwei Kindern jedoch nicht. Ein Kind, der Zwillingsbruder von Aither, starb weil er krank wurde und nicht ärztlich versorgt werden konnte.

»Warum seid ihr nicht geflohen? Ich kann nicht begreifen, wie man es hier so lange aushalten kann«, fragte Hemera.

Hera klang resigniert, als sie ihr erzählte, dass sie und Eva es natürlich schon unzählige Male versucht hatten, Adolf zu überwältigen, wenn er beim Verlassen des Kellerlochs kurz die Tür öffnen musste. Aber er war zu misstrauisch, hatte jedes Mal ihre Absicht geahnt und die Frauen in das Zimmer zurückgetrieben. Alle Fluchtversuche waren vergebens gewesen und sie wurden alle jedes Mal hart dafür bestraft, wobei der tagelange Entzug von Licht, wie das jetzt gerade der Fall sei, noch die milderen Strafformen waren.

Hemera lag lange Zeit still auf dem Bett, als Hera erschöpft aufhörte zu reden.

In die unwirkliche Lautlosigkeit des schwarzen Raumes hinein sagte Hemera plötzlich mit kräftiger, gefestigter Stimme und versuchte dabei ihre gefesselte Hand vergebens aus der Handschelle zu entwinden: »Ich bin überzeugt, dass Boris, mein Freund, uns alle befreien wird. Er liebt mich und wird Himmel und Hölle daran setzen, mich ausfindig zu machen. Er wird uns alle in die Freiheit führen.«

Nachdem Gotthilf Gassner den Wandschrank, in dem sich die Bunkertür verbarg, abgeschlossen und den Schlüssel wieder in der Werkbank deponiert hatte, ging er nach oben in seine Wohnung. Er schaltete den Fernseher ein und legte sich auf das Sofa, um ein Fußballspiel, auf das er sich schon lange gefreut hatte, anzusehen. Er rief Magda, ließ sich von ihr ein Bier und eine Tüte mit Chips bringen, und wollte nicht mehr gestört werden, solange das Spiel lief.

Er konnte das Geschehen, das sich in nur dreißig Meter Entfernung unter ihm abspielte aus seinem Bewusstsein löschen, so wie man einen Lichtschalter ausschaltete. Die beiden Welten, die Ober- und Unterwelt, in denen er lebte, waren ihm zur zweiten Natur geworden, ein selbstverständlicher Teil seines Lebens.

Hier, in der Oberwelt, lebte er das Leben des Bürgers, der sich den Bedingtheiten stellen musste. Dort, in seiner Unterwelt, spielte er Gott, schuf Leben und herrschte über Leben und Tod. Er spielte nicht nur, sondern war Gott, ebenbildlich den Göttern aus seinen Heldensagen. In dieser von ihm erschaffenen Welt war es ihm möglich, seine Phantasien zu realisieren, ohne Beschränkungen, ohne Bedingtheiten. Er schuf sich eine persönliche, unbedingte Realität, in der all die verdrängten unerfüllten Lebensträume sich zu einem Ganzen zusammenfügten: Ausleben der Allmachtgefühle; Befreiung von allen sexuellen Zwängen und Konventionen; unmittelbare Befriedigung sexueller Lust; schrankenlose Realisierung von Rache-, Wut- und Hassgelüsten, ohne Sanktionen befürchten zu müssen; gefahrlose Konvertierung der Ohnmachts- in Überlegenheitsgefühle. Er war davon überzeugt, dass in der wirklichen Welt keine echte Liebe, Zuneigung und Respekt existierten. In seiner Gedankenwelt war das Böse im Menschen eine Realität, mit der jeder Mensch sich auseinander setzen müsse. Man konnte, entsprechend seiner Theorie, das Böse im Selbst entweder unterdrücken und es in sich hineinfressen; man konnte es in der wirklichen Welt in Kriegen und anderen gewalttätigen Auseinandersetzungen ausleben; oder man konnte, wie er, sich eine Welt erschaffen, in der man sich dieser allen Menschen innewohnenden bösen Triebe hingeben konnte. Er hatte für sich den dritten Weg gewählt. Er hatte sich nichts genommen, was nicht ihm gehörte, was nicht aus seinem Samen entstanden war. Er war der Schöpfer dieses Schattenreiches und er fühlte sich deswegen auch berechtigt, dies Reich nach seinem Sinn zu formen und über seine Schöpfungen verfügen zu können. Er, der von der Welt Enttäuschte, fand in dieser von ihm erschaffenen Kunstwelt im Keller seines Hauses die Erfüllung seines ihm von der Gesellschaft verwehrten Lebensziels: sich selbst und seine Sexualität leben zu können, so wie es seinen ureigensten Bedürfnissen entsprach. Anders als unter den Menschen der realen Oberwelt schien er sich in der abgeschlossenen Welt des Tartarus seiner selbst sicher zu sein.

KAPITEL IX

Harald Ehrlicher saß über einem Schriftstück gebeugt an seinem Schreibtisch im Polizeipräsidium. Um sechzehn Uhr hatte ein Boris Steinbrecher bei ihm einen Termin und er wollte die Zeit bis dahin für das Aktenstudium eines unerledigten Falles nutzen. Anders als für viele seiner Kollegen war ihm die Arbeit mit Akten keine Last. Er ließ sich leicht von dem dokumentierten Material gefangen nehmen. Vertiefte sich in Details, las zwischen den Zeilen, versuchte das hinter dem trockenen Rohstoff Verborgene ins Scheinwerferlicht zu bringen. Er zerstückelte vorhandenes Material, fügte Teile zusammen, die vordergründig nicht zusammenpassten, rekonstruierte die Mosaiksteinchen zu einem neuen Bild, das andere Blickwinkel und Projektionen auf das Geschehen erlaubte und vorhandene Erwartungen veränderte. Die Wechselwirkung zwischen dem Subjekt und dem Objekt verwandelte sich und erzeugte so neue Handlungspotenziale. Manchmal fühlte er sich wie ein Künstler, der aus dem vorhandenen Rohmaterial ein neues Kunstwerk kreierte, das den wahren Kern des Gesehenen offenbarte. Und genauso fasziniert wie ein Künstler seinem gelungenen Werk gegenübersteht, betrachtete er bisweilen seine Skizze, sein neuartiges Mosaikbild oder vollendetes Werk.

Seitdem er mit seinen Mitarbeitern vor einigen Jahren in das neue Polizeipräsidium umgezogen war, hatte Ehrlicher ein großes, helles, für andere nicht einsehbares Zimmer für sich allein und niemand störte ihn, wenn er sich auf einen Fall zu konzentrieren versuchte. Seine Mitarbeiter respektierten seine Art des Arbeitens, mit der er in der Vergangenheit große Erfolge hatte. Jetzt im Sommer während der Urlaubszeit war in seiner Abteilung weniger los, und er konnte sich daran machen, wenigstens etwas von dem Aktenberg abzuarbeiten, bevor er von ihm begraben wurde.

In der Adickesallee verstärkte sich der Autostrom stadtauswärts Richtung Mainz, Wiesbaden und die westlich von Frankfurt gelegenen Siedlungsgebiete wie auch in die entgegengesetzte Richtung, in die östlichen Stadtteile, die Wetterau und den Spessart. Wie jeden Freitagnachmittag setzte die Rush Hour schon am frühen Nachmittag ein. Die arbeitende Bevölkerung fuhr ihrem verdienten Wochenende entgegen. Harald Ehrlicher löste sich von seinen Akten und betrachtete die Blechkarawane und musste an die vielen Autoabgase denken, die die Luft verpesteten und ihren Teil zur nahenden Klimakatastrophe beitrugen. Er lehnte sich zurück und verschränkte die Hände hinter seinem Kopf. Unmittelbar nach dem Besuch von Boris Steinbrecher würde auch er mit seinem Fahrrad nach Hause fahren und das Wochenende genießen.

Er hatte in Frankfurt-Bockenheim eine schöne Maisonettewohnung, die sich über den dritten und vierten Stock eines Altbauhauses aus der Gründerzeit zog. Vor vier Jahren war kurz nach dem Tod ihres Mannes seine Mutter gestorben und er hatte so viel geerbt, dass er sich von diesem Geld die geräumige Wohnung hatte kaufen können. Sie hatte zwei Balkone. Einen nach Osten gerichtet, auf die kleine Rohmerstraße. Nach rechts blickend schaute er auf das kleine mit Bäumen bepflanzte Geviert des Rohmerplatzes, auf dessen Rasenfläche ein Denkmal ein bescheidenes, unbemerktes Dasein führte: Ein in Stein gehauenes Mahnmal für die im Ersten Weltkrieg gefallenen 200 Bockenheimer Soldaten, das kaum in der Lage war, die Altlast der mürbe gewordenen Gefühle zu tragen. Wenn er sich nach links wendete, rückte das unansehnliche Gebäude eines ehemaligen Kaufhauses in sein Blickfeld, das seit über acht Jahren leer stand. Ein Schandfleck, der den ganzen Stadtteil verunstaltete. Ehrlicher, aktives Mitglied der *Grünen*, kämpfte seit Jahren für eine sinnvolle Nutzung des zentralen Gebäudes, das den Stadtteil, der immer mehr zu verslumen drohte, qualitativ aufwerten würde – bisher vergebens. Der Besitzer, Uwe Neidhart, ein bekannter Frankfurter Häuserspekulant, der in Bockenheim mehrere Immobilien besaß, verzögerte mit rechtlichen Tricks, gegen die die Stadt machtlos war, den Ausbau und präsentierte den Bürgern Bockenheims statt eines urbanen Gebäudes mit dringend benötigten attraktiven Einkaufmöglichkeiten seit acht langen Jahren ein scheußliches Baugerüst. Der andere Balkon, der eher an eine große Terrasse erinnerte, ging nach Westen mit Blick auf das weiträumige grüne, mit Bäumen und Wiesengras bepflanzte, Innengeviert, das von einer fünfstöckigen Häusergruppe eingeschlossen wurde. Der Aufenthalt hier ließ ihn den Bockenheimer Schandfleck vergessen und an die angenehmen Seiten des Lebens denken.

Ehrlicher freute sich schon darauf, den zu erwartenden lauen Freitagabend bei einer Flasche leichten Weißweins und die untergehende Sonne vor Augen hier mit seiner Freundin verbringen zu können.

Es klopfte. Harald Ehrlicher wurde aus seinen Gedanken gerissen und daran erinnert, dass für ihn noch kein Feierabend war. Er stand auf und öffnete Boris Steinbrecher die Tür. Mit wohltönender, tragender und klarer Stimme, deren leicht metallischer Unterton verhinderte, dass sie nur säuselnd und schmeichelnd klang, begrüßte der hochgewachsene ein Meter sechsundneunzig große Kriminalhauptkommissar seinen Besucher, bat ihn in sein Arbeitszimmer und bot ihm einen Stuhl sowie ein Glas Mineralwasser an. Er goss sich selbst auch nach. Er lächelt den resolut auftretenden jungen Mann freundlich an. Er spürte die innere Erregtheit seines Gegenübers.

»Mein Name ist Ehrlicher. Was kann ich für Sie tun, Herr Steinbrecher?«, fragte er, taxierte seinen Besucher und versuchte sich ein Bild von ihm zu machen. Er wusste aus Erfahrung: der erste Eindruck eines Menschen war enorm wichtig.

»Würde es Ihnen etwas ausmachen, wenn ich ein Tonband laufen lasse? Ich könnte mich dann besser auf Sie und was Sie mir zu sagen haben konzentrieren und bräuchte mir Details nicht extra notieren.«

»Wenn es der Wahrheitsfindung dient, Herr Ehrlich.«

»Ehrlicher«, korrigierte der Hauptkommissar Boris Steinbrecher.

»Was meinen sie?«

»Ich wollte Ihnen nur sagen, dass ich Ehrlic*er* und nicht Ehrlich bin.«

»Ach so, Ehrlic*er*. Entschuldigen Sie, ich wollte Sie nicht verkleinern. Ehrlicher ist natürlich vertrauenswürdiger als Ehrlich«, sagte Boris, ohne eine Miene zu verziehen und fing an, seine Tasche auszupacken. Über das Gesicht des Polizisten huschte ein kaum merkliches Schmunzeln. Er hörte die Anspielung auf seinen Namen nicht zum ersten Mal.

»Also darf ich?«

»Was wollen Sie dürfen?«

»Das Tonbandgerät anmachen.«

»Ja, natürlich, habe ich ja gerade gesagt. Wenn das Verbrechen dadurch schneller aufgeklärt wird, ist mir jedes Mittel recht«, sagte Boris und breitet vor Ehrlicher auf dessen Schreibtisch seine mitgebrachten Beweismittel aus: ein braunes Fläschchen mit der Aufschrift *Gamma-Hydroxy-Buttersäure*, drei Einmalspritzen, einige Ampullen, einen

Tanga, dessen Bund gerissen war, eine leere, gebrauchte Flasche Bier. Aus einer Klarsichthülle holte er noch zwei beschriebene Bogen Papier und legte sie zu den anderen Gegenständen. Ehrlicher sah Boris interessiert zu, wie er, ohne Ehrlicher eines Blickes zu würdigen, sorgfältig die Gegenstände vor ihm ordnete.

Nachdem Boris Steinbrecher alles vor ihm ausgebreitet hatte, blickte Ehrlicher ihn fragend an. Er konnte sich keinen Reim von dem machen, was dieser jugendliche Besucher, der so dringend um einen Termin gebeten hatte, bezweckte.

»Könnten Sie mich freundlicherweise aufklären, was Sie vorhaben und was Sie von mir wollen?«

»Einen kleinen Moment bitte, es ist ganz wichtig, dass Sie alles vor Augen haben.«

Er suchte noch etwas in seiner Tasche und zog aus ihr schließlich noch zwei Fotos, eins mit einer jungen Frau und eines von einem älteren Herrn, und eine Visitenkarte heraus und legte sie zu den anderen Sachen.

Boris Steinbrecher erzählte Hauptkommissar Ehrlicher alles, was er bisher über Hemera und ihren Vater in Erfahrung bringen konnte und was es mit den Gegenständen auf sich hatte. Ehrlicher unterbrach seinen Redefluss nicht.

Nachdem Boris alle Fakten offen auf den Tisch gelegt hatte, überlegte er lange, ob er noch eine Kleinigkeit vergessen hatte. Aber es fiel ihm nichts mehr ein. Er fasste seine Überlegungen mit der Bemerkung zusammen: »Nach alldem, was passiert ist und was ich ihnen geschildert habe und Anbetracht der Beweismittel, die vor ihnen auf dem Schreibtisch liegen, Herr Hauptkommissar Ehrlicher, bin ich felsenfest davon überzeugt, dass Gotthilf Gassner seine Tochter vergewaltigt und entführt, wenn nicht gar ermordet hat. Ich möchte deswegen gegen den Vater von Hemera Gassner eine Anzeige wegen Vergewaltigung, Inzest und Entführung erstatten. Übrigens auf der Bierflasche sind die Fingerabdrücke von diesem Gassner, damit Sie einen Abgleich mit den Abdrücken auf den anderen Gegenständen machen können.«

»Es erscheint mir schlüssig, was Sie vorgetragen haben, Herr Steinbrecher, aber bewiesen ist damit nichts. Vergewaltigung, Inzest und Entführung der eigenen Tochter sind schwere Vorwürfe. Auch wenn ich mit ihnen d'accord gehe, dass die Briefe und die ganzen Zusammenhänge und Geschehnisse, die Sie mir geschildert haben, viele Ungereimtheiten aufweisen, für mehr als einen vagen Anfangsverdacht reichen sie nicht. Was wäre, wenn sich herausstellt, dass Herr Gassner unschuldig ist? Wie ständen Sie dann da? Sie hätten Herrn Gassner schlimm verleumdet. Er würde sich das, mit Recht, nicht gefallen lassen und den Vorwürfen wahrscheinlich gerichtlich entgegentreten.«

»Und was heißt das? Was würden Sie mir raten? Soll ich die Hände in den Schoß legen und zusehen, wie solch ein Mensch, wenn es überhaupt ein Mensch ist, weiterhin unbehelligt unter uns lebt?«, fragte Boris ungehalten.

»Gemach, gemach, Herr Steinbrecher. Sie wollen doch wohl Herrn Gassner nicht das Menschsein absprechen. Die Menschenwürde ist ein sehr hohes Gut. Sie sollen ja auch nicht ihre Hände in den Schoß legen. Ich finde es gut, wenn jemand wachen Blickes durch unsere, weiß Gott nicht in Watte gebettete Welt geht und die Initiative ergreift. Ich würde ihnen aber raten, der Polizei zu vertrauen und keine voreiligen Schritte zu unternehmen. Wir werden die Angelegenheit prüfen und dann alles weitere in die Wege leiten.«

»Sie würden mir von einer Anzeige abraten, bei diesen doch erdrückenden Beweisen? Da mache ich nicht mit. So leicht kommt er mir nicht davon!«

»Ich verstehe ihre Aufgebrachtheit, aber meist kommt man mit Vernunft weiter als mit …«

Boris unterbrach ihn erregt: »Sie wollen sagen: mit Vernunft kommt man weiter als mit Gefühlen. Ach was! Vernunft, Vernunft! Was ist das schon, bei der Ungeheuerlichkeit des Verbrechens, das nur ein Irrer vollbringen kann. Da hilft keine Vernunft, sondern nur die Tat.«

Ehrlicher blieb ruhig und versuchte seinen Besuch in ein etwas ruhigeres Fahrwasser zu lenken.

»Ich möchte ihnen nicht von einer Anzeige abraten und ich werde auch nicht tatenlos sein, nachdem, was ich von ihnen gehört habe. Wenn es wahr wäre, wäre es ein entsetzliches Verbrechen, das meine Phantasien übersteigen würde. Was ich ihnen rate, ist, die Anzeige abzumildern und in eine anonyme Suchanzeige umzuwandeln. Wir werden das Material, das Sie hier ausgebreitet haben, kriminaltechnisch untersuchen, und ich persönlich kann ihnen garantieren, dass wir allen nur erdenklichen Hinweisen nachgehen werden.«

»So etwas Ähnliches hat mir schon mein Vater gesagt. Das kommt für mich nicht in Frage. Ich werde Herrn Gassner anzeigen, da ich überzeugt bin, dass es so ist, wie ich es ihnen geschildert habe.«

»Ihr Vater scheint ein kluger Mensch zu sein. Er ist nicht zufällig der bekannte Architekt Carsten Steinbrecher?«

»Ja doch, das ist er und er ist auch, wie Sie sagen, ein kluger Mensch. Aber in diesem Fall befinden er und Sie sich im falschen Fahrwasser. Zurückhaltung gegen diesen Gassner ist nicht angebracht.«

Harald Ehrlicher kannte den Vater von Boris flüchtig, er war derjenige, der das neue Polizeipräsidium entworfen hatte. Ehrlicher hatte Carsten C. Steinbrecher bei der offiziellen Feier anlässlich der Schlüsselübergabe kurz kennengelernt. Das Gebäude hatte hohe funktionale Qualität, als einen gelungenen architektonischen Entwurf empfand er es jedoch nicht, auch wenn es von einem renommierten Architekten stammte. Aber das ließ er seinen Besucher nicht wissen. Stattdessen antwortete er ihm: »Ich kann Sie nicht daran hindern, eine Anzeige in Ihrem Sinn aufzugeben, will aber nochmals betonen, dass ich Sie vor den möglichen Konsequenzen gewarnt habe.«

»Das müssen Sie jetzt wohl sagen, um der Form Rechnung zu tragen. Ich bleibe bei meinem Standpunkt. Kann ich die Anzeige bei ihnen aufsetzen und einreichen?«

»Eigentlich ist dafür die Staatsanwaltschaft zuständig, aber ich kann ihnen ein Formular geben und es dann weiterleiten.«

»Gut, dann werde ich das jetzt ausfüllen und hoffe, dass Sie alles daran setzen, den Fall mit der nötigen Eile zu bearbeiten. Wenn Hemera Gassner noch lebt, ist ihr Leben in höchster Gefahr. Davon bin ich überzeugt … Glauben Sie mir eigentlich, was ich ihnen erzählt habe? Werden Sie mich bei der Suche nach meiner Freundin tatkräftig unterstützen, Herr Hauptkommissar?«

»Ja, ich persönlich glaube ihnen, dass es so gewesen sein könnte. Aber eben nur ›könnte‹. Die Beweislage ist, gelinde gesagt, eher dürftig. Es gibt den Brief von Frau Gassner, der authentisch zu sein scheint. Sie ist volljährig und kann mit ihrem Leben machen, was sie will. So ist das in demokratischen Staaten mit freien Menschen eben. Es wird schwer werden, andere Personen, ich denke da insbesondere an die Staatsanwaltschaft, von einer potenziellen Straftat zu überzeugen. Wir werden sehen.«

Damit musste sich Boris Steinbrecher vorerst zufrieden geben. Er füllte das Formular aus, unterschrieb die Anzeige gegen Gotthilf Gassner wegen Vergewaltigung und Entführung, dann verließ er das Präsidium, nicht ohne sich vorzunehmen, die eigenen Nachforschungen mit Nachdruck voranzutreiben. Er wollte sich nicht allein auf die Polizei verlassen.

Harald Ehrlicher blieb in seinem Büro sitzen und ließ das Gehörte nochmals in seinem Kopf Revue passieren. Es war eine merkwürdige Geschichte: Vor über zwanzig Jahren verschwindet spurlos die Tochter von diesem Gassner. Dann tauchen aus heiterem Himmel drei Kinder seiner Tochter Leda auf. Jetzt wiederholt sich alles mit Hemera Gassner. Zufall? Wenn ja, wäre das ein seltsamer Zufall. So etwas wahrlich Bizarres, absolut Ungewöhnliches geschieht doch unmöglich zwei Mal in der gleichen Familie, dachte Ehrlicher. Es musste eine Systematik dahinter stecken. Aber welche? Und dann die Sache mit den zwei vollkommen widersprüchlichen Schriftstücken, er konnte sich keinen Reim darauf machen. Das konnte und wollte er so nicht stehen lassen. Da sträubten sich ihm alle Haare. Er würde, er musste sich darum kümmern. Da könnten die Aktenberge noch so wachsen. Anfang nächster Woche, würde er die notwendigen Schritte einleiten. Sobald die Ergebnisse des Labors vorlägen, wollte er Gotthilf Gassner auf das Präsidium vorladen, um sich ein persönliches Bild von diesem Menschen und seiner Version der verwirrenden Ereignisse zu machen. Er steckte die Toncassette ein, um sich zu Hause nochmals in aller Ruhe die Geschichte von Boris Steinbrecher anzuhören, verließ sein Büro und fuhr mit dem Fahrrad nach Hause.

Zu Hause machte er es sich auf dem Balkon bequem, ließ sich von der Abendsonne verwöhnen und vertiefte sich in die Frankfurter Rundschau, die er während des Frühstücks heute Morgen nicht zu Ende gelesen hatte. Er las aufmerksam eine Notiz über einen Bankraub in der Frankfurter Volksbank. Der Überfall geschah keine zweihundert Meter von seiner Wohnung entfernt auf der Leipziger Straße. Zwei Wochen vor diesem Gewaltakt war bereits die Citi-Bank an der Ecke Kurfürsten-/Leipziger Straße überfallen worden, ohne dass der Täter damals eine Beute machen konnte. Er fragte sich, ob es derselbe Bankräuber war, der jetzt in einem anderen Geldinstitut noch einmal den Versuch wagte, an sein Geld zu kommen. Oder waren zwei verschiedene Täter am Werk? Waren es ›Eigengewächse‹ aus Bockenheim? War das Stadtviertel in den letzten zehn bis fünfzehn Jahren schon so weit heruntergekommen, dass es der Ausbildung eines kriminellen Milieus Vorschub leistete?

Er liebte zwar die multikulturelle und lebendige Atmosphäre des Viertels mit seinen vielen kleinen chinesischen, thailändischen, vietnamesischen Imbissstuben, türkischen Obstständen und italienischen, arabischen und iranischen Restaurants, aber es war nicht zu übersehen, dass sich der Stadtteil Bockenheim zu seinem Ungunsten verändert hatte. Schlenderte man vor zwanzig Jahren durch die Leipziger Straße, beeindruckte die große Vielfalt von Geschäften aller Preisklassen. Dem Kunden stand eine Vielzahl von Einzelfachgeschäften mit individueller Beratung zur Verfügung. Heute war das Angebot erheblich zugunsten von billigen Ein-Euro-Ramschläden und einer Monoladenkultur geschrumpft: Handyläden, Drogeriefilialisten, Bäcker und Back-Factories, wie sich die Billiganbieter von Backwaren nannten, bestimmten hauptsächlich das Bild. Geschäfte, mit denen man auch bei weniger betuchten Bevölkerungsschichten noch gutes Geld verdienen konnte. In letzter Zeit kamen vermehrt Wettbüros hinzu, die Sportwetten und sonstige Reichtum verheißende Glücksspiele anboten. Er würde in seiner Eigenschaft als Mitglied der Grünen Partei die problematische Entwicklung Bockenheims auf der nächsten Ortsbeiratssitzung nochmals, wie schon so oft, auf die Tagesordnung setzen lassen.

Er legte die Zeitung, nachdem er sie zu Ende gelesen hatte, beiseite und ging die vom Wohnzimmer zu den oberen Zimmern führende Wendeltreppe hinauf. Er wollte noch duschen, bevor seine Freundin aus London zurückkommen würde. Er betrachtete sich im Spiegel. Seine Geheimratsecken gruben sich tief und die dunkelblonden Haare, die schon einen deutlich sichtbaren Grauschimmer hatten. Seine Nase war groß und kräftig, manche sagten markant. Langgezogene Ohren mit angewachsenen Ohrläppchen rahmten das schmale Gesicht ein. Er hatte eine schlanke Figur, wenn auch der Ansatz eines kleinen Bauches nicht mehr zu übersehen war. Mit fünfzig Jahren und bei dieser Körpergröße war der Bauchansatz leicht zu verkraften, dachte er, auch wenn seine kritische Tochter ihn immer wieder mit seinem Bierbauch, wie sie die seiner Meinung nach kaum sichtbare Wölbung nannte, aufzog. Er fand das weit übertrieben. Sie war kritisch allem gegenüber, was ihre Familie im weitesten Sinn anging. So kritisierte sie auch, dass die Nase von Maude viel zu spitz wäre, was er überhaupt nicht so sah. Er fand sie klassisch schmal, elegant und sehr gut zu Maudes Typ passend. Sie trug ihre fuchsrot schimmernden Haare, die einen hübschen Kontrast zu ihrer hellen, opalisierenden Gesichtshaut bildeten, kurz geschnitten. Kleine Sommersprossen, die Harald Ehrlicher schon beim ersten Anblick von Maude verzaubert hatten, versammelten sich um die Nasenwurzel.

Er hatte sie im Januar dieses Jahres auf der Vernissage der Ausstellung *Die Impressionistinnen*, die Maude Burke für die Schirn Kunsthalle kuratiert hatte, kennengelernt. Sie sprach ihn an, als er lange ein Bild von Mary Cassat betrachtete. Sie fragte ihn, was er von der Malerin und dem Bild hielte, das offensichtlich eines ihrer Lieblingsbilder war. Sie kamen ins Gespräch und sie führte ihn durch die Ausstellung und zeigte ihm eine kleine Auswahl der aus ihrer Sicht schönsten Bilder der anderen Künstlerinnen Berthe Morisot, Eva Gonzalès und Marie Bracquemont. Dabei blieb Ehrlicher nicht verborgen, mit welchem Engagement sich seine Führerin für die Belange dieser Malerinnen einsetzte. Frauen, die es schwer hatten, sich in der männerdominierten Zeit zum Ende des 19. Jahrhunderts in der Malerei durchzusetzen. Nach diesem kurzen Privatissimum verließ sie ihn, weil sie, wie sie sich ausdrückte, auch andere Gäste umsorgen und ihnen zur Seite stehen müsse.

Als Ehrlicher seinen Rundgang beendet hatte, begab er sich in das Foyer im Erdgeschoss, wo den Gästen Wasser und Wein angeboten wurde. Er stand mit seinem Glas Wein etwas verloren unter den Vernissage-Gästen, als sein Blick auf die zwei Frauen an der Bar fiel, die eine mit langen und die andere mit kurzen Haaren, beide fuchsrot. Die mandeläugige Frau mit den langen Haaren und einer zierlicher Stubsnase in einem rundlichen Gesicht war Coco Kozlova, die für seine Abteilung zuständige Staatsanwältin. Auch sie hatte, wie schon seine private Museumsführerin, Sommersprossen, die aber nicht so sehr um die Nasenwurzel konzentriert, sondern gleichmäßig im Gesicht verteilt waren. An diesem Abend aber waren sie durch das aufgelegte Make Up nicht sichtbar.

Die Staatsanwältin Coco Kozlova winkte ihn zu sich. Sie stellte ihm Maude Burke, die Frau mit den kurzen roten Haaren, als ihre langjährige Freundin, Kuratorin der Ausstellung, Engländerin und seit sechs Jahren in Frankfurt lebend vor. Maude und Harald sahen sich an und sagten schmunzelnd fast zeitgleich, dass sie sich schon kennengelernt hatten. Sie unterhielten sich angeregt zu dritt und als sich die Vernissage dem Ende zuneigte, gab Maude ihm ihre Visitenkarte und lud ihn zu einem gemütlichen Zusammensein ein, das sie im Anschluss an die offizielle Einladung in ihrer Wohnung geben würde.

Nachdem Maude und die anderen Gäste aufgebrochen waren, fuhr auch er mit seinem Fahrrad zu der angegebenen Adresse in einem der Appartementhäuser auf der Mole des ehemaligen Westhafens. Er blieb die ganze Nacht bei ihr. Seit sich vor vier Jahren seine damals zweiundvierzigjährige Frau mit einem vier Jahre jüngeren Mann, einem Banker mit einigem Vermögen, wie sie ihm gegenüber betonte, das jetzt jedoch wegen der akuten Finanzkrise möglicherweise nicht mehr ganz so groß war, von ihm getrennt hatte, hatte er mit keiner Frau mehr geschlafen. Die Nacht mit Maude war der Beginn einer vorsichtig abtastenden Liebe, die sich mehr und mehr festigte und sein Lebensgefühl in einem Ausmaß geistig und sexuell bereicherte, wie er es sich nach der für ihn deprimierenden Trennung nicht mehr zu erhoffen gewagt hatte. Sie war souverän, von scharfer Intelligenz und vollgestopft mit Wissen. Wenn er ihr in die Augen sah, erkannte er aber auch ihre Verletzlichkeit. Ein Teil von ihr war stark, ein anderer Teil zart, jung und dünnhäutig. Die Widersprüche zogen ihn an. Maude kam ihm wohlbekannt vor und blieb doch oft auch wieder rätselhaft. Welcher Mann konnte schon die Seele der Frau ergründen, dachte er. Er fügte sich dem und fand es spannend immer neue Seiten bei ihr zu entdecken. Das Wichtigste aber war wohl, dass er ihr vollkommen vertraute und sie ihm. Sie diskutierten ungeschützt und mit offenen Worten, stritten auch zuweilen, aber immer war der gegenseitige Respekt, die einfühlsame Achtung des anderen Menschen zu spüren. Vor sechs Wochen hatten sie sich gegenseitig ihre Schlüssel gegeben. Unter der Woche besuchten sie sich, lebten aber ansonsten weiterhin getrennt, jeder in seiner Wohnung. An den Wochenenden genossen sie ausgiebig die Zweisamkeit, abwechselnd in seiner und ihrer Wohnung.

Heute am frühen Morgen war Maude nach London geflogen, um eine neue Ausstellung in der Schirn mit dem schottischen Maler Peter Doig, der zurzeit in einem Londoner Museum zu sehen war, vorzubereiten. Sie wollte am Freitagabend aus London zurückfliegen und direkt vom Flughafen zu Harald

Ehrlicher fahren. Vermischt mit etlichen falschen Tönen sang er, sich unbeobachtet fühlend, *La Paloma,* als Maude die Duschtür aufmachte und zu ihm unter die Dusche kam. Sie hatte einen Flieger früher genommen.

Als sich der Magen zu Wort meldete, kochte sie ein köstliches Abendessen, das sie auf der Dachterrasse einnahmen. Ehrlicher war ein miserabler Koch und überließ dieses Ressort Maude, die, im Gegensatz zu den weitverbreiteten Klischees über die englische Küche, eine hervorragende Köchin war. Im Gegenzug kümmerte er sich nach dem Essen um den Abwasch und machte die Küche sauber. Der Ordnungssinn und das Sauberkeitsempfinden seiner Freundin waren gemessen an seinen eigenen hohen Ansprüchen suboptimal, so dass das Saubermachen, ohne besondere Absprache, mehr und mehr in sein Ressort gefallen ist, nicht nur in der Küche. Als sie bei einem trockenen, leichten Weißwein in der abendlichen lauen Luft wieder zusammen saßen, erzählte Maude mit großer Begeisterung in der Stimme von ihrer Begegnung mit dem Maler und seinen Bildern. Sie schwärmte von der Wärme, Natürlichkeit und Überzeugungskraft, die dieser Mensch ausstrahlte und der Leidenschaft, mit der er sein Handwerk betrieb. Sie rühmte mit ausladender Gestik sein Werk, das eine eigenartige Faszination auf sie ausübte.

»Wenn man seine Bilder betrachtet«, sagte sie zu ihm gewandt mit leicht pathetischer Stimme, »hat man oft den Eindruck eines Widerspruchs. Auf dem ersten Blick scheinen sie einem vertraut und die Wirklichkeit zu spiegeln, auf dem zweiten Blick stellt man plötzlich fest, dass hinter der aufs Papier gebrachten Realität eine zweite Ebene existiert, die diese vermeintliche Oberflächenrealität aufbricht. Es passiert mit dem Betrachter etwas ganz Eigenartiges. Er malt zum Beispiel eine Alltagsszene, die jeder sofort wiedererkennt, etwa eine Landschaft oder ein Haus. Im selben Atemzug ver-

wirrt er den Betrachter dadurch, dass er in die Alltagszene etwas Unverhofftes, Unerwartetes einarbeitet, und so plötzlich der vermeintlichen Realität einen irrealen Anstrich gibt.«
Ehrlicher hörte gespannt zu und musste unwillkürlich auch an sein Gespräch vom Nachmittag denken, wo ihm in Bezug auf den anstehenden konkreten Fall ähnliches durch den Kopf gegangen war. Er blickte ihn ihr engagiertes Gesicht und sagte: »Der künstlerische Blick, die Kunst eröffnet uns die Möglichkeit, die Realität neu zu entdecken, und hinter der empirischen Erscheinung das Wesen der Dinge sichtbar zu machen. Vielleicht ist es das, was diesem Maler gelungen ist und was dich so fasziniert hat?«
»Ja, da hast es richtig ausgedrückt, genau das ist ihm hervorragend gelungen. Lass es mich noch etwas anders sagen: Die öffnende bildnerische Darstellung eines Realitätsausschnitts, die Empfundenes, nicht Sagbares in diese dingliche Wirklichkeit integriert und dem jeweiligen Betrachter eine persönliche Neuschöpfung und Rekonstruktion der wahrgenommenen Realität geradezu aufzwingt.«
»Das führt unmittelbar zu der Frage: Was ist die Wirklichkeit?«, griff Harald den Gedankengang von Maude auf. »Ich habe heute eine Geschichte gehört, die genau diese Fragen nach der Rekonstruktion von Wirklichkeit aufwirft.«
Maude konnte sich ein Lächeln nicht verkneifen, da sie den Hang von Harald kannte, seine Fälle wie Bilder zu betrachten, zu versuchen, das Geschehen zu analysieren, auseinender zu nehmen und wieder neu zu komponieren, um so ein unverstelltes Bild zu erhalten, das auch einen Blick unter die Oberflächenerscheinung ermöglicht. Sie ermunterte ihn, von seinem neuen Fall zu erzählen, da sie spürte, wie stark er ihn beschäftigte. Sie würde in den nächsten Wochen bestimmt noch ausreichend Gelegenheit haben über Doig und seine Bilder mit ihm zu diskutieren.

Harald berichtete ihr von dem Gespräch, welches er mit Steinbrecher geführt hatte. Maude zündete sich einen Zigarillo an und lauschte kommentarlos seinen detailgenauen Ausführungen. Als Harald geendet hatte, sah er Maude fragend an: »Das sind die Fakten. Was hältst du davon? Oberflächlich gesehen, könnte alles ganz harmlos sein. Eine Familie lebt seit über fünfundzwanzig Jahren in offenbar gutem Einvernehmen mit der Nachbarschaft unauffällig in einem gutbürgerlichen Wohngebiet Frankfurts. Eine Tochter macht sich aus dem Staub, was bei einem Vater, der sich als Familientyrann entpuppt hat, nun nicht im besonderen Maße bemerkenswert ist. Interessanter ist dann schon die Sache mit den vor der Haustür abgelegten Kindern der Tochter. Aber gut, offenbar hat das Jugendamt mit solchen Dingen schon Erfahrung und deswegen keinen Verdacht geschöpft oder Alarm geschlagen, sondern im Gegenteil den Großeltern die Kinder anvertraut und zur Adoption freigegeben. Das hätte das zuständige Amt sicher nicht gemacht, wenn es Bedenken gehabt hätten, nehme ich an. Dann nach rund fünfundzwanzig Jahren haut wieder eine Tochter ab. Fast exakt im gleichen Alter. Das lässt aufhorchen, kann aber auch eine harmlose Erklärung haben. Fünfundzwanzig Jahre ist eine sehr lange Zeit und es klingt fast etwas wie an den Haaren herbei gezogen, zwischen diesen beiden Ereignissen eine Parallele ziehen zu wollen. Das ist das Oberflächenbild. Ist das die ganze Wahrheit? Was steckt hinter diesen Fakten? Ich habe das Gefühl, irgendetwas stimmt an diesem Bild nicht. So wie du gesagt hast, dass in den Bildern von Doig Brüche sind, sehe ich auch in diesem vor dir ausgebreiteten skizzenhaften Bild Ungereimtheiten, Brüche, Ungesagtes. Irgendetwas ängstigt mich und zwar so stark, dass ich es nicht zu denken wage, dass es mir schwerfällt, daran zu rühren.«

»Der Vergleich, den du zu den Doig-Bildern ziehst, ist in der Tat spannend. Spannend deswegen, weil scheinbar zwei Welten, die nicht zusammenpassen, miteinander verknüpft werden. Das hat, wie auch viele Doigs etwas Bedrohliches, Dunkles. Die glänzende Spiegelfläche dieser nach außen hin unbescholtenen Familie hat durch die Aussage von diesem Boris Steinbrecher Kratzer und Dellen bekommen. Das Spiegelbild erscheint durch diese Beschädigungen für den Betrachter verzerrt und deformiert und enthüllt so ein wenig von seiner inneren Struktur. Der Bildbetrachter sieht genauer hin und stellt fest, dass nicht alles so zusammenpasst, wie es sich ihm auf den ersten Blick hin dargestellt hat.«

»Genauso ist es«, pflichtete Harald ihr bei. »Ich bin mir unsicher, ob Herr Steinbrecher mit seinen Vermutungen recht hat. Aber er hat die Oberfläche der sozialen Idylle beschädigt und die Patina, die etwas womöglich Fürchterliches bedeckt hält, durchlöchert.«

»Ich glaube, ich weiß, was du fürchtest, Harald. Die Furcht liegt in der Normalität des Oberflächengeschehens begründet: Wie ist es möglich, dass eine Familie über ein viertel Jahrhundert normal unter Menschen leben kann, ohne dass von Nachbarn, von den Behörden oder von wem auch immer etwas von dem abnormen Verhalten der Familie oder einzelner Familienmitglieder, wie es Steinbrecher angedeutet hat, bemerkt worden wäre. Und du willst nicht glauben, dass so etwas Realität ist. Eine Realität hinter den sichtbaren Dingen.«

»So ist es. Denn was würde diese Realität, so sie Wirklichkeit wäre, für die soziale Gemeinschaft bedeuten, in der wir leben? Was sagt das über den Zustand der Stadtkultur aus? Die vielbefürchtete und oft schon prophezeite Atomisierung des Sozialen, die tiefgreifende soziale Erosion wäre hier und jetzt schon Realität, furchtbare Realität.«

Maude nickte zustimmend heftig mit dem Kopf.

»Genau das ist der Punkt. Die Grundfesten des Zusammenlebens kämen ins Wanken, da du niemals sicher sein kannst, ob sich hinter der Fassade deines Gegenübers nicht ein Ungeheuer verbirgt. Deine Denkblockade kommt daher, dass du ein ewiger Optimist bist und so etwas nicht glauben magst. Führst du jedoch den Gedankengang von diesem Steinbrecher konsequent zu Ende, und dazu brauchst du deine Phantasie nicht allzu sehr anzustrengen, dann könnte es sein, dass dieser Gassner nicht nur seine achtzehnjährige Tochter Hemera, sondern auch schon damals seine Tochter Leda, die heute dann, wenn sie noch lebt, über vierzig Jahre alt wäre, entführt hätte. Wenn dem so wäre, könnte man sich an fünf Fingern abzählen, was diese Frau für ein Martyrium durchgemacht haben müsste, und wer der Vater dieser Findelkinder wäre.«

»Ein furchtbarer Gedanke! Du hast recht. Ich habe natürlich auch schon an so etwas gedacht. Aber mich schaudern die Gedanken, und ich will vorerst solche Gedankenspiele für mich nicht zulassen, bis ich mehr Anhaltspunkte habe. Allein schon die Vorstellung quält mich, und ich muss dieses Geschehen aufklären – auch zu meinem eigenen Seelenheil.«

»Das ist dein Job. Aber du solltest nicht dein Seelenheil davon abhängig machen, ob du den Fall löst oder nicht. Du kannst das Übel, das Böse in der Welt nicht ausmerzen. Zuviel unendliches Leid geschieht täglich in der Welt. Die Büchse der Pandora ist schon vor über zwei Tausend Jahren geöffnet worden, und die Plagen der Welt haben seitdem an dem Seelenheil vieler Menschen rumgekratzt.«

»Nein, mein Liebling. Ich werde an dem Fall nicht zerbrechen. Es gibt neben diesen unappetitlichen kriminellen Machenschaften, Gott sei Dank, genug Schönes auf der Welt«, sagte er und trank genießerisch einen großen Schluck Wein.

»Was fällt dir denn da spontan so ein, mein Lieber?«

»Ich denke da zum Beispiel an Wein, an Fußball und …«, er überlegte kurz, sah in Maudes schönes Gesicht und sagte schmunzelnd: »Und ich denke an das, was Zeus – neben den Übeln – auch in die Welt gesetzt hat: die verführerischen, mit Schönheit, Einfühlungsvermögen und Neugier ausgestatten Frauen. Ein schöneres Geschenk konnte er, zumindest uns Männern, nicht machen.«

»Du weißt wohl, dass Zeus die Frau aus Lehm erschaffen und geformt hat? Das finde ich zwar weniger romantisch. Aber dir scheint's egal zu sein, von welchem Baumaterial wir Frauen abstammen. Ihr Männer habt euch ja immer schon gern im Dreck gesuhlt, deswegen ist dir die Vorstellung der Lehmgeburt der Frauen vielleicht gerade recht. Sei's drum«, antwortete sie ironisch.

Am Montag hatte Maude einen freien Tag. Harald stand leise auf und machte sich alleine das Frühstück: zwei Toastbrote, eine Kiwi, wegen der Vitamine, und eine Tasse Kaffee. Wie gewöhnlich. Er legte keinen Wert auf ein üppiges Frühstück und kam überhaupt morgens nur schwer auf Touren. Am liebsten war es ihm, wenn er von niemandem angesprochen wurde, und er in Ruhe seine Morgenzeitung lesen konnte. Als er gefrühstückt und die Zeitung durchgeblättert hatte, ging er nochmals zu Maude in das Schlafzimmer, um sich von ihr zu verabschieden. Er gab ihr einen zärtlichen Kuss auf die versammelten Sommersprossen in der Kuhle zwischen Nase und Stirn.

»See you later, old boy. I'll stay in your flat today. I hope it's okay?«, sagte sie schlaftrunken und verfiel wie so oft, wenn sie unkonzentriert war, in ihre Muttersprache.

»Sure, old lady. Schlaf schön weiter. Ich beneide dich darum.«

Aus ihrem ungeöffneten Mund war ein undeutliches Gemurmel zu vernehmen, dann drehte sie sich auf die Seite, zog die Decke über den Kopf und war für die Welt nicht mehr ansprechbar.

Harald Ehrlicher holte sein Rad aus dem Fahrradraum. Er nickte dem immer lächelnden Verkäufer der Obdachlosenzeitung zu, der seit Jahren auf der Leipziger Straße seine Zeitung den Passanten anbot und fuhr den gewohnten Weg ins Präsidium. Als er dort ankam, hatte sich seine morgenmuffelige Stimmung verzogen und er war wieder ein zugänglicher Mensch geworden.

Als erstes klärte er seine beiden Mitarbeiter über die Anzeige von Boris Steinbrecher auf und verteilte die Aufgaben. Sven Stelzer, ein junger, etwas klein geratener, immer fröhlicher Schwabe, beauftragte er, alle Gegenstände, die er von Boris Steinbrecher bekommen hatte, routinemäßig kriminaltechnisch untersuchen zu lassen. Heidi Schladnigg, seine knapp über vierzigjährige erfahrene Mitarbeiterin, die mit ihm schon unzählige Fälle gelöst hatte, bat er, sich intensiv mit der Familie Gassner und dessen Umfeld, insbesondere auch mit der Vergangenheit von Gotthilf Gassner zu beschäftigen: Straftaten, Ordnungswidrigkeiten, Schulden, früherer Beruf, sexuelle Auffälligkeiten. Er selbst wollte sich mit Coco Kozlova, der Staatsanwältin, in Verbindung setzen und ihr die Hintergründe der Anzeige verdeutlichen, bevor er sie auf dem internen Postweg zu ihr schicken würde, und er wollte die Möglichkeiten einer Hausdurchsuchung bei der Familie Gassner ausloten. Er war sich im Klaren, dass Letzteres bei der gegebenen Beweislage ein harter Brocken sein würde.

Er griff zum Telefonhörer und wählte die Nummer der Staatsanwältin. Es meldete sich niemand. Er wusste, dass Coco immer erst spät in ihr Büro kam. Er entschloss sich, zu ihr zu fahren, dann könnte er die Strafanzeige überbringen und gleichzeitig den Fall in einem persönlichen Gespräch unter vier Augen mit ihr besprechen. Anschließend würde er in den Schalkwiesenweg fahren, um sich ein erstes Bild von der Wohngegend, den Nachbarn und dem Wohnhaus der Gassners zu machen.

Er klopfte an der Tür von Coco Kozlova. Er hörte ihre tiefe sonore Stimme rufen: »Herein!«

Er öffnete die Tür und sie begrüßten sich rechts und links mit angedeuteten Küssen.

»Was führt dich gleich am Montag zu mir? Ich habe dich schon länger nicht gesehen. Wir sollten uns mal wieder treffen.«

»Ja, das sollten wir mal wieder tun …«

Coco unterbrach ihn.

»Ich habe gehört, Maude kuratiert eine neue Ausstellung. Das ist prima! Wie geht es ihr? Sie muss aufpassen, dass sie sich nicht überarbeitet. Sie ist ja immer auf Achse.«

»Es geht ihr gut. Sie war jetzt gerade in England, um mit dem Maler, dem die neue Ausstellung gewidmet ist, alles Notwendige zu besprechen.«

»Das interessiert mich sehr. Wie gesagt, wir sollten uns unbedingt treffen.«

Sie fragte nicht, um welchen Maler und welche Ausstellung es sich handelte. Alles, was Maude machte, war für Coco von höchstem Interesse.

»Ja, das sollten wir. Unbedingt.«

»Aber du kommst ja nicht wegen Maude zu mir. Was gibt es denn so Dringendes, dass du dich persönlich in dieses schäbige Büro bequemst?« Sie spielte auf sein schönes Büro in dem Neubau des Polizeipräsidiums an, auf das sie ein wenig neidisch war.

»Am Freitag war ein junger Mann bei mir und hat eine Strafanzeige aufgegeben. Über die wollte ich mit dir reden.«

»Und deswegen kommt du extra zu mir?«

»Ja, mir ist es wichtig, dass du meine persönliche Einschätzung zu dem Fall kennst. Ich denke, dass da einiges faul ist in der Familie Gassner, um die es da geht, auch wenn die Beweislage bisher noch dürftig ist. Wir sollten das, was Herr Steinbrecher, er studiert übrigens Kunst im Städel, mir erzählt hat, nicht auf die leichte Schulter nehmen. Leider kann ich bisher noch nicht exakt begründen, warum ich das glaube.«

»Na, dann lass mal hören!«, forderte Coco den Hauptkommissar auf, mit seinem Bericht zu beginnen. Er berichtete ihr ausführlich die Fakten und überreichte ihr am Ende die Strafanzeige von Boris Steinbrecher.

»Das, was du mir dargelegt hast, ist eine durch und durch indiziengestützte Geschichte. Der Anklageschrift mangelt es jeglicher konkreter, belastbarer Beweismittel. Das ist dir doch klar. Was willst du als nächstes in dieser Angelegenheit unternehmen?«

»Ich werde die Ergebnisse des Labors abwarten und dann Gotthilf Gassner ins Präsidium vorladen. Und dann möchte ich gerne einen Durchsuchungsbefehl für das Haus der Gassners.«

Coco lachte donnernd.

»Harald, das meinst du doch nicht im Ernst? Kein Richter in Deutschland wird dir bei dieser Beweislage eine Hausdurchsuchung genehmigen. Das kannst du dir aus dem Kopf schlagen!«

»Mir wird schon noch etwas einfallen, das dich und den Richter überzeugt. Wir sind ja erst am Anfang der Untersuchung.«

»Na, da bin ich aber gespannt, was du noch hervorzaubern kannst. Ich bin eher der Meinung, dass du dich da in etwas verrennst. Es klingt zwar alles etwas ungewöhnlich, aber an ein Verbrechen glaube ich nicht, mein lieber, guter Freund. Dieser Boris ist doch ganz offensichtlich total verliebt in diese Hemera, was natürlich schön für ihn ist. Weil sie ihm nun ›verlustig‹ gegangen ist, um das etwas prosaisch auszudrücken, hat er sich diese Räubergeschichte zusammenphantasiert. Ein Künstler ist er, sagst du? Das passt zu dieser Story.«

»Wir werden sehen, was am Ende herauskommt, meine liebe Coco. Ich halte dich auf dem Laufenden.«

Harald Ehrlicher erhob sich und verabschiedete sich von der Staatsanwältin mit einer kurzen, freundschaftlichen Umarmung.

Harald Ehrlicher begrüßte Gotthilf Gassner förmlich und bat ihn, auf dem Stuhl vor dem Schreibtisch Platz zu nehmen. Er musterte ihn aufmerksam während dieser Begrüßungszeremonie, achtete auf seine Mimik und Gestik, seinen Tonfall, seine Körperhaltung. Das erste Bild, das Gassner bei ihm hinterlassen würde, bildete die noch unverfälschte Blaupause, auf der er versuchen würde, die Verästelungen seiner Persönlichkeitsstruktur nachzuvollziehen und Schlussfolgerungen für sein Handeln abzuleiten.

»Guten Tag, Herr Gassner. Wie ich Ihnen am Telefon bereits sagte, ist gegen Sie eine Anzeige von Herrn Steinbrecher bei uns eingegangen. Wir sind verpflichtet, die Umstände dieser gegen Sie erhobenen Vorwürfe aufzuklären und den Wahrheitsgehalt festzustellen. Dazu dient dieser Anhörungstermin. Darf ich Ihnen dazu …«

Gassner unterbrach den Hauptkommissar mit einer wirschen Bewegung. Er beugte sich vor, seine leicht herunterhängenden Wangen und sein Hals färbten sich rot, wie der Hinterteil eines empfängnisbereiten Pavianweibchens. Seine Augen, die beim Hereintreten noch neugierig und unbekümmert den Raum durchschweift hatten, verengten sich und nahmen einen unheilvoll drohenden Ausdruck an. Ehrlicher schreckte vor dieser unerwarteten Gesichtsveränderung zurück. Sein Oberkörper richtete sich unwillkürlich auf. Er war wie elektrisiert und registrierte, wie ein Allergiker, fortan sensibel die kleinsten Signale, die sein Gegenüber aussandte.

»…Hören Sie mal, Herr Hauptkommissar, muss ich mir das gefallen lassen? Ich lass mich doch von solch einem Schnösel nicht diffamieren. Das würden Sie auch nicht tun, oder?«

»Meine Meinung steht hier nicht zur Debatte, Herr Gassner. Was haben Sie mir zu den gegen Sie erhobenen Vorwürfen zu sagen.«

»Nichts habe ich zu sagen. Alles ist pure, aus der Luft gegriffene Verleumdung eines abgewiesenen Liebhabers. Was soll ich denn dazu sagen. Mir fällt dazu nichts mehr ein. Wenn ich den in die Finger kriege, dann Gnade ihm Gott.«

»Herr Gassner, bitte, mäßigen Sie sich. Selbstjustiz ist kein Weg, der Sie weiterbringt.«

»Das sagen Sie, Herr Hauptkommissar. Ich bin da anderer Meinung. Manchmal muss man die Dinge selbst in die Hand nehmen. Nur Schlappschwänze drücken sich vor der Tat! Der Mensch ist zu viel mehr fähig als Sie glauben, wenn man ihn nur lassen würde, und wenn ihm vom Staat nicht immer Knüppel zwischen die Beine geworfen werden würden. Jeder ist sein eigner Herr und soll das Leben führen können, das er für richtig hält. So sehe ich das!«

Ehrlicher überging diesen Einwand, obwohl er ihn zum Widerspruch reizte. Er wollte sich aber auf keine Diskussion mit Gotthilf Gassner einlassen. Er befragte ihn zunächst über die Ereignisse der 1980er Jahren, über das Verschwinden seiner Tochter Leda und das Auftauchen der Enkelkinder. Er erfuhr über das, was er schon von Steinbrecher wusste, hinaus nichts Neues. Auch die Aussagen zu seinem Lebenslauf und seinem Familienleben blieben nichtssagend. Er hatte einen Job, in dem er scheinbar gut verdiente, er war fleißig und nach eigener Aussage beliebt bei Kollegen und Freunden. Seine von ihm finanziell abhängige Frau war Mutter und Hausfrau, ohne eigenen Beruf. Die Kinder wurden von der Mutter gut versorgt und vom Vater mit strenger Hand, und das war wörtlich zu verstehen, erzogen. Er schien das Leben eines Durchschnittsbürgers zu führen. Zweifel an Gassners Darstellungen, der sich und sein Leben ohne Bruchstellen darstellte, blieben bestehen. Es erschien ihm zu glatt, zu geschminkt. Schon sein kurzes Auftreten hier in diesem Raum legte ein anderes Bild nahe, ließ ein differenzierteres Seelenleben vermuten. Gassner erschien ihm als das Gegenteil einer Respektperson. Dieses Defizit überspielte er durch lautstarkes und chauvinistisches Getue. Gestützt auf physische Gewalt und Geld rang er um Anerkennung und versuchte, seine Unsicherheiten durch nach außen gekehrte Prahlerei zu überdecken. Frei nach dem Motto: Ich bin nichts, meine Schale ist alles.

Nach diesem biografischen Diskurs in die ferne Vergangenheit wandte sich Ehrlicher den Geschehnissen der letzten Wochen zu: »Wann haben Sie das Ferienhaus bei Saint Jaques verlassen, Herr Gassner? «

»Was soll die Frage? Warum fragen Sie mich so etwas?«

»Beantworten Sie bitte meine Frage.«

»Das weiß ich nicht mehr genau. Morgens, vielleicht so gegen neun Uhr.«

»Sind Sie ohne Unterbrechung und Abstecher von dem Ferienhaus nach Hause gefahren und wie lange haben Sie für die Strecke gebraucht?«

»Ich bin direkt nach Frankfurt gefahren, ja. Wie lange habe ich gebraucht? Ich war etwas nach Mitternacht in Frankfurt. Dann können Sie es sich ja ausrechnen.«

»Sind Sie alleine gefahren?«

»Ja, natürlich. Meine Tochter war ja weg.«

»Haben Sie die Ferienwohnung, bevor Sie weggefahren sind, aufgeräumt?«

»Was Sie so wissen wollen. Ich bin kein Schmutzfink und auch kein Entführer und Vergewaltiger, wenn Sie darauf hinaus wollen.«

»Haben Sie die Wohnung in Ordnung gebracht oder nicht?«

»Ja, habe ich. Ich fühle mich wohl, wenn alles ordentlich und an seinem Platz ist.«

»Wissen Sie, ob ihre Tochter Drogen genommen hat?«

»Nein, hat sie natürlich nicht. Sie war ein anständiges Mädchen. Ich weiß natürlich nicht, ob dieser Steinbrecher meiner Tochter einmal etwas von diesem Zeug gegeben hat. Wenn ja, drehe ich ihm den Hals um.«

»Keine Drohungen bitte. Nehmen Sie Drogen?«

»Nein, das habe ich nicht nötig. Ich bekomme auch so, was ich brauche.«

»Würden Sie mir verraten, was das ist?«

Gassner lachte entspannt.

»Herr Kommissar, haben Sie denn gar keine Phantasie? Ich denke dabei zum Beispiel an Sex, den braucht doch jeder. Sie etwa nicht?«

Ehrlicher ignorierte die nachgestellte Frage.

»Woher holen Sie sich den Sex?«

»Na, von meiner Frau natürlich. Dazu habe ich sie ja geheiratet. Sie steht mir Tag und Nacht zur Verfügung. Sind Sie verheiratet?«

»Wie sieht es mit Seitensprüngen aus?«

»Das geht jetzt doch etwas zu weit, oder? Ich finde, dass Sie das nichts angeht. Aber so viel kann ich ihnen verraten. Abwechslung ist im Sex sehr wichtig, sonst stumpft er ab. Ich weiß, wovon ich rede.«

Gotthilf Gassner grinste Harald Ehrlicher komplizenhaft an und zwinkerte ihm mit dem rechten Auge zu.

»Gab es Streit mit ihrer Tochter in Frankreich?«

»Nein, nie! Wir haben uns blendend verstanden und sie hat die Zeit in Frankreich sehr genossen. Das kann ich Ihnen versichern.«

»Warum, glauben Sie, ist ihre Tochter nicht mit Ihnen zurückgefahren?«

»Nun, das hat sie doch in ihrem Abschiedsbrief geschrieben. Sie ist mit einem Franzosen durchgebrannt, weil sie sich offenbar verliebt hat. So etwas soll bei jungen Mädchen ja vorkommen«, sagte er ironisch und lächelte wissend in Richtung Ehrlicher.

»So etwas kommt vor, ja, dass aber die verliebten Mädchen deswegen gleich ihr ganzes Leben umstellen, den Beruf aufgeben und Haus und Familie verlassen, ist eher selten. Können Sie sich keinen anderen Grund vorstellen?«

»Nein.«

»Wir haben Ampullen mit Heroin, Spritzen und K.O.-Tropfen gefunden«, sagte Ehrlicher und beobachtete scharf, wie Gassner darauf reagierte.

Das Labor hatte tatsächlich Spuren von Heroin in den Ampullen und den Spritzen gefunden und der Inhalt des braunen Fläschchens mit der Aufschrift *Gamma-Hydroxy-Buttersäure* stellte sich als ein Betäubungsmittel heraus, das im Frankfurter Vergnügungsviertel Sachsenhausen als schnell wirkende K.O.-Tropfen bekannt war und bei Vergewaltigungsfällen schon häufig eine Rolle gespielt hatte. Sobald den Opfern die Sinne zu schwinden anfingen, boten der oder die Täter ihnen ihre Hilfe an und begleiteten die delirierenden, hilflosen Opfer nach Hause, wo sie vergewaltigt und ausgeraubt wurden.

»Wo?«, fragte Gassner und kleine rote Flecken wurden wieder auf den Wangen und am Hals sichtbar – erste Anzeichen seiner inneren Anspannung.

»In dem Haus, in dem Sie in Südfrankreich mit ihrer Tochter gewohnt hatten.«

»Das ist doch Quatsch. Ich habe dort nie so etwas gesehen, und ich habe das Haus ordentlich verlassen. Woher wollen Sie das eigentlich wissen?«

Gassner rutschte jetzt unruhig auf seinem Stuhl hin und her.

»Wir wissen es.«

»Das kann doch irgendjemand dort vergessen haben. Jemand, der nach mir gekommen ist.«

»Das wäre möglich, aber es sind ihre Fingerabdrücke darauf gefunden worden.«

Gassner sprang von seinem Sitz auf und schrie: »Was erlauben Sie sich eigentlich, mir so etwas zu unterstellen. Ich bin doch kein Fixer! Ich bin ein ordentlicher Bürger! Ich verbitte mir solche Anschuldigungen – oder behauptete das etwa dieser Steinbrecher?«

»Nein, das hat unser Labor herausgefunden. Setzen Sie sich bitte wieder und beruhigen Sie sich. Wie erklären Sie sich ihre Fingerabdrücke auf diesen Gegenständen?«

»Ich habe keine Ahnung. Das ist doch alles irgendein gemeiner Trick von Ihnen.«

»Nein, kein Trick, sondern eine bewiesene Tatsache.«

Ehrlicher sah, wie es in Gotthilf Gassner arbeitete. Er suchte nach Worten, nach Erklärungen. Was wusste der Kommissar? Gassner beobachtete misstrauisch dessen Gesicht und versuchte, darin zu lesen. Ehrlicher blieb ruhig und freundlich, wie schon während des gesamten Gesprächs.

»Nun ja, vielleicht habe ich das Zeug angefasst, ohne zu wissen, was es war. Ich kann mich nicht daran erinnern.«

»Das Zeug, wie Sie es nennen, haben wir in der Mülltonne gefunden. Können Sie sich nicht erinnern, es entsorgt zu haben.«

»Das weiß ich nicht mehr. Ich habe viel weggeworfen.«

»So viel war es nicht. Die Mülltonne war nur etwa zur Hälfte gefüllt.«

»Mein Gott, sind Sie unter die Müllmänner gegangen? Es muss der Polizei ja große Freude machen im Müll von unschuldigen Opfern zu wühlen«, sagte er ironisch und schien sich etwas zu beruhigen. Ehrlicher wollte ihn aber nicht zur Ruhe kommen lassen.

»Wie erklären Sie sich, dass ein zerrissener Slip ihrer Tochter in die Mülltonne gekommen ist?«

Wieder sprang Gassner erregt auf.

»Was behaupten Sie da? Woher wollen Sie wissen, dass der Tanga von meiner Tochter war?«

»Sie sagen, es war ein Tanga?«

»Ja, das haben Sie doch gerade behauptet.«

»Ich sprach von einem Slip.«

Gassner hielt einen winzigen Augenblick inne und winkte sauer ab.

»Das ist doch gleichgültig, Tanga oder Slip. Beides ist ein winziges Nichts. Wie wollen Sie da behaupten, er sei von meiner Tochter?«

»Herr Steinbrecher glaubt, ihn wiedererkannt zu haben. Nochmals, wie kommt der Tanga in die Tonne?«

»Was fragen Sie das mich? Ich weiß es nicht. Wahrscheinlich hat ihn meine Tochter weggeworfen, weil er kaputt gegangen war. Sie hatte ja noch mehr Tangas. Und was heißt schon, er glaubt ihn wiederzuerkennen. Ein Tanga ist wie der andere … Dieser Steinbrecher, dieses Schwein, hat der keine anderen Bedürfnisse, als sich um die Unterwäsche meiner Tochter zu kümmern?«

»Bitte, keine Beleidigungen, Herr Gassner. Das mit der Identität des Tangas lässt sich sicher noch exakter aufklären, wir haben an dem Tanga Schamhaare gefunden. Klären Sie mich bitte zum Schluss noch über einen Sachverhalt auf, den ich nicht verstehe. Sie sagten vorhin, dass sie allein nach Frankfurt gefahren sind. Auf dem Rücksitz ihres Wagens lag aber ein Mädchen, als sie Saint Jaques verließen. War das Ihre Tochter?«

Wieder blickte Gassner irritiert in Ehrlichers Gesicht. Er zögerte mit der Antwort. War das eine Finte? Sollte er leugnen oder hatte ihn jemand gesehen? Er grinste Ehrlicher an, wie jemand, dem es peinlich war, bei einem lauten Furz ertappt worden zu sein. Seine Augen flackerten.

»Waren Sie extra wegen mir in Südfrankreich? Das ist zu viel der Ehre, Herr Hauptkommissar«, sagte er leise und versuchte seiner Stimme einen lockeren Klang zu geben.

Er versucht Zeit zu gewinnen. Er sucht fieberhaft nach einer plausiblen Antwort. Jetzt habe ich ihn. Ich muss versuchen, ihn festzunageln, dachte Ehrlicher.

Laut sagte er: »Es gibt eine Interpol, da muss ich nicht persönlich hinfahren. Wo haben Sie Ihre Tochter hingebracht? Wo ist sie jetzt?«

Gassners Oberkörper straffte sich. Er stieß seinen Atem aus, so wie man es macht, wenn man sich zu einer Entscheidung durchgerungen hat.

 »Herr Hauptkommissar, das sind reine Unterstellungen von Ihnen. Das wird Konsequenzen haben. Ich werde mit meinem Anwalt reden. Ich habe meine Tochter nirgends hingebracht, sie ist abgehauen. Einfach so abgehauen, wie ich ihnen schon sagte. Ich weiß nicht, woher Sie Ihre Informationen haben und wer meine Tochter erkannt haben will. Jedenfalls hat dieser Jemand nicht meine Tochter gesehen, sondern ein anderes Mädchen. Kurz hinter dem Ferienhaus hatte ich eine Anhalterin mitgenommen. Sie wollte nach Lyon. Sie hatte die Nacht durchgefeiert und hatte mich gefragt, ob sie auf der Rückbank ein wenig schlafen dürfe. Ich hatte nichts dagegen einzuwenden, da ich sowieso nicht zu Gesprächen aufgelegt war, nachdem sich meine Tochter so unrühmlich aus dem Staub gemacht hatte. In Lyon ist das Mädchen wieder ausgestiegen.«

Gassner fixierte lauernd seinen Fragesteller, um herauszufinden, ob er ihm diese Erklärung abnahm, oder ob er noch etwas in der Hinterhand hatte.

Ehrlicher war enttäuscht. Es war eine gute, glaubhafte Antwort, gegen die er schlecht argumentieren konnte, es sei denn, man könnte das Mädchen auf der Rückbank einwandfrei identifizieren. Aber genau dies konnte – oder wollte – diese Gabrielle vom *Moulin Rouge* auf nochmaliges Befragen der französischen Polizei nicht. Gassner war ein harter Brocken. Er war durchaus intelligent, gewitzt und kreativ in seinen Antworten. Ehrlicher war zwar mehr denn je überzeugt, dass er die Unwahrheit sagte. Er konnte ihn aber nicht festnageln. Er war ihm in diesen Minuten entwischt.

Es wird noch andere Chancen geben. Ich muss ihn in die Enge treiben, so dass er seine Beherrschung verliert. Emotional ist er labil, nur so ist er, wenn überhaupt, zu fassen, dachte sich Ehrlicher.

Gassner bemerkte die Enttäuschung in seinem Gesicht und wusste in diesem Augenblick, dass er hoch gepokert und gewonnen hatte: die Polizei wusste offenbar nicht, wer das Mädchen im Auto war.

Hauptkommissar Harald Ehrlicher brach an dieser Stelle das Gespräch ab. Er hatte fürs erste genug gehört, um sich ein Bild von dem Geschehen und der Person Gassner machen zu können. Er ließ Gassner von seiner Mitarbeiterin hinausbegleiten und sagte ihm, dass er sich nochmals melden würde, wenn er noch Fragen hätte. Dieser verließ spürbar erleichtert Ehrlichers Zimmer.

Gotthilf Gassner fuhr vom Polizeipräsidium direkt nach Hause und schloss sich in sein Büro ein. Auf einem Blatt Papier notierte er sich, was er Tina diktieren wollte:

Frankfurt, den 31. Mai (Sonntag)
Ich bin unendlich unglücklich und weiß nicht, wem ich mich anvertrauen kann. Deswegen schreibe ich dies in mein Heft. Ich war bei Boris zu einer Party eingeladen. Wir wollten ein bisschen feiern und es war auch eine gute Stimmung. Als die Gäste und auch ich aufbrechen wollten, bat mich Boris, ob ich ihm noch beim Aufräumen helfen könnte. Ich dachte mir nichts dabei und blieb. Als wir fertig waren, setzten wir uns kurz auf die Couch, um ein letztes Glas Wein zu trinken. Als ich ihm sagte, dass ich jetzt gehen wollte, hielt er mich zurück, umarmte und küsste mich. Ich wollte gehen, aber er hielt mich fest. Er war ja stark und ich konnte mich nicht aus seiner Umklammerung befreien. Er wurde immer wilder. Ich flehte ihn an, mich gehen zu lassen und nicht alles kaputt zu machen. Er hörte nicht zu, sondern war wie von Sinnen. Er riss mir meinen Slip vom Leib, spreizte mit grober Gewalt meine Beine auseinander und drang in mich ein. Es war furchtbar. Er hörte überhaupt nicht mehr auf. Ich schrie und wehrte mich, aber ich kam gegen seine Kräfte nicht an. Er vergewaltigte mich so lange, bis er einen Erguss hatte und mich mit seinem Samen besudelte. Danach gelang es mir, mich zu befreien. Heulend stürzte ich die Treppen hinunter.
Mein Gott, was soll ich nur machen? Was wird aus mir? Ich schäme mich so und getraue mich nicht, mit jemandem zu sprechen. Gott, hilf deiner dir immer ergebenen Hemera! DU bist der einzige, der mir helfen kann. Erbarme dich meiner.

Gotthilf Gassner las die Notiz nochmals durch, war zufrieden damit und ging in den Bunker. Er scheuchte Hera und deren

Kinder aus dem Zimmer und befahl Tina, sich an den Tisch zu setzen. Er zog sich Handschuhe an, wischte ein mitgebrachtes blaues Schreibheft sorgfältig ab und reichte es ihr zusammen mit einem Kugelschreiber.

»Schreib!«

Adolf Nyx begann den eben vorformulierten Brief zu diktieren. Tina weigerte sich diesen Text zu schreiben, als sie hörte, um was es ging. Nyx ging stumm in den Nebenraum und zerrte Eva in das Zimmer. Er befahl ihr, sich auszuziehen. Sie weigerte sich ebenfalls. Nyx ging, immer noch ruhig, auf Eva zu, packte sie grob an den Haaren, drehte ihr einen Arm schmerzhaft auf den Rücken, schleifte sie auf das Bett und fesselte sie mit Handschellen an dessen Gestell. Mit roten, erregten Flecken im Gesicht forderte er Tina mit flüsternder, gepresster Stimme auf, zu schreiben, was er ihr diktiere, andernfalls werde er Eva vor ihren Augen ficken. Eva starrte mit weit aufgerissenen Augen auf ihre Schwester, während Nyx anfing die Bluse seiner Tochter aufzuknöpfen.

»Du bist eine Bestie! Eine tollwütige Bestie! Lass die Finger von meiner Schwester. Ich schreibe, was du verlangst.«

Nyx diktierte ihr den Brief, nahm ihr ruhig das Heft aus der Hand und wollte gehen.

Hemera dachte daran, wie sie selbst über drei Tage und Nächte gefesselt und gedemütigt auf dem Bett ausharren musste, ungewiss wann er sie wieder von den Fesseln befreien würde. Sie hielt ihn zurück: »Was ist mit Eva? Du kannst sie doch nicht gefesselt hier liegen lassen.«

»Ich kann alles. Das musst du noch lernen! Ungehorsamkeit muss bestraft werden.«

Er wandte ihr den Rücken zu und überließ die gequälten, gemarterten, gedemütigten Seelen sich selbst.

Harald Ehrlicher kam erwartungsgemäß mit seinem Antrag auf eine Hausdurchsuchung nicht durch. Er erntete nur ein müdes Lächeln. Bei der vorliegenden Beweislage könne kein Rechtsstaat der Welt eine solche, tief in das private Leben der Bürger einschneidende Untersuchung genehmigen, beschied ihm Coco, als er sie über den neuesten Stand seiner Ermittlungen informiert hatte. Sie versicherte ihm, dass es ihr Leid täte, und versuchte ihm klar zu machen, dass die Polizei praktisch jeden Haushalt durchwühlen könnte, wenn es ausreichen würde, aufgrund so schwacher Indizien einen Durchsuchungsbefehl zu erwirken. Solch obrigkeitsstaatliches, die Privatsphäre des Bürgers missachtendes Handeln könne wohl auch er in seiner Eigenschaft als Kommissar unmöglich gut heißen.

Ehrlicher musste ihr insgeheim zustimmen. Es war wenig Konkretes, was er in der Hand hatte. Wenn er schon nicht das Haus durchsuchen könne, wollte er versuchen, wenigstens einen Blick in das Zimmer von Hemera zu werfen. Vielleicht würde er ein weiteres Puzzleteil finden. Ihm war klar, dass das nur möglich war, wenn Gassner sich freiwillig dazu bereit erklären würde. So wie sich Gassner bisher verhalten hatte, hatte Ehrlicher wenig Hoffnung, aber er wollte es wenigstens versuchen. Er rief ihn an. Gassner war überraschender Weise sehr entgegenkommend und freundlich. Natürlich könne er einen Blick in das Zimmer seiner Tochter werfen und auch sonst stehe ihm das Haus für eine Durchsuchung offen, wenn er das für notwendig erachte, beschied er ihm.

Am nächsten Tag fuhr Harald Ehrlicher mit seinen beiden Mitarbeitern in den Schalkwiesenweg. Er wollte die Gelegenheit beim Schopf packen und so gründlich wie irgend möglich das Privatleben der Familie Gassner unter die Lupe nehmen, und auch versuchen, mit seiner Ehefrau Magda und seinem Sohn Aither ins Gespräch zu kommen. Sven Stelzer sollte mit

Aither und Heidi Schladnigg mit Magda Gassner sprechen, während er Gotthilf Gassner beschäftigen würde. So war es abgesprochen worden.

Zunächst sahen sich alle gemeinsam im Erdgeschoss des Hauses um, an dem sie allerdings kein großes Interesse hatten und nicht glaubten, etwas zu finden, was ihnen weiterhelfen könnte. Sie nahmen dies und das in die Hand, sahen in die Schränke des Wohnzimmers und in die Schubladen der Anrichte im Esszimmer. Gotthilf Gassner sah gelangweilt aus dem Terrassenfenster. Seine Frau Magda saß mit ihrem Jüngsten und Aither, der blaue Flecken unter dem linken Auge hatte, mit zusammengepressten Lippen im Wohnzimmer und beobachtete betreten das geschäftige Treiben der Beamten. Nach etwa zehn Minuten bat Ehrlicher Gotthilf Gassner, ob er ihn in den ersten Stock begleiten könne, da er sich noch gern in Hemeras Zimmer umsehen wollte. Gassner war sofort einverstanden und ging mit ihm nach oben. Sobald der Hausherr mit Ehrlicher verschwunden war, nahmen sich Stelzer und Schladnigg in getrennten Gesprächen Magda und Aither vor.

Ehrlicher widmete sich sehr intensiv dem Zimmer von Hemera. Er hoffte einen Hinweis, ein Schriftstück oder Briefe zu finden, die ihm die Person Hemera transparenter machen, und vielleicht etwas Ordnung in das Verwirrspiel, das Gassner mit ihm veranstaltete, bringen würde. Die Buchauswahl in dem Regal nötigte Ehrlicher mit Blick auf das Alter von Hemera Respekt ab. Neben mehreren Bänden von Hermann Hesse standen in dem Regal unter anderem Bücher von Jaspers und Remarque, von Richard David Precht und Jerome D. Salinger. Margaret Mitchells *Vom Wind verweht,* drei Bücher von Tchingis Aitmatow, Taschenbücher von Wilhelm Genazino, ein Bildband über die Maler der *Blauen Reiter* und über Expressionismus sowie ein Buch von C. C. Steinbrecher über

Architektur im 20. Jahrhundert. Er zählte vierzig bis fünfzig Bücher. Er nahm jedes einzelne Buch in die Hand und blätterte es durch. Der CD-Ständer war voll mit Pop- und Rock-Musik und auch einigen CDs mit Jazz. Er befand sich in einem Zimmer, vollgestellt mit einer Vielzahl sehr persönlicher Gegenstände und Erinnerungsstücke, dem nicht anzusehen war, dass dessen Bewohnerin es für immer verlassen hatte. An der Wand gegenüber dem Fenster stand eine Bettcouch, davor ein kleiner Beistelltisch mit einer Schale mit bunten Steinen. An der Wand hinter der Couch hing ein Aquarell, ein Original mit dem Bild eines Mädchens, das unverkennbar Hemeras Gesichtszüge hatte. Ehrlicher identifizierte den Künstler als Boris Steinbrecher. Vor dem Fenster stand ein Schreibtisch, auf dem eine Bibel stand und daneben, mit vielen Lesezeichen gespickt, *Der Gotteswahn* von Richard Dawkins. Er öffnete die Spiegeltür des Kleiderschrankes. Ihm fiel auf, dass mehrere Kleiderbügel, wie auch die Fächer, in denen Hemera offensichtlich ihre Unterwäsche und Pullis aufbewahrt hatte, leer waren. Er sah nur ein paar dicke Pullover und Strumpfhosen, alles Anziehsachen für die kalte Jahreszeit.

Warum nahm Hemera für eine Woche Urlaub nahezu ihre gesamte Wäsche und Sommeroberbekleidung mit? Sehr ungewöhnlich, dachte Ehrlicher.

Gassner stand, die Arme vor der Brust verschränkt, am Türpfosten. Er versuchte lässig zu wirken, aber sein Gesichtsausdruck war angespannt. Als Ehrlicher nochmals zum Schreibtisch zurückging, um die Schubladen genauer in Augenschein zu nehmen, verzog Gassner leicht den Mund, ein kaum wahrnehmbares Lächeln huschte über sein Gesicht, das Ehrlicher aber nicht sehen konnte. In der Schreibtischschublade lagen Schreibutensilien, Briefpapier, Umschläge, Stifte. Ein kleines Fotoalbum mit Bildern ihrer Familie. Einige aus einer Modezeitschrift herausgerissene Seiten mit Abbildungen von Frisuren und Schmink-Vorschlägen. Darunter lag ein blaues Schreibheft. Er öffnete es und las den Text. Sein Atem stockte. Er wollte nicht glauben, was er las, aber es stand dort schwarz auf weiß, dass Boris Steinbrecher Hemera vergewaltigt hatte. Er ging langsam mit dem Heft in der Hand auf Gassner zu.

»Kennen Sie dieses Heft?«, fragte er Gassner und beobachtet seine Reaktion.

»Nein.«

„Haben Sie noch nie in dem Schreibtisch nachgesehen, was Ihre Tochter dort aufbewahrt, Herr Gassner?«

»Nein. Sollte ich? Was ist denn so interessant an diesem Heft? Zeigen Sie mal her.«

Er hielt ihm das aufgeschlagene Heft hin. Gassner wollte danach greifen.

»Aus kriminaltechnischen Gründen möchte ich nicht, dass Sie das Heft berühren. Kennen Sie die Handschrift?«

»Das ist die Handschrift meiner Tochter, ja.«

Er las das, was er Hemera selbst diktiert hatte.

»Das ist ja ungeheuerlich!«, schrie er mit schriller Stimme und spielte gekonnt den Entrüsteten. »Dieser Hurensohn, dieser Arschficker! Ich habe es ja immer gesagt, dass das ein Schwein ist. Niemand hat es mir geglaubt. Das wird er mir büßen, das schwöre ich!«

Die letzten Worte zischte er drohend und seine Augen verengten sich dabei zu schmalen Schlitzen.

»Jetzt wird mir auch verständlich, warum Hemera abgehauen ist. Sie hat Angst vor dem Steinbrecher gehabt und ist deswegen nicht zurück nach Frankfurt gekommen. Dieser brutale Motherfucker ist Schuld an allem. Er hat meine Tochter zerstört. Ich werde mich mit meinem Rechtsanwalt in Verbindung setzen und ihn wegen Vergewaltigung an meiner Tochter verklagen.«

Der Triumph über den Hauptkommissar und die Demütigung und gelungene Demontage Steinbrechers hatte ihn in Erregung versetzt. Und zwar so stark, dass er ein Ventil brauchte, über das er das rauschhaft empfundene Hochgefühl ableiten konnte. Gassner ging unmittelbar in das Schattenreich, dessen Herrscher er, Nyx, war, sobald Ehrlicher mit seinen Mitarbeitern das Haus verlassen hatte. An Tina, seinem Geschöpf der Hölle, an Hemera, der Geliebten von Steinbrecher, kostete er seine doppelten Rachegelüste aus: An seiner Tochter und Enkelin, weil sie den Versuch unternommen hatte, sich seinem Herrschaftsanspruch zu entziehen; an Steinbrecher, weil er es gewagt hatte, zu versuchen, ihm seine Schöpfung zu entreißen. Er verging sich an seiner Tochter, deren heftigen Widerstand er mit brutaler Gewalt brach, zum zweiten Mal nach der Vergewaltigung in dem französischen Ferienhaus.

Wieder im Präsidium diskutierte Ehrlicher mit seinen Mitarbeitern die neue Situation. Sven Stelzer berichtete, dass Aither, der trotz der Repressalien durch seinen Vater, mutig und freimütig über seine Familie geredet hatte. Sein Verhältnis zu seinem Vater war, was unter den bekannten Umständen nicht verwunderte, schlecht. Es war ihm verboten, Freunde mit nach Hause zu bringen. Sein Vater sei ein autoritärer Familienvater, der nicht nur zu ihm, sondern auch zu seiner Frau und Hemera leicht handgreiflich wurde. Augenscheinliches Beispiel war sein blaues Auge und die Blutergüsse im Gesicht, die von Gotthilf Gassner stammten, als er herausbekommen hatte, dass sein Sohn Hemeras Abschiedsbrief an Boris weitergegeben hatte. Aither war auch überzeugt, dass seine Schwester nicht abgehauen sei. Wenn sie vorgehabt hätte, dem väterlichen Regiment zu entrinnen, was er verstehen könnte, dann wäre sie niemals ohne Boris gegangen. Sie habe Boris geliebt und würde ihn nie wegen einem anderen aufgeben. Er habe ein sehr gutes Verhältnis zu ihr und sie hätte ihm zumindest irgendetwas in dieser Richtung angedeutet.

Heidi Schladnigg bestätigte weitgehend die Aussagen ihres Kollegen über Gotthilf Gassner. Auch wenn Magda, die einen unterwürfigen, servilen, bisweilen auch ängstlichen Eindruck auf sie gemacht hatte, ihren Mann in allen Punkten zu verteidigen versuchte, gab sie zu, dass er manchmal zu Zornesausbrüchen neige und dass ihm dann schon einmal die Hand ausrutschen würde. Sie war, wie schon Aither, der Meinung, dass ihre Tochter glücklich mit Boris Steinbrecher war und hatte keine Erklärung für diesen Abschiedsbrief.

»Was bedeutet nun dieses Vergewaltigungsschreiben von Gassners Tochter? Was ist eure Einschätzung?«, fragte Ehrlicher in die kleine, unschlüssig einher blickende Runde.

„Es erscheint mir ziemlich plausibel, dass Hemera Gassner Angst gehabt haben könnte, zurückzukommen, falls sich der Eintrag als authentisch und wahr herausstellen sollte. Auf der einen Seite der despotische Vater, auf der anderen Seite die verschwiegene Vergewaltigung, die sie durch Boris erlitten haben soll. Was sollte sie machen? Sie hatte in Frankreich offenbar eine Möglichkeit gesehen, dem Horrorszenarium in Frankfurt entkommen zu können, und wollte einen Neustart wagen. Warum sollte sie nicht in diesem Sinne handeln? Vielleicht tun wir Gassner unrecht? Nur, weil er ein unsympathischer Zeitgenosse ist, muss er noch kein Verbrecher sein«, sagte Sven Stelzer.

»Ich muss Sven recht geben. So könnte ihre Entscheidung zugunsten der Flucht gefallen sein. Oder aber Gotthilf Gassner hat das alles so inszeniert, um uns gerade das glauben zu machen, was wir hier diskutieren. Hält er Hemera gefangen und hat von ihr diesen Tagebucheintrag erpresst? Aber was wäre dann das Motiv für diese Tat? Sein Verhalten macht für mich keinen Sinn. Es bleibt für mich ein Unbehagen zurück. Es scheint doch nach allem Anschein so zu sein, dass Hemera Boris wirklich liebte. Warum dann dieser Brief und die Notiz, die die Liebe leugnet und Boris Steinbrecher als Täter darstellt? Sven hat natürlich recht, dass wir uns nicht von Vorurteilen leiten lassen dürfen. Aber was tun, wenn wir nicht wissen, was möglicherweise Voreingenommenheit ist und was vorurteilslose Objektivität? Wir sind auch nur Menschen«, sagte Heide Schladnigg mit etwas ratlosem Gesichtsausdruck und warf einen erwartungsvollen Blick auf ihren Chef.

»Vielleicht dürfen wir nicht von etwas Vernünftigem ausgehen, von einem sinnvollen Handeln«, mischte sich Ehrlicher in die Diskussion ein. »Was wissen wir schon über die unendlichen Verästelungen des menschlichen Gehirns, die zu diesem oder jenem Verhalten führen können? Was ist sinnvoll? Jeder bastelt sich doch seinen eigenen subjektiven Sinn, seine Wahrheit und lebt danach. Was ist also *seine* Wahrheit? Wie sieht er sich in seiner Welt? Welche Zwecke verfolgt er? Wenn wir das verstehen könnten, würden wir einen ordentlichen Schritt weiter kommen.«

Harald Ehrlicher war fest davon überzeugt, dass Gassner ein übles Spiel mit der Polizei trieb, welches er aber noch nicht durchschaute. Das Entsetzen über Boris' Vergewaltigung seiner Tochter, das Gassner gezeigt hatte, schien ihm nicht echt gewesen zu sein. Es hatte etwas Gekünsteltes, Gespieltes und Unwirkliches. Insbesondere vermisste er jedwedes Mitgefühl für seine Tochter. Sein Ausbruch glich gleichsam einem Jubelgeschrei, Boris als Vergewaltiger entlarvt zu haben, und nicht dem Ausdruck des Bestürztseins über die seiner Tochter zugefügte Gewalttat. Seine tief in die Haut gegrabenen Furchen zwischen den Augen machten nach außen sichtbar, wie es in ihm arbeitete, wie er sich in diesem Augenblick konzentrierte. Würde man in diesem Moment sein Gehirn mit bildgebenden Verfahren abbilden, könnte man ein wahres Feuerwerk von Lichtblitzen beobachten, die die Aktivitäten seine Gehirnzellen und Ganglien widerspiegelten.

Die Hausdurchsuchung war ein Schlag ins Wasser. Es war zum Verzweifeln, immer war ihm dieser Gassner einen Schritt voraus, dachte er. Er hatte ihn reingelegt. Mit Sicherheit hatte er nach seiner Rückkehr aus Frankreich Hemeras Zimmer schon gründlich gefilzt. Wenn er damals etwas gefunden hätte, wäre er umgehend zur Polizei gegangen und hätte es gemeldet. Er wollte diese Durchsuchung, er wollte sie jetzt, damit er, Ehrlicher, dieses Heft finden würde. Aber wie kam das Heft mit der Originalschrift seiner Tochter nach ihrem Verschwinden in diese Schublade? Warum war der halbe Kleiderschrank ausgeräumt? Er war sich ziemlich sicher, dass er sie irgendwo versteckt hielt.

Aber warum und vor allem wo?

Wenn er schon nicht das ›Warum‹ aufklären konnte, so wollte er sich desto mehr dem ›Wo‹ zuwenden. All das sagte er nicht seinen Kollegen, sondern ordnete an, verstärkt und alle Eventualitäten in Betracht ziehend nach allen Richtungen zu ermitteln. Am dringlichsten schienen ihm eine lückenlose Überwachung von Gotthilf Gassner und eine verstärkte nationale und internationale Fahndung nach Hemera, die auch die Verteilung von Bildmaterial an die Presse einschließen sollte. Darüber hinaus bat er seine Kollegen, obwohl ihm das innerlich widerstrebte, diskret Erkundigungen über Boris Steinbrecher und sein Vorleben einzuholen.

KAPITEL X

Plötzliche Böen kündigten ein schweres Gewitter an. Der Himmel war bleigrau. Er schaltete das Licht an. Die dunklen Wolken hingen tief, sie waren übervoll mit Wasser. Von einer Sekunde auf die andere entleerten sie sich. Wie aus einer geöffneten Schleuse stürzte sich scharfer, prasselnder Regen auf das Auto. Er nahm Boris die Sicht. Er überlegte kurz, ob er anhalten sollte, verlangsamte dann aber doch nur die Fahrtgeschwindigkeit. Mit weniger als fünfzig Kilometer pro Stunde schlich er auf der Autobahn in Richtung Karlsruhe. Die Städel-Dozentin Isabelle Graw würde dort anlässlich einer Ausstellung mit Werken von Jeff Koons einen Vortrag über den Strukturwandel im Verhältnis von Kunst und Markt halten. Er kannte zwar das Buch von ihr zu diesem Thema, hoffte aber, dieser Abstecher würde ihn etwas ablenken können von seinen quälenden Gedanken. Während der Inhalt seines Zigarettenpäckchens schrumpfte, dachte er an die ernsten und zugleich mitfühlenden Worte von Artur Dombrowsky. Querfalten auf der Stirn zeigten die vergebliche Mühe, das Durcheinander unter seiner Schädeldecke zu ordnen.

Dombrowsky, der Rechtsanwalt seines Vaters, war ein beleibter, kugel- und glatzköpfiger Gemütsmensch. Man durfte sich von der äußeren Erscheinung und seinem verbindlich wirkenden Auftreten aber nicht täuschen lassen. Er war auf seinem Gebiet, dem Strafrecht, ein harter und scharfer Verfechter der Interessen seiner Mandanten und genoss hohes Ansehen bei seinen Kollegen. Boris' Vater hatte ihn sofort angerufen und ihn gebeten, seinen Sohn zu vertreten, als er erfahren hatte, dass gegen ihn Anklage wegen Vergewaltigung erhoben worden war. Dombrowsky hat ihm mit seiner tiefen, beruhigend wirkenden Bassstimme möglichst schonend beizubringen versucht, wie ernst die Lage für ihn sei. In Vergewaltigungsfällen, insbesondere auch bei Minderjährigen, habe, gerade bei den Frankfurter Richtern, der Angeklagte mit keinerlei Nachsicht zu rechnen. In Indizienfällen wie diesem sei die Sache noch komplizierter. Üblicherweise gingen die Richter von dem Wahrheitsgehalt der Opferaussage aus und der Täter müsse nachweisen, dass er unschuldig sei – was oft schwierig war, hatte er vorsichtig noch hinzugefügt. Auf seinen Einwand, dass er doch einen Brief von Hemera bekommen habe, der eindeutig zeigte, dass er sie und sie ihn liebte, deutete sein Anwalt ihm an, dass die Gegenpartei versuchen wird, das Schreiben nach allen Regeln der Kunst auseinanderzupflücken. Liebe ist leider kein Schutz vor Vergewaltigung. Er sollte lieber mit dem Schlimmsten rechnen und auf alles vorbereitet sein. Aus den tiefsten Gründen seiner Seele drangen seine Qualen an die Oberfläche: »Ich bin unschuldig, ich liebe sie. Nein ich vergöttere sie.«

Dombrowsky hatte die Verzweiflung in Boris' Blick schon lange bemerkt und ihm gegen Ende des Gesprächs freundschaftlich auf die Schultern geklopft: »Nun lassen Sie den Kopf mal nicht hängen. Ich glaube ihnen. Wir stehen erst ganz am Anfang. Verlassen Sie sich ganz auf mich.«

Er hatte noch hinzugefügt, dass es natürlich vorteilhaft wäre, wenn Frau Gassner wieder auftauchen und alles dementieren würde. Und er schaute ihn fragend an, was wohl bedeuten sollte: haben Sie eine Vorstellung, wo sie sich aufhalten könnte? Boris schien, dass Dombrowsky über diese Frage etwas zu leichthin hinwegging. Es war die Kernfrage. Ohne das Wiederauftauchen des angeblichen Opfers schien dem

Rechtsanwalt augenfällig eine Verurteilung kaum noch abwendbar zu sein.

Angst, ohnmächtige Angst, hatte sich seiner bemächtigt und sich in jede Pore seines Seins eingenistet. Die verdoppelten Angstgefühle sowohl um Hemera als auch um seine eigene Person vermischten sich zu einem quälenden Gemenge. Wenn es zu einer Verurteilung kommen würde, was beim derzeitigen Stand der Kenntnisse wahrscheinlich war, hätte er keine Hoffnung mehr. Die Zukunft, der ewige, unerschöpfliche Rohstoff der Träume, hätte sich mit einem Schlag in ein Nichts aufgelöst. Er hätte sich selbst und Hemera für immer verloren.

Boris hatte sich das Gehirn darüber zermartert, wo Hemera sein könnte. Er hatte mit seinen Eltern diskutiert und er hatte sich nochmals mit Aither getroffen, um ihn nach denkbaren Behausungen, Wochenendhäusern, Schrebergartenhütten, in denen man eine Person verstecken könnte, auszuquetschen. Aither war nichts eingefallen. Boris erinnerte sich daran, dass ihm Aither in einem früheren Gespräch von No-go-areas in dem Haus berichtet hatte. Konnte es sein, dass Gotthilf Gassner seine Tochter im eigenen Haus versteckt hielt? Er konnte es nicht glauben, wollte aber auch keine noch so kleine Möglichkeit ausschließen. Er hatte Aither gefragt, ob er den Mut hätte, das Haus, insbesondere auch unter Einschluss der verbotenen Bereiche, bei einer sich ihm bietenden Gelegenheit etwas genauer nach eventuellen versteckten Räumen zu inspizieren. Er war sofort bereit gewesen, die Mission zu übernehmen, obwohl ihm durchaus bewusst war, welche Folgen das Unternehmen für ihn haben könnte, wenn sein Vater ihn dabei ertappen würde. Boris staunte über die Entschlossenheit dieses erst sechzehnjährigen Jungen.

Alles, was Erinnerung aufgehoben hat, wird wiederkehren. Während draußen dröhnend der Regen auf das Dach seines BMW Mini trommelte, dachte er an den Samstag zurück, an dem er seine Party gegeben hatte. Es war der Tag, der in dem Brief, den ihm Dombrowsky als Kopie zu lesen gegeben hatte, als Datum seiner angeblichen Gewalttat an Hemera angegeben war.

Er glaubte ihre Blicke körperlich zu spüren, ihre großen, warmen Augen, die ihn damals verträumt anstrahlten. Er fühlte ihre Hand auf seiner Haut, als sie warm über seinen Rücken strich. Als er sich ihr zuwandte, erschien ein Ausdruck der Erwartung auf ihrem Gesicht. Ein suchender Blick, das Festhalten eines unwiederbringlichen Augenblicks. Ein leises Zittern ihrer glatten, leicht von der Sonne gebräunten Schenkel ließ die kaum noch beherrschbare Kraft ihres Körpers erahnen. Weich, warm, empfindsam, schmiegsam war ihre Haut. Obwohl wissend, dass kein Wissen genügt, wenn man denjenigen begreifen will, den man liebt, schien er in diesem Augenblick alles von ihr zu wissen. Sie waren eins: aus der Nähe wollten sie sich, aus der Ferne liebten sie sich. Sie verkörperte für ihn Unendlichkeit und Ewigkeit, die seinen Empfindungen ein Recht auf Dauer verlieh. Was Vergangenheit war, wird fortdauern.

Plötzlich tauchte aus den Wassermassen vor ihm, wie aus dem Nichts, die riesenhaft erscheinende Rückwand eines LKW auf. Er musste stark bremsen und wurde aus seinen Träumen gerissen. Er konzentrierte sich auf den Autoverkehr. Bei Mannheim lichtete sich der nachtschwarze Gewitterhimmel und erste Sonnenstrahlen durchbrachen die aufgelockerte Wolkendecke als er Karlsruhe erreichte.

»Der Markt hat sich in den vergangenen Jahren zu einer Bedeutung und Visualität produzierenden Industrie gewandelt.

Extrem teure Künstler wie Jeff Koons werden eben wegen dieser Preise häufig von der Kritik diskutiert. Die Häufigkeit der Erwähnung dieser Künstler in den Feuilletons – vorausgesetzt, sie werden nicht *nur* negativ diskutiert – hat wiederum Rückwirkungen auf die Preise der Werke. Der Markt beeinflusst die Kritik. Wie die Kunst ist auch der Künstler zunehmend gezwungen, sich selbst zu vermarkten. Er hat die Grenze zwischen Kunst und Markt längst in das Ich verlegt. Er zelebriert sich. Er hat die celebrity culture internalisiert …«

Die Worte der Vortragenden verloren sich im Raum. Boris vernahm nur noch Stimmengemurmel, wie von sehr weiter Ferne. Seine Gedanken waren abgeschweift. Sein sonst weich anmutendes Gesicht wirkte hart und verschlossen. Er sah vor sich Hemera, konnte aber nicht, wie sonst, wenn er malt, das Gesehene in Besitz nehmen. Vor seinem inneren Auge sah er sie unerreichbar, einsam und verlassen in einem finsteren Kellerloch. Tränen kullerten über ihre blassen Wangen. Seine Phantasie spielte ihm einen Streich. Er sah sie im Büßergewand im flackernden Höllenfeuer. Flammen züngelten an ihrem Körper. Verzweifelt wandte sie sich an ihren Gott, der ihr aber nicht helfen konnte, da er sich verleugnete, oder der, wie ihr die Höllenbewohner versicherten, gar nicht existierte.

Die Gedanken wirbelten in seinem Kopf wild spekulierend durcheinander und blieben schließlich bei einer Frage, der immer gleichen Frage, die sich quälend in seinem Bewusstsein festgesetzt hatte, hängen: Warum nur hat er Hemera entführt? Es gab keinen vernünftigen Grund, keinen noch so kleinen Anhaltspunkt. Oder musste sie diese Qualen erleiden, weil er sie liebte? Hatte ihr Vater sie von ihm fernhalten wollen, aus welchem kranken Grund auch immer? Konnte Liebe so grausame Folgen haben?

Er musste etwas unternehmen, das der unerträglichen Tatenlosigkeit ein Ende setzen und der Hoffnung einen Weg bahnen würde. Ein fixer Gedanke tauchte auf und setzte sich in ihm fest. Er musste Gassner unter Druck setzen. Er musste mit allen ihm zur Verfügung stehenden Mitteln aus ihm herauspressen, wo er Hemera versteckt hielt.

Er stand auf und verließ den Vorlesungssaal. Er konnte nicht mehr sitzen. Er fuhr mit dem Auto aus der Stadt. Er hielt auf einem Feldweg und joggte sich die Gedanken aus dem Leib. Er lief und lief, bis er nicht mehr konnte und sich erschöpft auf einer Bank nahe einem Aussiedlerhof niederließ und die Augen schloss. Ein Gedicht von Heiner Müller, das ihm Hemera einmal vorgetragen hatte, ging ihm durch den Kopf:

Schlaflos im Fenster die Nacht
Fragt wozu das Ganze
Weil ich die Antwort nicht weiß
Das Dunkel lässt mit sich reden
Geh ich zurück in den Schlaf
Der Morgen vielleicht weiß es anders

Allein der Gedanke an die Tat stärkte in ihm die Zuversicht. Die Sonne klopfte an die geschlossenen Lider. Er öffnete die Augen. Ein Feldhase mümmelte nicht weit von ihm auf der Wiese. Sein Mund verzog sich zu einem angedeuteten Lächeln. Als Kind hatte er lange Jahre einen Zwerghasen: Er war ihm immer Sinnbild für Geborgenheit und Zärtlichkeit. Etwas, was er Hemera geben würde, wenn er sie wieder in seine Arme schließen wird.

Maude hatte, wie es sich als Nachfahre einer großen Seefahrernation gehörte, ein Segelboot mit einer kleinen Kajüte, das am Steg vor ihrem Appartementhaus vor Anker lag. Sie hatte Harald überredet, mit ihr am Wochenende eine Bootstour auf dem Main zu machen. Er hatte eingewilligt, obwohl er nachts lieber auf einem geräumigeren, festen Untergrund schlief.

Das Hochdruckwetter hielt an, und es würde ihm gut tun, auf dem Wasser zu schippern und abzuschalten. Der Main und Rhein waren in den letzten Jahren deutlich sauberer geworden, so dass er zumindest seine Füße in das Wasser halten konnte. Auf dem Rhein, oberhalb von Oppenheim, stürzten sich einzelne Wagemutige auch schon mit dem ganzen Körper in die Fluten. Soweit ging sein Vertrauen in die Wasserqualität allerdings noch nicht. Sie segelten zunächst auf dem Main in Richtung Mainz und dann den Rhein aufwärts, wo sie gegen Nachmittag in einem der zahlreichen toten Seitenarme des Rheins vor Anker gingen. Er ließ sich von der Sonne bescheinen, während sie es sich unter einer schattenspendenden Plane, die über das Heck des Bootes gespannt war, bequem gemacht hatte. Sie vertrug die Sonne nicht. Sie lagen nackt auf die Planken des Bootes lasen und dösten jeder für sich in den Abend hinein. Außer dem unangenehmen Sirren der Mücken, die es hier leider sehr zahlreich gab, und dem leisen Gurgeln der kleinen Wellen, die gegen die Bordwand schlugen, schwieg die Natur.

Maude blätterte in einem Bildband von Sandro Botticelli und betrachtete die *Geburt der Venus*. Sie hob den Kopf und musterte die schlanke, durchtrainierte Figur ihres Freundes. Sie bot einen durchaus ästhetischen Anblick. Der Körper wirkte gelöst und fließend, wie auf einem Gemälde alter holländischer Meister, mit einem Unterschied: nicht makelloses Weiß charakterisierte seine Leibesfarbe, sondern ein gleichmäßig brauner Farbton. Lediglich dort, wo er üblicherweise die Badehose trug, hob sich scharf die von der Sonne unberührte weiße Hautpartie ab. Sie selbst hatte eine helle Haut, so weiß wie dieser schmale weiße Streifen bei Harald. Nicht ganz unähnlich dem Farbton des Körpers der sich aus der Muschel erhebenden und, wie sie, rothaarigen *Venus*. Allerdings fehlten der Venus die vielen kleinen braunen sommersprossigen

Farbtupfer, die auf ihrer Haut verteilt waren. Sie war ein klein wenig neidisch auf Haralds von der Sonne verwöhnten, unempfindlichen Haut.

»Hast du dir eigentlich schon einmal durch den Kopf gehen lassen, was die Namen der Kinder von diesem Gassner bedeuten?«, fragte sie plötzlich in die Stille hinein.

Harald sah sie blinzelnd an, erstaunt über diese Frage zum jetzigen Zeitpunkt und murmelte nur etwas Unverständliches vor sich hin.

»Mal angenommen, die Namen würden etwas versinnbildlichen und wurden nicht zufällig gewählt. Hemera bedeutet in der griechischen Mythologie Tag. Aither, der mythologische Bruder Hemeras, symbolisiert den Himmel, Wind und die reine Luft. Castor und Pollux sind in der griechischen Mythologie Zeus' Zwillingssöhne. Heißt nicht der Jüngste der adoptierten Kinder Castor?«

»Ja«, murmelte Harald immer noch schläfrig und ohne Maude anzublicken.

»Lass mich jetzt doch einfach mal phantasieren. Gehen wir davon aus, dieser Gassner fühlt sich als Gott. Als Zeus zum Beispiel …«

Harald unterbrach sie: »Dieser Gassner hat aber bisher auf mich nicht den Eindruck eines Irren gemacht. Er schien mir eher verschlagen zu sein, einer der durchaus weiß, was er will.«

»Lass mich doch einfach einmal weiterspinnen, Harald. Dieser Gassner spielt also Zeus. Er hat damals vor zwanzig Jahren …«

»Vierundzwanzig Jahre«, korrigierte Harald sie und signalisierte ihr damit, dass er konzentriert mitdachte.

»Also gut, vor vierundzwanzig Jahren. Gassner hat damals seine Tochter Leda entführt und sie quasi als seine Götterfrau irgendwo versteckt. Ich erinnere nur daran, dass sich Zeus

Leda als Schwan genähert und sie geschwängert hat. Leda, seine Tochter, hat Kinder bekommen, die er in dem Versteck nicht mehr gebrauchen konnte. Er hat sie aus dem Dunkel des Verstecks an das Licht entlassen. Eines nach dem anderen. Erst Hemera, dann Aither, dann Castor. Warum er Castor heißt, ist mir allerdings unklar. Vielleicht hatte er einen Zwillingsbruder, der aber in dem Versteck geblieben oder gestorben ist. So wie er auf irgendeine Weise heute Hemera erpresst hat, diesen Abschiedsbrief in Frankreich und den Tagebucheintrag zu schreiben, so hat er damals vielleicht Leda erpresst, Begleitbriefe für ihre ans Licht der Welt entlassenen Kinder zu schreiben.«

Harald hat sich in der Zwischenzeit aufgerichtet: »Du spinnst doch! Das ist reiner Horror Science Fiction.«

»Vielleicht, aber es wäre nicht das erste Mal, dass die Wirklichkeit alle Phantasien in den Schatten stellt. Denke nur an die industrielle Judenvernichtung in Deutschland.«

»Wenn das auch nur annähernd richtig wäre, was du sagst, hätte er seine erste Tochter vierundzwanzig Jahre in Gefangenschaft gehalten, sie vergewaltigt und ihr die Kinder wieder weggenommen – und Hemera wäre jetzt wieder bei ihrer richtigen Mutter und, wenn das stimmt, wäre Gassner der Vater und Großvater von Hemera.«

»Ja, und noch etwas. Wenn das wahr wäre, wäre es das bequemste für ihn, ein Versteck ganz in der Nähe des Hauses zu haben, da er seine Gefangenen ja nahezu täglich mit Nahrung und auch Kleidung versorgen muss.«

Harald fiel der halbleere Kleiderschrank in Hemeras Zimmer ein.

Er schüttelte den Kopf: »Maude, mal ehrlich. Haben wir jetzt einen Sonnenstich oder haben uns die Mückenschwärme so ausgesaugt, dass unser Hirn nicht mehr ausreichend mit Blut versorgt wird, und wir den letzten Rest an Verstand verloren haben?«

Maude schmunzelte ihn nachsichtig an und streichelte ihm liebevoll über seine mit lockerem Haarwuchs bedeckte Brust: »No, no my Dear, es ist ein Zeichen von funktionierenden Verstandeskräften, wenn man alle Möglichkeiten, die unsere verzwickte Wirklichkeit zulässt, in Betracht zieht. Ich muss dir zwar zugestehen, dass meine Gedankenspiele ziemlich absurd klingen und meinem schier unendlichen kreativen Schöpfergeist entsprungen sind«, sagte sie spöttisch. »Ein Mann, mitten unter uns, kreiert eine Parallelwelt, oder, in Umkehrung des bekannten Adorno-Zitats, eine falsche Welt in der richtigen, und kann sich darin ein Vierteljahrhundert frei entfalten. Das ist schon ziemlich surreal, oder? Vielleicht sollten wir es doch lieber vergessen. Es war ja nur so ein Gedanke, der mir eben gekommen ist.«

Harald nickte. Er wollte nicht zulassen, zu denken, was möglich ist. Ihm war durchaus bewusst, dass in Möglichkeiten zu denken nur sinnvoll ist, wenn die Wirklichkeit als deren Implikation mitgedacht wird. Trotzdem, je mehr er sich gegen diese Gedanken wehrte, desto stärker beherrschten sie ihn. Er musste sie sich gefallen lassen. Sicherheitshalber nahm er sich vor, am Montag eine DNA-Analyse von Hemeras Locke, die sie dem Brief an Boris' beigelegt hatte, und von Gotthilf Gassner machen zu lassen, um die Vaterschaftsthese überprüfen zu lassen.

Sie hatten beide eine unruhige Nacht, nicht nur wegen des heftigen Gewitters, das mit starken Böen, Blitz und Donner über sie hinweg gezogen war. Das Boot hatte an seiner Verankerung gezerrt und die ganze Nacht über unruhig auf dem aufgewühlten Wasser geschlingert. Erst gegen Morgen hatte sich das Wetter beruhigt und sie konnten den entgangenen Schlaf nachholen. Heute Morgen war der Himmel blankgefegt und die Sonne konnte ungehindert bis zur Erde durchdringen. Kein Wind blähte die Segel, so dass sie nur mit Unterstützung des Außenbordmotors die Rückfahrt nach Frankfurt antreten konnten.

KAPITEL XI

Die gründliche Inspizierung des Hauses war nicht von Erfolg gekrönt. Aither hatte jeden Winkel durchstöbert, insbesondere auch den verbotenen Büro- und den Werkraum seines Vaters. Er hatte zum ersten Mal in seinem Leben den Hobbykeller betreten. Um vor Überraschungen sicher zu sein, hatte er seinen kleinen Bruder beauftragt, aufzupassen. Er sollte ihm sofort melden, falls sein Vater, der mit dem Auto weggefahren war und erst gegen Abend zurückkommen wollte, vorzeitig auftauchen sollte. Aither durchsuchte zuerst den Büroraum und fand in der Schreibtischschublade einen Schlüssel mit einem Anhänger mit der Aufschrift ›Keller‹. Er stöberte vorsichtig noch etwas in der Schublade herum. Sein Blick fiel auf eine Monatsabrechnung für die Miete einer Wohnung im Hainerweg auf den Namen Nyx. Es musste nichts bedeuten, aber er merkte sich die Adresse.

Er hatte ein mulmiges Gefühl, als er die Tür zu dem Kellerraum öffnete. Er ging auf Zehenspitzen und achtete auf jedes Geräusch aus dem oberen Stockwerk. Er sah sich in der etwa fünfzehn bis zwanzig Quadratmeter großen Räumlichkeit um. Er kehrte das Unterste nach oben. Nirgends ein Hinweis auf Hemera. Ein Werkraum, wie es viele gab, ordentlich und sauber, ein mit vielen Werkzeugen gut bestücktes Regal, eine Werkbank und ein geräumiger Wandschrank, in dem einige Jacken und ein Wandteppich, auf dem ein Bild war, von dem er glaubte, es schon einmal irgendwo gesehen zu haben. In einer Ecke lagen ein paar Einkauftüten aus Plastik herum. Es war das Einzige, was auf eine Nutzung des Raumes schließen ließ. Er legte den Schrankschlüssel in das Schubfach der Werkbank zurück, wo er ihn gefunden hatte, als er Schritte hörte. Fluchtartig verließ er das Kellerzimmer, schloss ab und deponierte den Kellerschlüssel wieder in der Schreibtischschublade im Büro seines Vaters.

Er ging in die Wohnung. Er war erleichtert, dass er nur seine Mutter antraf, die gerade vom Einkaufen zurückgekommen war. Castor saß immer noch am Wohnzimmerfenster und beobachtete die Garageneinfahrt, als Aither ihn auf die Schulter tippte. Sein Bruder sah ihn fragend an. Aither zog jedoch nur die Schultern hoch und schüttelte mit dem Kopf.

Er setzte sich vor den Fernseher und wollte eine Nachmittagssendung einschalten, als er plötzlich aufsprang. Castor schreckte zusammen und beobachtete ihn ängstlich. Sein Bruder schlug sich mit der flachen Hand mehrmals auf die Stirn und sagte halblaut vor sich hin: »Ich hab's doch gewusst, dass irgendetwas nicht stimmt. In keinem der Räume ist ein Bett. Aber mein Vater hat doch vor einiger Zeit ein Bett für sich und seinen Hobbykeller gekauft. Wo ist nur das Bett, das er in den Keller getragen hat?«

Sein kleiner Bruder betrachtete ihn immer noch mit großen Augen.

»Kein Wort davon zu Vater und Mutter. Hast du das kapiert, Castor?«

Castor nickte eifrig.

Aither rief Boris an und berichtete ihm von dem fehlenden Bett und vergaß nicht, ihm bedeutungsvoll die entdeckte Adresse im Hainerweg mitzuteilen.

»Das ist nicht viel, aber besser als nichts. Das mit dem verschwundenen Bett ist schon seltsam. So etwas löst sich ja nicht einfach in Luft auf. Aber diese Erkenntnis hilft uns vorerst leider nicht weiter. Vielleicht hat er das Bett ja wieder weggebracht, ohne dass ihr das gemerkt habt. Eine andere Möglichkeit wäre, dass es bei euch im Haus spuckt, was ich jedoch eher nicht glaube. Ich werde mich deswegen als Erstes um die Adresse kümmern. Vielleicht führt uns die auf eine Spur. Vielen Dank, Aither. Das hast du prima gemacht«, lobte Boris Aither, der sich darüber freute. »Behalte bitte vorerst alles für dich. Wenn ich mehr weiß, rufe ich dich an.«

Boris Steinbrecher fuhr zu der angegeben Adresse in Frankfurt-Sachsenhausen. Unter einem Vorwand erkundigte er sich nach einem Herrn Nyx und zeigte dem Hausmeister auf gut Glück ein Bild von Gotthilf Gassner. Nyx war Gassner. Es gab keinen Zweifel. Ein Hoffnungsschimmer erhellte sein Gesicht. Er fuhr in den zwölften Stock. Er legte sein Ohr an die Tür des Appartements 1215. Er hörte außer dem Pochen seines Herzens nichts. Er klingelte. Alles blieb tot. Er wiederholte das Klingeln und wartete lang. Es rührte sich nichts. Hatte Gassner sein Opfer geknebelt und es konnte sich nicht bemerkbar machen? Es verschlug ihm fast den Atem, als er sich vorstellte, dass Hemera hinter der Tür war und das Läuten gehört hatte. Er sprach durch das Schlüsselloch in den Raum, in der Hoffnung, dass Hemera ihn hören konnte, sagte, wer er sei, und dass er wiederkommen werde, um ihr zu helfen.

Er verließ das Wohnhochhaus, eine kleine Hoffnung reicher. Er müsse Geduld haben, redete er sich zu. Wenn es eine Wohnung von Gassner ist, würde er auch irgendwann hier auftauchen und dann würde er ihn zur Rede stellen. Falls Hemera nicht in der konspirativen Wohnung gefangen gehalten würde, würde er schon Mittel und Wege finden, Gassner zum Sprechen zu bringen. Er war überzeugt, das selbst in die Hand nehmen zu müssen, da der Polizei rechtliche Grenzen gesetzt seien, die für ihn als Privatperson nicht gelten würden. Er informierte deswegen vorerst noch nicht die Polizei.

Harald Ehrlicher saß zwei Tage nach seinem Bootsausflug mit seinen Mitarbeitern um den runden Glastisch in seinem Arbeitszimmer und hörte sich an, was die jüngsten Ermittlungen ergeben haben. Es war äußerst dürftig. Interpol hatte von Hemera Gassner und ihrem mysteriösen Liebhaber keinerlei Hinweise, obwohl das Bild von ihr in allen regionalen Zeitungen abgedruckt war. Sie waren spurlos von der Bildfläche verschwunden. Die Observierung Gassners hatte bisher ebenfalls keine Auffälligkeiten ergeben. Er führte ein normales Leben, traf sich mit Bekannten und ehemaligen Kollegen. Zweimal hat er sich mit Herschl Bekkers getroffen: einmal in dessen Büro, einmal in einem stadtbekannten Table-Dance-Club. Letzten Samstagabend fuhr er in Damenbegleitung in den Hainerweg und verschwand mit ihr für etwa eine Stunde in dem Appartementhochhaus. Sven Stelzer, der Gassner mit einigen Kollegen observiert hatte, berichtete außerdem, dass Gassner, der sonst eher durch eine Mentalität des Sich-Bedienen-Lassens aufgefallen war, Lebensmittel für die Familie eingekauft hatte, und zwar nicht in einem der nahegelegenen Supermärkte, sondern in einem weitentfernten Großmarkt in Eschborn.

Das Telefon auf seinem Schreibtisch klingelte. Ehrlicher nahm den Hörer. Sein Kollege Stangl aus München, den er auf einem Lehrgang kennengelernt hatte, meldete sich.

»Hallo Harald, wie geht es dir?«

»Gut, und dir?«

»Auch gut. Außer, dass ich wie immer viel zu viel um die Ohren habe. Sei's drum, ich habe nur noch ein halbes Jahr, dann gehe ich in Rente.«

»Gratulation. Bei mir dauert es noch.«

»Im Verhältnis zu mir altem Eisen bist du ja auch noch jung. Wie ich gehört habe, hast du eine neue Freundin.«

»Soso, das hat sich also bis nach München rumgesprochen. Was ist die Polizei doch für ein altes Klatschweib! Besonders die Münchener! Es gibt doch sicher Wichtigeres als über mein Privatleben zu tratschen, oder? Um was geht es denn? Ich bin nämlich gerade in einer Besprechung und habe nicht so viel Zeit.«

»Ihr fahndet doch nach dieser Hemera Gassner. Seid ihr da schon weiter gekommen?«

»Nein. Darüber sprechen wir gerade.«

»Gut, oder vielmehr nicht gut. Dann passt mein Anruf ja in eure Konferenz. Ich weiß zwar nicht, ob es wichtig ist, was ich dir zu sagen habe, aber ich will dich wenigstens informieren. Ich habe mich im Zusammenhang mit der Gassner daran erinnert, dass Hemeras Vater, Gotthilf Gassner, seinerzeit wegen einer Vergewaltigung an einer jungen Kellnerin eineinhalb Jahre Gefängnis mit Bewährung bekam. Das war 1963. Ich erinnere mich deswegen noch so gut, weil nicht lange nach dem Prozess im November Kennedy ermordet worden war. Das ist natürlich lange verjährt, ich meine das mit Gassner, und deswegen ist die Vorstrafe in keinen Akten mehr zu finden. Vielleicht ist es trotzdem für eure Ermittlungen interessant.«

»Ja, das ist sogar sehr interessant. Danke! Das wirft ein ganz neues Licht auf diesen Gassner. Ich hatte schon seit einiger Zeit so eine Vermutung, dass er nicht ganz so harmlos ist, wie er versucht, sich darzustellen.«

Ehrlicher legte auf und schaute in die Runde. Heidi Schladnigg fragte, was denn auf Gassner ein neues Licht werfe. Ehrlicher berichtete, was ihm Stangl gesagt hatte und schlug vor, Gassner nochmals vorzuladen. Dann griff er abermals zum Telefonhörer und ließ sich mit dem Labor verbinden.

»Habt ihr schon die DNA-Analyse von den beiden Gassners?«

»Nein.«

»Wann kann ich damit rechnen? Es eilt sehr.«

»In etwa zwei bis drei Stunden sind wir so weit.«

»Bitte ruft mich auf meinem Handy an, sobald ihr etwas wisst. Wenn ich nicht abhebe, schickt eine kurze SMS.«

Zu seinen Mitarbeitern gewandt, sagte er: »Kommt, wir gehen.«

Sie sahen in fragend an: »Wohin gehen wir?«

»Zu Gottfried Gassner. Wir müssen ihn uns dringend nochmals vornehmen«, sagte er und war schon in der Tür. Schladnigg und Stelzer rannten hinter ihm her.

Sie klingelten an Gassners Haustür. Nach kurzer Zeit erschien seine Frau, die ihnen mitteilte, dass ihr Mann nicht zu Hause sei.

»Können Sie uns sagen, wo er ist?«, fragte Stelzer.

»Nein, er sagt mir nie, wo er hingeht. Er ist heute Morgen aus dem Haus. Mehr kann ich leider nicht sagen.«

Schladnigg ging zur Garage. Sie war leer.

»Wer ist gerade dran an Gassner?«, fragte Ehrlicher.

»Ich glaube, der Manni«, sagte Stelzer.

»Manni?«

»Manfred Neuer.«

»Gut, ruf ihn an und frage ihn, wo Gassner gerade ist. Wir wollen ihm einen Besuch abstatten.«

Manfred Neuer saß in seinem Auto auf der stadtauswärts hin ansteigenden Straße, auf der jeden Ersten Mai das kräftezehrende Finale des Radrennens ›Rund um den Henninger-Turm‹ ausgetragen wurde. Er beobachtete den Eingang des gesichtslos wirkenden Gebäudekomplexes im Hainerweg, als Ehrlicher mit Heidi Schladnigg dort eintraf. Stelzer hatte er in das Katasteramt beordert. Er sollte sich um einen Bauplan von Gassners Haus im Schalkwiesenweg kümmern.

Neuer berichtete, dass Gassner vor drei Stunden mit einer Frau das Hochhaus betreten habe und bisher nicht wieder herausgekommen sei. Kurz hinter den beiden habe ein junger Mann das Gebäude betreten, dessen Beschreibung auf Boris Steinbrecher passen würde. Beschwören könne er das aber nicht, fügte er noch hinzu.

»Ist Gassner noch in dem Gebäude?«, fragte Heidi Schladnigg.

»Ja.«

»Sicher?«, schaltete sich jetzt auch Ehrlicher ein.

»Ja, sicher. Das Haus hat, soweit ich das feststellen konnte, keinen Hinterausgang.«

»Und was ist mit dem jungen Mann und der Begleiterin von Gassner?«

»Die sind auch noch nicht wieder erschienen.«

Ehrlicher überlegte, wie sie vorgehen könnten. Er entschied sich dafür, ohne Umschweife Gassner in dessen Appartement einen Besuch abzustatten.

»Welche Nummer hat das Appartement?«

Neuer nannte ihm die Nummer, die er mit Hilfe eines Fotos des Observierten über den Hausmeister herausbekommen hatte.

»Bleiben Sie bitte hier Herr Neuer. Du Heidi kommst bitte mit mir. Wenn etwas Ungewöhnliches geschieht, rufen Sie mich auf dem Handy an.«

Er gab ihm seine Handynummer. Sie gingen durch die mit Marmor ausgelegte Vorhalle zum Fahrstuhl und fuhren in den zwölften Stock. Vor ihnen erstreckte sich ein unendlich lang wirkender, schmaler, nüchterner Gang mit jeweils zehn bis fünfzehn grau lasierten Türen, die sich links und rechts wie Zugänge zu den Zellen eines Klosters aufreihten. Karg und lieblos. Ihre Schritte halten auf dem Steinfußboden. Ehrlicher klingelte. Stille. Er klingelte nochmals. Dann hörte er ein scharrendes Geräusch und eine flüsternde Stimme. Ehrlicher klopfte an die Tür und rief: »Machen Sie bitte auf Herr Gassner. Ich bin es. Hauptkommissar Ehrlicher.«

Zu Heidi Schladnigg gewandt, flüsterte er: »Schnell, geh zum Hausmeister und hol' mir den Wohnungsschlüssel.«

»Machen Sie bitte auf. Ich weiß, dass Sie da drin sind.«

Er vernahm ein Geräusch, das wie Gurgeln klang. Sonst rührte sich nichts hinter der Tür. Er wartete. Es vergingen nur ein oder zwei Minuten bis seine Mitarbeiterin wieder erschien. Sie kaum im Laufschritt angerannt und reichte ihrem Chef den Schlüssel. Er öffnete die Tür und starrte auf den Mann mit dem Messer in der Hand. Es war Boris Steinbrecher. Er stand mitten im Raum, unbeweglich, mit wirrem Blick. Zwischen Nase und Mund war getrocknetes Blut. In einem Sessel kauerte Gassner, die Hände mit einem Gürtel auf dem Rücken zusammengebunden. Sein Hinterkopf war blutverkrustet und vom Adamsapfel lief eine dünne Blutspur in den Ausschnitt des Bademantels. Auf einem Tischchen neben dem zerwühlten Bett sah er aus den Augenwinkeln eine Pistole liegen. Auf dem Boden vor dem Bett lagen zerstreut einige Frauenkleider.

»Legen Sie das Messer weg, Herr Steinbrecher«, sagte Ehrlicher in ruhigem, aber bestimmten Tonfall.

Steinbrecher rührte sich nicht. Er zitterte am ganzen Körper und stierte Ehrlicher an. Harald Ehrlicher ging langsam auf ihn zu, blickte ihm fest in die Augen und redete beruhigend auf ihn ein. Er nahm ihm das Messer aus der Hand. Aus dem Badezimmer hörte er eine wimmernde Stimme. Schladnigg, die der ganzen Szenerie bis dahin stumm beigewohnt hatte, ging zu der Tür und wollte sie öffnen. Sie war verschlossen. Boris Steinbrecher griff in seine Hosentasche und reichte Schladnigg, ohne ein Wort zu sagen, einen Schlüssel. Sie schloss die Tür auf und vor ihr saß auf dem Klodeckel, schluchzend und zitternd, eine Frau, nur mit einem Slip bekleidet.

Plötzlich, ohne Vorwarnung, schrie Steinbrecher in den Raum: »Er ist ein Tier! Er hat Hemera entführt und vergewaltigt!«

Er wollte sich auf ihn stürzen, Ehrlicher hielt ihn unter Gewaltanwendung zurück.

»Beruhigen Sie sich, sonst muss ich Ihnen Handschellen anlegen.«

Zu seiner Kollegin gewandt, sagte er: »Ruf einen Arzt und verständige die Spurensicherung und Neuer. Er soll hochkommen.«

Sein Handy klingelte.

»Kann ich Sie loslassen, ohne dass Sie Unfug machen, Herr Steinbrecher?«

Er nickte.

Ehrlicher lauschte mit unbeweglicher Miene in das Handy, machte mit dem Kopf ein paar Mal undefinierbare Kreisbewegungen, die sowohl Zustimmung wie auch Ablehnung, vielleicht auch beides gleichzeitig bedeuten konnten, und ließ es wieder in seiner Hosentasche verschwinden. Er zog Heidi beiseite und flüsterte ihr ins Ohr: »Das Labor, die DNA-Analyse war positiv. Gassner ist der Vater von Hemera.«

Im Präsidium wurden Gassner und Steinbrecher getrennt verhört, nachdem die ärztliche Untersuchung ergeben hatte, dass keine der Verletzungen bedrohlich war. Die Frau wurde wieder entlassen, nachdem sich herausgestellt hatte, dass sie nur per Zufall in die Affäre verwickelt war. Sie war eine Prostituierte, die Gassner zu sich in die Wohnung geholt hatte. Sie gab an, dass es geklingelt hatte, als Nyx, diesen Namen nannte er ihr, gerade kurz davor war, sie zu vögeln. Nyx hatte geflucht. Der junge Mann hinter der geschlossenen Tür gab sich als Herschl zu erkennen, offenbar ein guter, wichtiger Freund ihres Freiers, fügte sie hinzu, denn er ließ sofort von ihr ab, zog seinen Bademantel an und öffnete die Tür. Dieser junge Mann stürmte mit gezückter Pistole in das Zimmer und bedrohte Nyx. Er redete etwas von Hemera und von erschießen, wenn Nyx ihm nicht sage, wo sie sei. Genaues konnte sie nicht verstehen, da sie viel zu schockiert war und alles rasend schnell ablief. Plötzlich versetzte Nyx dem Eindringling einen Faustschlag ins Gesicht, dieser taumelte zurück und schlug dann seinerseits mit dem Pistolenknauf zurück, ein kräftiger Schlag auf den Kopf von Nyx, so dass dieser zu Boden ging. Der junge Mann habe sie dann höflich gebeten, in das Badezimmer zu gehen. Sie habe sich noch schnell ihren Slip geschnappt und dann verschloss er die Tür, bis diese Dame von der Polizei sie wieder geöffnet habe. Mehr wüsste sie nicht. Sie habe zwar die ganze Zeit Stimmen vernommen, aber sie habe vor lauter Angst und Heulen kein Wort verstanden.

Steinbrechers Aussage deckte sich bis zu diesem Zeitpunkt weitgehend mit der der Prostituierten. Er sagte dann weiter aus, dass er, nachdem er die Frau eingeschlossen habe, Gassner mit dessen Gürtel gefesselt habe. Dann habe er aus der Küche ein Messer geholt und Gassner damit bedroht, um herauszufinden, ob und wo er Hemera versteckt hat. Er habe ihm das Messer an den Hals gehalten und dabei die Haut aufgeritzt, deshalb das Blut an seinem Hals. Boris war sich nicht sicher, wie weit er gegangen wäre, wenn Gassner nichts gesagt hätte. Ob er in diesem Augenblick auch seinen Tod in Kauf genommen hätte? Er wusste es nicht. Aber er war zu allem entschlossen. Gassner nahm ihm diese Entschlossenheit ab und glaubte ganz offensichtlich, dass er ihn umbringen werde und bekam panische Angst. Er wimmerte und bettelte um sein Leben. Schließlich gab er zu, Hemera entführt zu haben. Er wollte nicht, dass sie das Haus verlassen würde, um mit ihm, Steinbrecher, zusammenzuziehen. Er gab allerdings nicht ihr Versteck preis. Boris setzte ihn weiter unter Druck. Gassner versuchte sich aus der Schlinge zu ziehen, indem er Boris drohte, dass Hemera sterben werde. Ihr Leben sei in seiner Hand. Die einzige Chance, sie lebend wieder zu sehen, sei, ihn frei zu lassen. Dann werde er Hemera innerhalb der nächsten zwölf Stunden die Freiheit geben. Ansonsten werde sie in dem Versteck ersticken, sagte er. Aber das war nicht alles, berichtete Steinbrecher mit gebrochener, leiser Stimme von dem Geschehen weiter. Nicht nur Hemera werde sterben, sondern auch vier weitere Personen, die er in seiner Gewalt habe und die nur mit einem Geheimcode befreit werden könnten.

Ob er die Verantwortung für den Tod von fünf Menschen übernehmen wolle, habe Gassner ihn gefragt und ihn damit unter enormen psychischen Druck gesetzt.

Ihm sei schwarz vor Augen geworden, als er das von Gassner gehört habe. Er war geschockt und wusste nicht mehr, was er machen solle. In diesem Moment habe sich die Wohnungstür geöffnet und Hauptkommissar Ehrlicher sei mit seiner Kollegin in den Raum getreten.

»Wissen Sie, wer die anderen vier Personen sind?«, fragte Harald Ehrlicher.

»Nein.«

»Wissen Sie, wo das Versteck ist?«

»Nein, aber es hat offenbar ein Zahlenschloss, dessen Code nur Gassner weiß. Wenn wir den nicht knacken, werden alle umkommen!«

»Nun, das Wort *wir* ist wohl etwas fehl am Platz. Sie werden vorerst in Untersuchungshaft bleiben müssen. Sie haben sich, weiß Gott, genug eingebrockt, Herr Steinbrecher. Auch wenn die Pistole nur eine Spielzeugpistole war, Sie haben ein Leben bedroht. Ich nehme an, dass Sie wegen Körperverletzung, eventuell auch wegen Androhung von Folter angeklagt werden. Außerdem müssen wir, bevor wir uns mit dem Code beschäftigen können, zuerst das Versteck finden.«

»Herrgott nochmal! Machen Sie etwas! Stecken Sie mich sonst wo hin, aber finden Sie das Versteck! Das einzige was Sie weiterbringt, ist Androhung von Gewalt. Das ist das Einzige, vor dem dieses Monstrum, das selbst vor keiner eigenen Gewalttat zurückschreckt, Respekt hat. Setzen Sie ihn unter Druck, wie auch immer, sonst sind Hemera und die anderen dem Tod geweiht«, sagte Boris Steinbrecher flehentlich.

Der Satz schwebte in der Enge des kleinen Vernehmungszimmers als unheilvolle Weissagung. Die Zahl der legalen Mittel war für die Polizei beschränkt. Die Androhung von Gewalt war keine Option, um Geständnisse zu bekommen: für die Polizei nicht und auch nicht für Ehrlicher persönlich. Er hatte schon bei einem ähnlich gelagerten Fall in Frankfurt das Verhalten seines Kollegen verurteilt, der den Täter damals unter Einsatz physischer Gewaltandrohung unter Druck setzte, um den Aufenthaltsort eines entführten kleinen Jungen zu erfahren.

»Das lassen Sie mal unsere Sorge sein. Wie Sie am eigenen Leib erleben konnten, ist Gewalt kein probates Mittel, um den Ort, wo er die Personen versteckt hält, herauszubekommen. Er sitzt leider an einem sehr langen Hebel. Aber wir werden die fünf Personen, wenn es denn fünf sind, befreien. Das kann ich Ihnen versprechen«, sagte Ehrlicher und hatte noch keine Ahnung, wie er das Versprechen einlösen könne.

Ehrlicher und Schladnigg gingen in das Untersuchungszimmer, in dem Gassner mit einem versteinerten Gesicht auf einem Stuhl saß, steif, mit durchgestrecktem Rücken, die Arme vor der Brust verschränkt. Ehrlicher taxierte ihn. Er wollte abschätzen, welche Tonart, welche Verhörmethode angebracht schien. Er entschied sich für die Offensive und konfrontierte ihn zunächst mit allen wichtigsten Tatsachen, die der Polizei bis zum jetzigen Zeitpunkt bekannt waren, um ihm die Aussichtslosigkeit seiner Situation vor Augen zu führen. Er blieb aber nicht nur bei den harten Tatsachen, sondern verkaufte auch seine eigene Theorie und Maudes sogenannten Gedankenspiele, die sie während der Bootstour zum Besten gegeben hatte, als ein Faktum. Es war ein Risiko, das er aber seiner Meinung nach eingehen konnte, wenn nicht sogar musste, um den Panzer, den Gassner um sich aufgebaut hatte, zu knacken. Er unterstellte Gassner durchaus eine gewisse Intelligenz, gepaart mit Überlebenswillen. Er würde seine Situation zweifellos einzuschätzen wissen und rationalen Kosten-Nutzen-Erwägungen nicht abgeneigt sein. Ehrlicher fixierte ihn und sagte mit selbstsicherer, harter und keinen Widerspruch duldender Stimme:

»Wir wissen, dass Hemera ihre Tochter ist. Wir wissen, dass Aither und Castor Ihre Söhne sind. Wir wissen, dass Sie Leda entführt haben und seit vierundzwanzig Jahren gefangen halten. Sie ist nicht nur die Mutter von Hemera, sondern auch von Aither und Castor und den drei Kindern, die Sie noch immer eingekerkert haben. Sie führen sich als eine Art Gott auf, oder genauer gesagt, als so etwas wie Gottvater Zeus, als Schöpfer der Welt. Sie haben sich eine Welt, nein eine Unterwelt geschaffen, in der Sie sich ihre Geschöpfe wie Sklaven halten ...«

Ehrlicher wurde von Stelzer unterbrochen, der, ohne anzuklopfen, in das Untersuchungszimmer stürmte und ihm etwas in das Ohr flüsterte. Ehrlicher nickte und deutete ihm an, dass er draußen warten solle. Schladnigg, die bisher atemlos und mit ungläubigem Staunen den phantasievollen Ausführungen ihres Chefs gefolgt war, blickte ihn fragend an. Er ignorierte sie und fuhr nach einer bewusst bedeutungsvollen Pause fort:

»…wir wissen auch, wo Sie die eben genannten Personen gefangen halten.«

Ehrlicher beobachtete das wechselnde Mienenspiel von Gassner. Bei seinem letzten Satz blitzten dessen Augen kurz auf und seine Mundwinkel zogen sich leicht nach oben und deuteten ein geringschätziges Lächeln an.

»So, dann bin ich aber mal gespannt«, sagte er mit ironischem Unterton. »Ich glaube ihnen kein Wort. Das sind reine Märchen, die Sie da auftischen.«

Dasselbe dachte auch Schladnigg und war gespannt, wie sich ihr Chef da wieder herauswinden würde.

Mit scharfer Stimme schleuderte der Hauptkommissar ihm entgegen: »Sie sind in dem Bunker ihres Hauses unterhalb des Anbaus!«

Stelzer hatte ihm berichtet, dass die Baupläne, die er im Katasteramt einsehen konnte, unterhalb des Anbaus einen Bunker auswiesen. Ehrlicher hatte mit seiner Behauptung hoch gepokert.

Gassner zuckte zusammen, versuchte mühsam seine Fassung zu wahren. Seine Augen wanderten zwischen Schladnigg und Ehrlicher hin und her, als ob er von Ehrlichers Mitarbeiterin eine Antwort auf seine Frage erhalten könnte. Es war offensichtlich ein Treffer ins Schwarze. Gassner sackte in sich zusammen. Er schien anzunehmen, dass, wenn sie das Versteck kannten, dann hatten sie tatsächlich auch Kenntnisse von all den anderen Geschehnissen in dem Bunker – woher auch immer. Er starrte lange vor sich hin. Ehrlicher sagte nichts, sondern beobachtete ihn nur aufmerksam. Außer dem Aufnahmegerät, das leise surrte, war es totenstill in dem kleinen Zimmer. Eine spannungsgeladene Stille. Gassner rutschte auf seinem Stuhl hin und her, dann sah er Ehrlicher direkt in die Augen. Er hatte augenscheinlich einen Entschluss gefasst.

»Der Zugang zu dem Bunker ist mit einem Code versperrt, der nur hier in meinem Kopf ist. Sie haben keine Chance den Bunker zu öffnen, ohne das Leben der Bewohner zu gefährden. Ohne diesen Code sind fünf Menschen dem Tod geweiht. Ich mache ihnen deswegen folgenden Vorschlag. Ich nenne Ihnen den Code und Sie sagen mir mildernde Umstände zu. Reden Sie mit der Staatsanwaltschaft und Sie retten fünf Menschenleben.«

Ehrlicher überlegte nur kurz und sagte ungerührt: »Herr Gassner, Sie sind ein Teufel und mit einem Teufel mache ich keinen Deal, schließe ich keinen Pakt.«

Er stand auf und nickte dem anwesenden Polizeibeamten zu: »Abführen.«

Als Gotthilf Gassner den Raum verlassen hatte, schnaufte Ehrlicher laut und vernehmbar aus und sagte mehr zu sich als zu Heidi Schladnigg: »Das war knapp! Ich habe hoch gezockt.«

Heidi Schladnigg sah ihn immer noch ungläubig an und ihr Kopf nickte etwas mechanisch: »Woher hast du das alles gewusst?«

»Ich habe es nicht gewusst. Ich habe mir *sur le motif,* quasi wie ein impressionistischer Maler, aus einer Mischung aus Fakten, griechischer Mythologie und phantasievoller Fiktion nur ein inneres Bild gemalt. Es schien mir stimmig zu sein, und ich habe es nur noch beschreiben müssen. Manchmal ist ein Bild eben näher an der Wirklichkeit, als mancher glaubt«, sagte Ehrlicher und konnte sich ein Schmunzeln über seinen Coup nicht versagen. Dabei zog er seine rechte Mundhälfte leicht nach oben, was seinem Gesicht einen verschmitzten Ausdruck verlieh.

»Und wie knacken wir den Code? Er hat ja recht. Wenn wir das nicht schaffen, haben wir den Tod von fünf Menschen auf dem Gewissen«, sagte Heidi besorgt.

»Er wird reden, da bin ich mir sicher. Es war nur ein Versuchsballon. Er hat mit seinem Leben noch nicht abgeschlossen und hofft auf Entlassung aus dem Gefängnis vor seinem natürlichen Tod. Dafür tut er alles.«

Sven Stelzer breitete den Bauplan, den er aus dem Katasteramt mitgebracht hatte, auf dem Schreibtisch aus. Die Bunkertür musste nachträglich eingebaut worden sein, denn in dem genehmigten Bauplan war sie nur als normale Stahltür eingezeichnet. Nach Expertenmeinung handelte es sich bei dem gefundenen Bunkerzugang um eine mehrere Zentimeter dicke Stahlbetontür. Conrad Steinbrecher, der sich in seiner Eigenschaft als Architekt bereit erklärt hatte, der Polizei beratend zur Seite zu stehen, sagte, dass es unmöglich sei, diese Tür auf konventionellem Weg zu öffnen. Auch sehe er aufgrund der Bauweise des Bunkertyps, der mit einem Luftfiltersystem ausgestattet war, wie sie damals in den 1960er Jahren üblich waren, kaum eine Möglichkeit, von außen die Betonmauer zu sprengen oder niederzureißen. Man würde die Insassen direkt gefährden und wegen der hohen Staubentwicklung, die das Belüftungssystem zu verstopfen drohe, wäre außerdem ein Ausfall der Luftzufuhr zu befürchten. Dies könnte den Erstickungstod der Eingeschlossenen bedeuten, wenn man nicht rechtzeitig zu ihnen durchdringen würde. Es bliebe, den Code zu knacken, oder aber, Gassner zur Aussage zu bewegen.
Spezialisten des Bundeskriminalamtes mühten sich den zweiten Tag, dem Code auf die Spur zu kommen. Sie hatten in der Zwischenzeit den Hersteller identifiziert und wussten, dass es sich bei diesem Verschlussmechanismus um einen zehnstelligen Code handeln musste. Keine allzu leichte Aufgabe, es könnte Tage, wenn nicht gar Wochen dauern, wie sich ein Wiesbadener Elektronikspezialist unbestimmt ausgedrückt hatte.

Parallel zu dem Spezialistenteam, das mit Hochdruck arbeitete, aber nichts versprechen konnte, hing Ehrlicher seiner Idee
nach, dass Gassner in der Einsamkeit der Zelle seine Lage
überdenken würde. Er ließ ihn unbehelligt schmoren. Er wollte, dass Gassner ein Gefühl dafür entwickelte, was ihn den
Rest seines Lebens erwarten würde. Dies vor Augen, so hoffte er, würde er verzweifelt nach jedem Strohhalm greifen, um
seine Situation zu verbessern. Und diese Verbesserung könnte
allein durch die Preisgabe des Codes gelingen.

In die Zelle fiel das fahle Licht der Straßenlaternen durch das
kleine vergitterte Fenster. Gassner saß auf dem schmalen
Bett, den Kopf in die Hände vergraben. Er war innerlich erstarrt. Er hatte keine Hoffnung mehr. In der Verlassenheit der
kargen Zelle bekam er, so wie das Ehrlicher gehofft hatte, eine Ahnung davon, wie das Leben im Gefängnis aussehen
würde. Ihm wurde überdeutlich bewusst, dass dies seine Zukunft war, in der er den Rest seines Lebens verbringen musste. Selbstquälerisch schwankte er zwischen Selbstaufgabe und
kindlichem Trotz, sich von den gegen ihn gerichteten Mäch-
ten nicht unterkriegen zu lassen. Sobald er an Selbstmord
dachte, verließ ihn der Mut zu dieser Tat, und er wollte leben.
Der Gedanke an das Leben in der Zelle erschien ihm aber
ebenfalls unerträglich, und der Tod tauchte wieder als die
bessere Lösung auf. So kreisten seine Gedanken in der Aus-
weglosigkeit zwischen Tod und hoffnungslosem Leben, bis er
in einen unruhigen Schlaf verfiel.
Er lag auf einem Bett, an Händen und Füßen gefesselt. Ge-
sichter beugten sich über ihn. Es waren Frauengesichter. Die
Frauen verschwanden und machten Männern Platz, die nach
ihm grapschten. In ihren Augen spiegelte sich Verachtung
und Drohung zugleich. Sie hatten Sträflingskleidung an und
trommelten ohrenbetäubend auf ihrem Blechgeschirr herum.

Einige der Häftlinge rissen ihm seine Sträflingskleider vom Körper. Er lag nackt da und winselte um Gnade. Die Männer verlachten ihn und führten, Fackeln in den Händen, einen wilden Tanz um sein Bett auf. Im Hintergrund hörte er einen monotonen Singsang: *Jetzt haben wir dich, jetzt haben wir dich ein Leben lang.* Der Tanz der Männer um die Lagerstatt wurde immer ekstatischer, die Flammen der Fackeln kamen seinem schutzlosen Köper bedrohlich nahe. Plötzlich blieben die Männer, wie auf ein Kommando, bewegungslos vor seinem Bett stehen. Es herrschte Totenstille. Einer nach dem anderen trat aus der Tanzgruppe hervor und vergewaltigte ihn…

Schweißnass schreckte Gassner hoch. Der Traum wirkte lange nach und panische Angst machte sich in ihm breit. Er grübelte, wie er eine lebenslange Gefängnisstrafe abwenden könne. Er müsste zumindest seine Kooperationsbereitschaft zeigen. Er brauchte auch eine plausible menschliche Erklärung für seine Taten, die ihn nicht als Irren abstempelte. Lähmendes Entsetzen vor einer lebenslänglichen Sicherheitsverwahrung in einer Irrenanstalt packte ihn. Er hatte ein Doppelleben geführt, ja – aber er war nicht verrückt. Schon gar nicht war er ein Mörder! Er hoffte, dass ihn sein Geständnis und die Tatsache, dass er kein Mörder war, entlasten würden und entschloss sich, am nächsten Tag den Code preiszugeben.

Als Gassner zu Ehrlicher in das Vernehmungszimmer geführt wurde, sah der Hauptkommissar die Veränderungen in seinem Gesicht. Gassner setzte sich gerade auf seinen Stuhl und legte die gefalteten Hände auf den Tisch: »Ich möchte eine Aussage machen.«
Ehrlicher atmete tief ein, nickte nur und hörte zu, was er ihm zu sagen hatte.

Nachdem Gassner seine Aussage beendet hatte und wieder abgeführt worden war, blieb Ehrlicher noch lange gedankenverloren in dem kahlen Vernehmungszimmer sitzen. So wie sich in den Köpfen mancher junger Menschen, die sich, süchtig geworden, permanent Horror- und Gewaltvideos ansehen, eine parallele Nebenrealität ausbildet, in der sie ihre destruktiven Wünsche auszuleben versuchen, hat sich Gassner eine parallele Nebenwelt in seinem Keller geschaffen, mit dem Unterschied, dass sie nicht virtuell oder in seinem Kopf als Phantasieprodukt existierte, sondern von Beginn an diabolische, grausame Realität war. Er hatte all seine sexuellen Begierden und Machtphantasien in seinem persönlichen Tartarus realisiert und ausgelebt, abgeschottet von seiner bürgerlichen Existenz in den oberen Etagen seines Hauses.

Gassners Angst vor der Zukunft und der verzweifelte Versuch, sich aus der Schlinge zu ziehen, waren mit den Händen greifbar. Seine einförmigen Rechtfertigungen und die simplen Erklärungsversuche seines Verhaltens offenbarten seine kalkulierten Absichten wie auch sein emotionales Analphabetentum. Nie zeigte Gotthilf Gassner in dem langen Monolog Mitgefühl für die furchtbaren Leiden der Eingesperrten. Er beendete seine Aussage mit der Feststellung, dass er kein Monster und Mörder sei und deswegen allen seinen Kindern die Freiheit gebe. Er will ihnen die Chance, ein neues Leben zu beginnen, nicht nehmen. Er lächelte Ehrlicher an und verkündete mit großmütigem Klang in der Stimme die Codenummer: 1984 88 93 02.

Es waren die Jahresdaten von Ledas Entführung und die Geburtsjahre der gefangen gehaltenen Kinder.

Als Hauptkommissar Harald Ehrlicher das Vernehmungszimmer verließ, verspürte er eine maßlose Abscheu und Verachtung gegenüber diesem Menschen, der sich seiner Verantwortung auf so billige Art zu entziehen versuchte. Er musste sich an der Wand abstützen, weil ihm übel und schwindelig wurde ob dieser abstrusen, unwirklichen und absurden Welt, in der Gassner sich eingerichtet hatte, die doch eine alle menschliche Vorstellungskraft übersteigende Realität war. Eine verstörende, unsichtbare Realität, die Gottfried Gassner gelebt hatte. Ein Mensch mitten unter uns, verborgen hinter bürgerlichen Fassaden. Ein bedrückendes Wissen, das alle Gewissheiten in Frage stellt.